婚前一年

THE YEAR BEFORE I GOT MARRIED

李柏青 著

目次

自序：人生中的那麼一小段時間

你會怎麼定義結婚前一年的時間？臨刑前的最後狂歡？球賽的垃圾時間？對幸福的熱切嚮往？無止盡婚禮籌備的繁文縟節？

《婚前一年》說的是一個在臺北的男性律師從求婚到完婚之間一年的故事，我寫他的日常生活，寫他在婚約、女性、工作、家庭之間的周遊與掙扎。我盡可能在寫實與娛樂間抓取平衡，讓故事樂而不淫、和而不同、並且平衡兩性觀點，避免這本小說被歸類為後宮文學——只能盡量，建後宮是男人的天性，逆天而行很難。

有些認識我的讀者可能會想問這是不是一本推理小說，此誠大哉問，因為我也沒有答案。依我對推理小說的定義，答案是否定，因為這故事並不需要解謎與推理；但我相信有些人讀完本書後會得到不同的結論，畢竟我總歸是寫推理小說的，字裡行間不自覺便會帶上相關的基因。

「婚前一年」這個故事概念在二〇一三年便有了，此有微軟的文件存檔日期為證，當時我寫了一個小小的故事開頭。現在回頭去看，二〇一三年尚為未婚的我對於「婚前一年」的想法，與現時歷經婚姻小孩磨難／淬煉的我相比，誠有天壤之別的差異，我現在已經無法想像二〇一三年故事版本的結局，就像二維的圓形無法想像三維的球體一樣。

《婚前一年》一書真正開始寫作的時間是二〇二〇年初，也是我們舉家從瑞士搬回臺灣定居的時候，本來以為故事取材自生活經驗，應該可以寫很快（我每次動筆前都這樣以為），但寫作期間遇上換工作、疫情、小孩上學等事，寫寫停停，一度斷稿，最終撐著一口氣寫完，發現竟是將近十五萬字的大長篇，誠然是「滿紙荒唐言，一把辛酸淚」。

本書付梓首先感謝尖端出版社的呂尚燁總編輯與相關同仁，我交出定稿的時間比我最初向呂總編輯承諾的期限晚了二十四個月，已達到應切腹謝罪的程度，我只能一直請吃飯以表歉意。另外我要感謝許多朋友在《婚前一年》成書過程中提供的協助，包括（隨機排序）：林家禾先生、謝易哲律師、周依潔律師、呂聿雙律師、熊全迪律師、黃若羚律師、蘇瀚民律師、李頙翰檢察官，李宣漢醫師、江佩珊小姐等；他們或是提供專業訊息，或是對故事內容提出指教，在此特別致謝。

當然我最要感謝的是我的老婆，她是我的繆斯女神兼私人編輯，從故事構思、故事逐章寫作與調整到完稿審定，我的老婆都是最大幫手，也讓漫長的寫作過程沒那麼孤單。我必須說，這故事中所有女性角色好的部分都是取自我老婆，壞的部分都是我虛構的。

最後我要說，《婚前一年》雖取材自日常生活，但絕對不是什麼作者的類自傳或懺情錄。本故事純屬虛構，當然如果讀者想對號入座，作者也不反對。

最後祝盼疫情平息，世界和平。Love and Peace。

李柏青　二〇二二年四月十三日

一、「需要承諾的愛情就不是真愛。」

「需要承諾的愛情就不是真愛……所以你不要說，我不想聽。」

「這什麼推論？」

「你媽會說：『兒子，我發誓會愛你一輩子』嗎？不會吧，因為她就是愛你，不用承諾你也知道她愛你，所以，反過來說，需要承諾去維護的愛就不是真愛了。」

「妳這是邏輯謬誤，『若p則q』並不能推得『若非p則非q』，所以就算你這個『不承諾等於真愛』的命題為真，也不能推得『承諾就不等於真愛』的結論。不承諾可以是真愛，承諾也可以是真愛，不是嗎？」

「所以你同意承諾與愛情是兩回事？」

「我同意。」

「結婚是一種承諾。」

我笑了出來，我知道她要說什麼。

「你不要現在告訴我你要結婚。」她說。

「一年後妳回來，我們結婚。」我說：「我會把事情都處理好，然後我們結婚。」

「這算求婚嗎？」

「民法上來說算是要約誘引吧。」

小靜沒有笑，她看著我，從腹部悠長地呼吸著。我伸手擁住她，並且在她哭出聲時抱得更緊一點。

我沒想過送機是這般光景，小靜大概也沒想過。

小靜搭的是上午八點的班機，為此我們計畫周全：登機前三個小時辦 check-in，回推二個小時從臺北出發趕赴機場，再之前一個小時得起床做最後收拾，而為了睡滿六個小時面對這重大的一天，我們前一晚必須八點就寢，早睏較有眠。

事實證明，這種保險再保險的萬全之策只會造成不必要的焦慮與浪費：我們八點上床後完全闔不了眼，磨蹭到二點半，拖著要睡不睡的身體起床，沐浴更衣，發現沒有需要再整理的東西，只好對坐滑手機。三點半，我們搭上她父母的車，國道車流趨近於零，四十分鐘許便抵達機場，航空公司櫃檯沒開，四人只好坐在便利商店中，盯著完全吃不下的宵夜／早餐發呆。

五點半我陪小靜成為該航班第一位 check-in 的乘客，我們並肩站在輸送帶尾端等行李通過安檢，她突然說了承不承諾、結不結婚的那段話，我明白她的意思。

我曾在心中模擬過無數次機場送行的場面。理論上，情人負笈遠行，我應表現不捨與傷感；但我無法說服自己的是，已是網路時代，無論天涯海角，聽聲見影不過手機上一觸，小靜去的是美國紐約，不是什麼不毛之地，又只去一年，在機場上演十八相送、跑步追逐飛機的戲碼，只會讓我看不起自己。

小靜應該也是這樣想的，因此她自始便表現得像場短期出差一般。她突如其來的一哭，不只是我、甚至她自己都嚇了一跳；我下意識地想說些消遣的話緩和氣氛（「沒睡眼睛都腫成這樣了，還哭。」），但轉念一想，這是我第一次看見小靜哭泣，交往三年多風風雨雨，她曾憤怒、緊張與沮喪，但從未在我面前掉淚，今天她的眼淚是為了我的承諾，我應該真摯地回應，於是我什麼都沒說，只是抱緊她。

奇妙的是，如此擁抱與哭泣一陣後，好像完成了什麼儀式、司儀喊了聲「禮成」般，原先因離別而產生的遲滯與尷尬都消失了，我們恢復正常的樣子，她交代瑣碎的事務，間雜著笑話，例如找人打掃公寓（「但別趁機調戲家政婦啊！」）、或是去找路雨晴拿回那雙高跟鞋（「但別趁機調戲我學妹啊！」），我笑著說好。

六點半，小靜的身影隱沒在安檢區的分隔板之後。

送別的最後一刻，她指間夾著護照與登機證，向我們揮了揮手。她身上駝色的羊毛針織罩衫是我給她的禮物，搭著她修長的身形相當好看；她回頭時晃動紮起的頭髮，一綹髮絲沾在頰邊，她微笑，臉頰凹陷，髮絲跟著陷進去，她用護照撥開髮絲，拖著行李往前走。

之後有很長一段時間，小靜道別的畫面不斷地在我腦海中以電影海報的方式重現，是王家衛的電影，我不太看的那種電影。

回臺北的路上，小靜的媽媽都在哭，她爸剛開始還勸幾句，後來就不說話了。直到下交流道，蘇媽媽才收拾情緒，遞給我一本檔案夾說：「我和蘇爸爸想了很久，還是覺得你們住在內湖好，新房子多，離你們工作的地方也近。這些你拿回去看看，不用著急，反正還有時間，錢的事情也不用煩惱。」

那是某房仲公司的資料夾，裡頭是成疊的房屋資訊，每一份上頭都做了註記與評語。

回到濟南路的公寓時還不到七點半，原本想瞇一下再去上班，但熬了大半夜，腦袋亢奮反而睡不著。我索性換衣服出門，這時間的捷運上只有少少幾名穿制服的學生（暑期輔導嗎？），我聽著一旁高中女生嘰嘰喳喳地討論下週的墾丁之旅，彼此調侃敢不敢在男生面前穿比基尼，突然覺得偶爾早出門也不錯。

辦公室裡空無一人，我開燈開空調，坐定後開始做事。我回覆電子郵件，翻查資料，修改文件，效率絕佳，從沒那麼有效率過，九點剛過，我已經將泰倫案的草稿修正過一版，剛進辦公室的祕書們驚訝地問我怎麼那麼早，我說我洗心革面了。

十點零七分，蔣恩一手拎著包，一手擎著咖啡闖進我的房間，神祕兮兮地說：「喂，聽說你今天特別早來？是因為『偽單身』所以要認真工作了嗎？」

我搶過她的咖啡，灌下一口說：「我很認真工作好嗎？不像有些人，上班就準備吃午餐。」

「敢說我……」她將咖啡搶回去，壓低嗓音說：「你小心點，不要亂搞，我答應要看緊你的。」

「有男朋友了嗎？」

「要你管！」

「沒男朋友幫人家看什麼看啊？看你媽吧。」

「幹麼罵我媽啊？沒水準，跟你媽說喔。」

「我是說有空回去看看妳媽媽……少無聊，泰倫的草稿我改好了，妳再看看，下午……」

不過大概是太早將工作做完了，腎上腺素快速消退，午餐過後，我開始感到頭昏腦脹，洗臉灌咖啡意識依舊是一團漿糊。二點的會議結束後，我向布蘭達告假，承諾明天一定將泰倫的定稿生出來，布蘭達有點不高興地說：「昨天晚上搞什麼，下午就陣亡了？」

我沒開口，蔣恩便搶著說：「他現在是偽單身啊，當然要把握這個難得的機會夜夜笙歌。」

我依舊沒能說話，布蘭達又說：「哎，我告訴你，我看過太多你們這種年輕律師了，前途很好，結果栽在這些男男女女的問題上。要自愛啊，楊艾倫，滾回去休息吧。」

回家的路上我一直想著布蘭達的話。她是這間事務所第二資深的員工，僅次於所長艾瑞克。她吃虧在沒律師牌，但三十多年的實務經驗讓她可以站穩現在的位置，因此她的話很有說服力，我忍不住去猜她所說的「年輕律師」是誰。

回到家，沾著枕頭就睡了，我以為在這個時點入睡會做個充滿意象的夢，蝴蝶、船、流星之類的，然而並沒有，這一覺極沉，像平時只休眠的電腦終於關機一般。再度睜眼時房內一片昏暗，空氣沉靜，不知年月時分，我感覺像嵌在床褥中一般，幾番掙扎才得以起身。

手機上沒有什麼要緊的郵件或訊息，我感到一陣飢餓，於是趿著拖鞋出門，在轉角的便當店買了兩個排骨便當，又去便利商店買了啤酒與檸檬氣泡水，回家扭開燈，將便當飲料餐具擺放妥當，這才發現多買一份。

現在我是一個人了。

我與小靜是大學同學，但我們認識是在畢業許久之後。

那年的那段日子過得很煎熬，家中與職場壓力接踵而來，每天睜開眼睛便感覺窒息，恰巧端午節有三天連假，我於是拋開一切，一個人跑去澎湖「尋找遺失的自我」。那時阿翰在澎湖地檢署試署，住司法官宿舍，我便向他商借張沙發過夜。他回訊息說澎湖宿舍舊歸舊，空間倒是滿大的，單身的他分配到一間兩房兩廳的公寓，因此我大可不用睡沙發；只可惜端午連假他要回臺灣本島，不能帶我去玩，他會把大門鑰匙藏在腳踏墊下，機車鑰匙則在五斗櫃上方，冰箱裡有啤酒與海膽，其餘一切自便。

「喔，差點忘了，我有另外一個朋友要來住，反正有兩個房間，你們就自己協調一下吧。」阿翰的訊息最後這樣寫道。

我沒多問，他也沒提那個朋友是個女的。

我飛到馬公機場，搭計程車來到阿翰給我的地址，那是棟四層樓的公寓，很舊，但空間確實不小，前院能停下七、八輛車，後院還種有花卉植蔬。阿翰住的是頂樓，我成功找到鑰匙開門，屋內不亂也不能說整齊，是間如果我住在這兒也會是這個樣子的單男公寓。兩間臥房倒是都整理過，至少被子是疊整齊的，我將行李丟在面海的那間房的床上，算是文明地宣告主權。

我騎著摩托車出去，不進馬公直驅北環，走走停停，在講美海邊吃了三顆現剝的海膽（傻子才去吃冰箱裡的冷凍海膽），在二坎買了塊填滿花枝與狗蝦的炸粿，停留最久的是西嶼的內峖沙灘，這裡人少，沙灘空曠，海像修過圖一般的藍。我脫去上衣，踩著海水，在一塊凸出的礁石上坐下，看著水中晒得發紅的雙腳，心想不知道頭臉被晒成什麼樣子。

回到宿舍時已經接近六點，一開門便見到穿著短褲與背心的蘇心靜正拿著毛巾擦頭髮。

我和蘇心靜同系不同組，朋友圈也不同掛，我知道她這個人，在校園中錯身而過時也會交換片刻的眼神，但我不記得我們打過招呼，更不要說交談了。這種一分熟的關係偶然相遇格外尷尬，我甚至不知道該不該自我介紹。

「嗨，妳好，我是財法的楊艾倫……我們好像有一起上過……」

「我知道，我是蘇心靜，你認識賴小瑜吧？」

「喔，對，認識啊。李承翰沒說妳要來……不是啦，他說有人要來住，但沒說是妳。」

「對啊，他沒告訴我是個男的。」

事後我們經常拿這段相遇開玩笑，她說那時我晒得像隻紅豬一樣，還故意耍帥摘太陽眼鏡，兩個白圈圈印在臉上，害她差點笑場。我抗議說我才沒有故意耍帥，那時太陽都下山了，戴太陽眼鏡才不正常……而且，他媽的，她那時候真的笑場了。

我忘記是怎麼結束這段「尬聊」的，只記得之後我抱著浴巾與換洗衣物衝進浴室時，滿腦子都是那雙修長緊實、巧克力牛奶般細緻的大腿。我拉上浴簾開冷水，提醒自己這趟是「尋找遺失的自我」之旅，要識自本心，見自本性，見諸相非相即見如來，色即是空空即是色，受想行識六大皆空，萬生皆苦，菩提薩婆訶！然後我睜開眼，看見一套水藍色的比基尼吊在我面前。

你一定會以為我會變態到用指頭去戳那不知道塞了什麼的泳衣胸罩吧？我承認當時是有那麼一點衝動，但我忍住了，我小心地將比基尼掛到外頭的毛巾架上，認真思考我是不是做錯了什麼。

洗完澡，我在房間的衣櫃中找到吹風機。我將吹風機拿給蘇心靜，並且為占據主臥室一事道歉，表示可以把房間換過來。她笑著說沒關係，眼睛瞇成新月的形狀；我的心臟用力跳了幾下，直覺反應地問她要不要一起吃晚餐，她猶疑了幾秒，我趕緊彎腰找插座。

之後我們在吹風機的白噪音與晚間新聞中有一搭沒一搭地聊著，講的是澎湖的事。她說她四點才到馬公，一到就先去浮潛，游了兩個小時。

「其實本來沒什麼期待，以前在臺灣的浮潛都看不到什麼東西。但澎湖真的不一樣，珊瑚礁超美，魚很多，陽光照下來，真的是五彩繽紛。你知道烏賊是透明的嗎？像塑膠袋一樣，在海裡面你只看某一小塊海水的光線有點變化，很妙，天曉得那是隻動物……」

她的話多了起來，語調隨著長髮飛揚，散發出溫暖的香氣。我告訴她我的北環行程，她說她也想找個沒人的沙灘靜一靜，好好想一些事情。

「什麼事情？」

「就一些事。」她回答，看了看手機。

我遲疑了幾秒鐘，決定再試一次。我說我明天要搭船去望安，那邊的網垵口沙灘也是個無人祕境，搞不好還會遇到綠蠵龜。她關掉吹風機，微笑謝謝我的邀請，但她已經報名了潛水課程，她想潛水想很久了，一定不能錯過。「而且潛水才會遇到綠蠵龜吧，海龜又不會在白天爬到沙灘上。」

我堆著笑應和，要她替我向海龜問好。她將長髮紮成馬尾，然後說：「好了，走吧！」

「去哪裡？」

「吃晚餐啊，你不是要帶我去吃好料的嗎？」

我們循著網路地圖找到阿翰推薦的餐廳，廟口榕樹下的小店，借廟埕擺了十來張桌子，看上去像是陽春麵攤，紅燈籠上寫的卻是日本料理。雖然環境簡陋，但食物令人驚豔，刺身新鮮厚實，手卷海膽滿溢，墨魚炒飯粒粒分明，最特別的是將醋飯包裹於小卷中的「壽司」，醋飯酸甜加上小卷鮮脆的口感，令人想起身跳一段扇子舞。我們先點了啤酒，她喝完說不過癮，又叫了瓶五十八度的金門高粱。

我們的話也變多了。我們聊共同認識的人，聊誰當法官律師教授，誰又大徹大悟脫離法律圈輪迴隱居後山耕讀過日。我們聊誰在臺北做什麼樣的事拿怎樣的package，跳槽到香港又做什麼樣的事拿怎麼樣的package；聊誰結婚離婚出軌出櫃；聊哪些班對系對分手復合反目成仇修成正果。

「你還是和徐千帆在一起嗎？」她問。

「分手很久了……我不知道她跟妳熟。」

「不熟，不過你們這對很有名啊。」她說著，灌下一口高粱。

我很想問她有名在哪，但又覺得不自在，於是改扯馮二馬，說他那套把麻將與女生配對的玩法，例如張婉琪是「七萬」（把名字倒過來唸），打牌時就可以說很多垃圾話：「我摸到張婉琪囉」、「來給婉琪碰一碰」、「張婉琪到了！」諸如此類。

「那賴小瑜是什麼牌？」

「二餅。」

「為什麼？」

我在胸前比了個姿勢，她笑彎了腰，說：「我要去跟小瑜說，叫她小心點，你們真的有夠髒。」

「只有馮新元，我很正派的。」

「是嗎？」她斜睨著我說：「那我呢？我是哪張牌。」

「妳不在裡面，沒有很熟啦。」

不知道從什麼時候開始，蘇心靜的手機隔一陣子就會傳來連續的簡訊音，她不會中斷與我的對話（像是「對不起，我先回一下訊息」），而是一邊聽話說話，同時回覆訊息。我注意到她回訊息時，頸子會陷入肩膀中，噘著嘴，露出小女孩般無奈又帶點畏縮的表情；每次回覆不過十幾秒，大約就幾個字吧。

吃飽喝足後，我問她要不要去透透氣，沒人的沙灘。我做好被拒絕的準備，沒想到她爽快地答應了。我們騎著摩托車沿南環走，走錯幾次路才找到阿翰的私房夜遊沙灘，在一個小社區的背面，得穿過人家的院落才能抵達，沙灘上沒有人工設施卻整理得相當乾淨。我們在靠近海水但又不會被波浪濺及的地方坐下，濤聲平緩，黑暗的洋面上映照著夜釣船熾白的集魚燈火。

我躺下來，隨手拍照，沙子留有白日的餘溫，乾燥而暖和，我突然感到無比疲倦，覺得當初拚命考國考簡直蠢透，我根本不適合當律師，我也不是個有肩膀的男人，學不會人情世故，面對擔當只想逃避。或許我早應該躲到這樣一座小島上，粗茶淡飯，終老一生。

有個女人更好。

我側身看向蘇心靜，她抱著膝蓋望向大海，神情迷惘。這時她的手機又傳來簡訊音，她嘆了口氣，低頭回覆訊息。

「妳覺得那些燈怎麼樣？」我問。

「什麼？不就夜釣小管嗎？」她說。

「妳不覺得很煩嗎？晚上的海應該是暗的、安靜的、孤獨的，偏偏那些船在那裡，還點那種白亮亮的集魚燈，我坐在這裡都可以聽見船上在吵。」

「人家要工作啊。而且，沒有那些燈，沙灘會很暗吧？」她左右張望，手機簡訊音又響起，她一邊回覆一邊說：「一盞燈都沒有，搞不好我們就不敢來了。」

「所以妳覺得應該要有那些漁船的燈嗎？」

「那些燈本來就在那裡，只是我們剛好在這裡而已。」

「我是說，如果能選擇的話，妳會選一片黑漆漆的海，還是一片掛了燈光的海？」

她笑了笑，簡訊音響起，她回訊息同時說：「你一定要在我喝醉的時候問我這種哲學問題嗎？我不知道耶，沒喝醉的話我一定會選有燈光的，但醉的時候，我選黑漆漆的海，因為我喝醉很醜。」

「才怪，妳喝醉正翻了，妳只是想利用酒醉暫時逃出去而已。」

「逃出去？我被關起來了嗎？」她抬起頭，簡訊音連續。

「妳讀過《圍城》嗎？人生就像一座圍城，裡面的人想出去，外面的人想進來。」

「我一點都不想當什麼孫小姐啊！」

在她手指觸及手機螢幕前，我已將她手機搶了過來，她撲上來，大聲說：「喂！幹麼啦，還我！」

我說：「既然要逃，幹麼還被綁著呢？」我振臂一揮，手機在空中畫出一道弧線，落入海中。

蘇心靜奔入海水中，在浪花中反覆尋找，折騰半晌，才喘著氣，全身濕淋淋地走回來。她先給了我一巴掌，然後跳到我身上吻我。

「然後你們就在中華民國的司法官宿舍中幹違法的事？」二馬說。

「沒有。」

「是沒有幹？還是沒有違法？」

「這個梗你是要講幾次啊？」我說。

「你講幾次你跟蘇心靜的事，我就講幾次。」馮二馬吞下一口威士忌，說：「媽的，我想到就氣，明明就你在喇妹，硬要扯到我，結果你自己上車，賴小瑜不跟我出去了，媽的。」

「我說的是實話啊。」

「沒道義。」

說話的是馮新元，大學以來的死黨。像許多姓「馮」的人一樣，他的外號是「二馬」，久而久之就變成「馮二馬」這種不知所云的稱呼。他愛喇妹是真的，麻將配對遊戲也是真的，當年他自號「法學院喇神」，我們說「喇牙」[1]還差不多。

「但我一直不懂，」阿本說：「那時候你怎麼敢把人家的手機丟到海裡？要是她是在

1 正字寫做「蟧蜈」，lâ-giâ，長腳蜘蛛。

工作怎麼辦？」

「不會有律師用那種方式回工作上的訊息的，至少我不會。」我說：「只有可能是男人。」

「但你怎麼知道他們的關係出問題？」

「有男朋友的女人，連假期間一個人跑到澎湖浮潛、潛水，還喝了一整瓶的金門高，你覺得是為什麼？」我聳聳肩，說：「而且我剛好能體會吧。」

「但你當時沒想到會鬧那麼大吧？」

「有鬧很大嗎？我們很低調啊。」

「聽說某某立委貪汙案的判決，就是被你們的事情影響的。」

「胡說八道……我們很低調好嗎？」

說話的人是張本正，另一個大學死黨，人如其名，方臉寬額，正氣凜然，是全世界少數可以靠正氣把妹的男人。

阿本的話或許使人疑惑，有必要加以說明。

當時在澎湖不斷發來簡訊的是一位法官，高等法院的法官，長我們好幾屆的學長。他是小靜的男朋友，論及婚嫁的那種。

從澎湖回到臺灣後，小靜便和法官學長分手了。聽說這事在司法圈掀起一陣風波，涉及幾名法官的人事異動。我不上法院，也不想去探究細節，但說我和小靜的事情影響個別案件的判決未免太誇張，司法公正如皇后之貞操，不可懷疑，如果因為一場旅行就讓皇后失了貞操，叫皇上情何以堪。

我花了一段時間才拼湊出小靜與法官學長的過去。是國考牽的線，小靜準備考試的過程中，學長幫了很多忙：帶讀書會、提供獨家收集的期刊文獻、協助解題等等。學長是超級優秀的法律人，大學時就在期刊上發表論文，研究所與國考都是前幾名考上，法條判例釋字信手捻來，解題如庖丁解牛。對於身陷國考泥沼的大四生來說，學長是個仰之彌高、鑽之彌堅的偶像，他願意施與援手，你很難不因崇拜而愛上他。

在學長的協助下，小靜順利考上律師，然後他們便在一起了。小靜說，她一直努力成為一個配得上學長的伴侶，學長不只優秀，而且充滿理想，他不求富貴，不慕虛榮，但求將畢生所學貢獻給冷冰冰的社會正義。他克己復禮，勤奮工作，精研學問，並且希望他的伴侶能共同追求這樣的人生目標。

於是小靜放棄了潛水與衝浪，因為太危險了；她不再去酒吧小酌，因為太放縱了；她改掉夜貓子的習慣，早睡早起，因為「一被之不治，何以天下國家為」。她勤奮工作，業餘時間進修語言，唸書寫文章參加研討會，成為人人誇讚的新進律師、「你們好匹配」的法官伴侶。她走進了「圍城」。

小靜說：「喘不過氣的時候，我告訴自己：妳不夠努力，妳可以更好；還是不行，我就把背給打直、站挺一點，想說這樣會吸到更多新鮮空氣；到後來才發現，我其實是陷在流沙裡面，沙子已經淹過鼻子，要窒息了。」

她翻身面向我，說：「其實跟劉浩然在一起真的可以學會很多東西，LSAT也是他逼我去考的，跟他走下去，我的人生應該會很有意義吧……可是，就是不對勁，那時我照鏡子都會想說：這個假裝上進的人到底是誰？她臉上是打了多少東西，連笑都不會笑，那不是蘇心靜。」

「所以真實的蘇心靜是什麼樣子？」

「像現在這個樣子，你這個道德淪喪的小淫賊。」

馮二馬為公杯加入冰塊，說：「蘇心靜不錯啦，腿長，個性也很好……跟她在一起這幾年也算是你卯著[2]了……也差不多了，現在她出國，剛剛好，安全下莊，值得乾一杯！來！」

馮二馬舉起酒杯，張阿本跟著舉杯，我拿起酒杯與他們相碰，將酒水喝乾，然後說：「我跟她求婚了。」

「誰？」

「蘇心靜啊，還有誰？」

---

2 卯著，báu-tioh，賺到。

「求婚!?你跟蘇心靜求婚?我嘛拜託你!」馮二馬嗆到酒，咳得滿臉漲紅。

「而且我們還要買房子……買在內湖。」

「你跟一個出國唸書的女人求婚還要買房子給她?幹，楊艾倫，你是起痟[3]咧!」

「是一起買啦，不是買給她。」

「隨便啦!反正你頭殼壞掉了，這麼多年都一樣。」二馬說:「跟以前你和徐千帆在一起的時候一樣，幹，白痴。」

我忍住出拳的衝動，我明白是好朋友才會說這種話，普通人聽到求婚只會說「恭喜」，誰管你娶誰。

阿本說:「什麼時候的事?」

「今天早上送機的時候，我說她一年後回來我會娶她。」

「認真地說?」

「這次是認真的。」

阿本喝口酒，說:「你真的確定蘇心靜愛你?」

我遲疑片刻，阿本立刻說:「你看，你不確定吧?這樣你還求婚?」

「媽的，你是警察訊問嗎?」我笑著說:「小靜當然愛我，要不然她也不會跟劉浩然分手了……我們在一起三年了，我當然知道她愛我。我今天跟她說結婚的時候她

3 起痟，khí-siáu，發瘋。

還哭了，我從來沒有看過她哭，這是第一次。」

「如果她愛你，為什麼要在這個時候出國？」

「去唸LL.M怎麼了嗎？我也想出去，就一年而已，沒什麼了不起吧？」

「那她為什麼不等你一起出去呢？」

我答不上話。

LL.M全稱是Latin Legum Magister，中文會翻成「法學碩士」，這是美國特有的一年制學程。美國法學院不像其他國家有四年制的法律學士學位，他們正規的法律學位是學士後三年制的J.D.(Juris Doctor)，LL.M則是供J.D.畢業生再做進修。

對於我們這些已經拿過法律學位的外國律師來說，除非認真要去美國當律師，否則唸J.D.競爭太激烈、時間太長、費用也太高（一年二百萬臺幣起跳）。相反地，LL.M只要一年，不用寫論文，自由選課，又有碩士學位可以拿，不管是洗學歷、學語言、精進專業、交朋友或是單純玩耍都很適合，於是去美國讀LL.M成為一個頗受歡迎的生涯選項。在我們同儕中，每年都有人出去以及回來的消息。

我和小靜確實有討論過一起出去的可能性，但我短時間內走不開，而小靜準備出國已經一陣子，不想再拖。我們於是達成結論：「誰要出去就快點去吧，如果這樣瞻前顧後，那大家都不要出去了。」

阿本說：「分開一年的確沒什麼了不起的，但她去一年，你又去一年，那就是分開兩年了。難道你期待你出去的時候，她會去陪讀嗎？更何況……你怎麼保證她一定會回來？」

又是一記重拳。

去美國大型律師事務所工作是很多人的夢想，薪水比臺灣高，眼界比臺灣廣，當然競爭也激烈許多。

對一個沒有美國護照、非英文母語、只唸一年的LL.M的外國律師來說，想在美國找到一份理想工作並不容易，但也不是全無可能。每年總聽說誰誰誰在紐約或矽谷留了下來，或是至少在美國所的亞洲地區分所找到工作；這些人至少會工作個三、五年，很多人便長期留在國外。

小靜的英文很好（同樣拜學長之賜），她申請過J.D.，參加過號稱比GRE、GMAT都難的LSAT考試，成績是全部考生的前百分之十。

我們討論過在國外找工作的事，她的回應是：會試試，但不可能找得到啦！

可是如果找到呢？

我整理情緒與思緒，回答道：「你講的這些我和小靜都討論過，我們都覺得，現在就是該出去闖闖的年紀，再過幾年，壓力只會越來越大，越走不開……我們又不是puppy love，沒必要綁得死死的，該做什麼就做什麼。成年人談戀愛不是應該這樣嗎？沒必要因為愛情而妨礙生涯規劃。」

阿本搖頭說：「二十歲的時候可能是這樣，但過三十以後，愛情就是生涯規劃的一部分，沒有生涯規劃的戀愛，你就承認只是玩玩而已吧。」

「我們不一樣，我們就是：可以在一起，又可以做自己。」

阿本笑了笑，不再說話，他的表情顯示他沒有被說服，我也沒打算說服他。

「算了啦，阿本。」馮二馬說：「這隻太單純了，都不知道遠距離有多難搞，賴小瑜就是啊，一出國就跟外國人在一起，給我戴綠帽。」

「說的好像你們有在一起一樣。」

「蘇心靜也是啦，像她們這種乖了一輩子的女生，出國都會想要放縱一下，尤其是紐約，媽的，洋屌……」

「閉嘴！馮二馬。」

在我出拳之際，包廂的門被推開，四個女孩魚貫而入，向二馬打招呼。不、不是傳播妹，她們的氣質打扮明顯是上班族，頂多稍微整理妝髮而已。

二馬站起身，浮誇地招呼道：「嗨！安娜……沒有、沒有，我們也才剛到而已，還沒點歌呢……來，這邊坐，要不要先點東西吃？這是艾倫大律師、阿本大律師……男士們，你們一定猜不到這幾位美女是做什麼的，艾倫猜一猜，猜對脫一件喔，我說我脫啦！」

回到家時已過午夜，我打了個連自己都嫌臭的酒嗝，脫光衣服，鑽進被窩。蠶絲被單光滑冰涼，像女人的肌膚，又比女人輕盈。我掙扎一下便放棄洗澡的念頭，雙腿夾緊被子，沉沉入睡。

手機傳來連續的簡訊音。

我沒理會它，但「等等等」的音效卻在大腦中揮之不去。我起身，滑開手機畫面，是小靜的訊息。

心靜：Hi~~

心靜：安全抵達

心靜：飛太久了，飛到我全身都要散了。

心靜：花了一點時間總算到宿舍了。

心靜：天氣很棒！

心靜：我的室友好像是俄羅斯人。還沒到，先把廚房布置成臺灣的樣子。大同電鍋采[4]起來。

心靜：睡了嗎？要不要來視訊一下？

我在對話框中敲入：「已經睡了，明天再聊。」正要點 enter 鍵，手指卻被某個力量拉住。

4 采，正字應寫做跐，tshāi，豎立。

你在幹什麼?有個聲音說。

十幾個小時前你才說要娶她，現在就想敷衍?喂，她是你的女人，剛抵達一個陌生的城市，不是應該給她安慰與支持嗎?看看你現在這個樣子，人家一飛出去就跑去鬼混，喝個爛醉，還跟陌生的女人……你這樣不是渣男是什麼?

拜託，也太誇張，現在本來就是睡覺時間，我頭痛得要命，硬要聊天只會氣氛不好。她又不是遇上麻煩，開視訊一點幫助都沒有。而且，喂，我哪有去鬼混，我只是跟朋友出去喝酒順便認識新朋友而已，有女生又怎樣，男未婚女未嫁……

會說「男未婚女未嫁」的就是渣男中的渣男!

什麼跟什麼……

阿本的問題不對，不該問小靜是否愛你，應該問：你是否愛她。

你愛她嗎?

我愛她嗎?

或者，就像二馬說的，我不知道自己要什麼，像以前那樣。

手機開始震動，螢幕顯示通訊軟體的來電畫面，是小靜打來的。

我的手指浮在紅色與綠色的觸控按鈕間，猶疑不定。

二、「你有遇過比前女友還難搞的客戶嗎？」

「你有遇過比前女友還難搞的客戶嗎？」

「謝律師，我沒有要接家事案件。」

「這間百億就是。要資料永遠沒有，問案情一定說謊，給的法律意見總是不聽，re過十次的證詞還給我臨場發揮，然後又一直問案子會不會贏！我每次做完他們家的案子，都發誓一定要跟他們斷乾淨，老死不相往來……」

「謝律師，我沒有要接家事案件！」

「可是他們又很愛找我哩，那個王總出了事就『謝律師、謝律師』的叫，好像我是他看護一樣，付錢又大方。每次最後，我還是把自己的鼻梁打斷，和著血把案子接了。」

「謝律師，我是做非訟的，我不會做家事案。」

「我不知道他們為什麼一定要找你，王總說是他們一個董事個人的案子，指名要楊艾倫律師，我說你不做家事案，他說無論如何要你接，要不然……」

「要不然什麼？」

「艾倫啊，我知道艾瑞克那邊的事很忙，但你還年輕，多做些不同類型的案子，對你的將來是有好處的。」

「不是很忙，是超級忙……而且我對家事真的沒興趣。」

「你在這邊也一陣子了，」湯瑪士玩弄著原子筆，說：「有沒有考慮升上去？」

律師不像醫生有嚴謹的分科制度，然而隨著現代社會分工複雜，律師分工也越來越精細。最粗略的就是區分「訴訟」與「非訟」兩大類。訴訟律師打官司、寫訴狀、上法庭辯論；「非訟」則泛指所有訴訟以外的法律工作，在臺北律師的圈子中，這個辭彙通常會聯想到公司法務、併購、金融交易等。

我們是中等規模的事務所，律師、法務、顧問等加一加約三十多人，合夥人數名，主要老闆就兩個：艾瑞克・張與湯瑪士・謝。艾瑞克的專長是併購、投資等非訟業務，湯瑪士則是訴訟組的頭頭。我們這些底下的小朋友也依此分工，像我自入所以來幾乎只跟著艾瑞克做非訟案，湯瑪士底下也有他的人馬。

今天一早，湯瑪士把我叫進辦公室，說有件離婚案要分給我做。我一則毫無頭緒，二則最近開始了臺磁的新案，忙不過來，因此直言拒絕，湯瑪士試圖用油膩的語言勸服我，但我堅拒不從。

在我們這種中型所中，「分組」只是個概念（老闆名言：「管理層級扁平、分工彈性是我們的競爭優勢！」）。理論上任何一位老闆可以叫任何一位小朋友做任何事，但叫我這個六、七年資歷的非訟律師去辦家事訴訟，未免太離譜了。

那天下午中元普渡，難得事務所全員到齊，我拿了香一如以往地站在艾瑞克身後，湯瑪士原本和蔣恩聊天，突然拉著蔣恩從我面前擠過去。湯瑪士站在艾瑞克旁，回頭遞香給蔣恩，蔣恩便卡在我的前頭了。湯瑪士還對我擠眉弄眼一番，怕我不瞭解他的暗示。

媽的，有夠幼稚。

我帶著一肚子悶氣回到辦公室，打開「臺磁——J.J.」案的檔案卻無法工作。內心糾結半天，心想這樣下去不是辦法，便跑去廖培西的辦公室，他跟著湯瑪士多年，算是我們這一輩中的訴訟一哥。

「你說百億？比前女友還難搞的客戶？」廖培西說：「就真的難搞啊，要資料沒有，給法律意見不聽，教證詞教不會，又一直愛問會不會贏，而且是全公司上下都這樣喔！我做兩次他們家的案子就受不了了。」

「可是他們為什麼要做離婚案？」

「可能是董事長和總經理要離婚吧。」

「原來是這樣……」

「不是啦，我亂說的！我幫他們家做的都是法人訴訟，沒做過個人的案子。」

「湯瑪士說是他們董事的案子。」

「我看看啊……」廖培西面向電腦螢幕，點擊滑鼠，「百億的董事名單……九個人，董事長鄭水和，鄭水平、鄭水清、鄭水寧、王嘉、賴平生……算了我不想唸，你自己看，看誰認識。」

我看了名單，還讀了每位董事的簡歷，完全沒有印象。

「我最搞不懂的就是：為什麼一定要找我？我又不是什麼王牌大律師，而且我根本沒上過法院，怎麼會有人指名我去辦離婚案？」

廖培西手扶下巴，說：「你最近是不是有在什麼公共版面曝光？報紙投書之類的？」

「沒有……嗯，我上個月去工商合作會講了個講座，如果這算是曝光的話。」

「多少人參加？」

「不知道，七、八十個吧。」

「那就對了！」廖培西一拍桌子，說：「一定是有百億的董事去聽那場演講，對你印象深刻，所以指名你去辦他個人的案子。」

「可是我那場講的是公司分割耶。」

「合理啊！公司分割和離婚不是很類似嗎？都是把一個東西切開來。」

「也差太遠了吧。」

「從法人案衍生出來的個人案啊……湯瑪士一定很想接。」廖培西自顧自地說：「你知道，公司的錢是公司的，有錢人的錢才是自己的。」

廖培西這種訴訟律師的強項就是把事情說得天花亂墜，但你回頭想想，又好像真有那麼一回事。我回到辦公室後猶豫一陣，拿起話筒打給工商合作會的祕書，騙她說因為事務所管理需要，請她提供我那場講座的出席者名單；她沒花多少時間就將簽到簿掃描寄給我了，我興沖沖地拿百億董事名單兩相對照，發現沒有名字重疊，事實上，百億根本沒派人參加那場講座。我當下感到羞愧不已，想說自己怎麼會蠢到去相信律師的鬼話。

我決定不去理百億的事，回頭看「臺磁—J.J.」案。

這是近期我手上的主要案件，臺磁光電是臺灣前三、全球前十的太陽能電池生產商，交易對造J.J. Solar則是美國第二大的太陽能系統商。兩間公司長期以來是上下游關係（臺磁的電池安裝到J.J.的系統中），近年來因為太陽能市場不景氣，雙方於是打算嘗試某程度的垂直整合。我們代理臺磁這端，現階段的工作便是為雙方整合設計一套法律架構，以利後續談判。

艾瑞克的初步構想是成立合資公司，臺磁與J.J.各移轉部分產能與技術給新公司，以達成整合目標。合資的優點在於對雙方既有業務影響最小，進可攻退可守，若合作一陣子後感覺不錯，可以再談更深入的合作。

這個構想經過之前幾次問卷往返、會議討論後總算定了下來，但也只是個初步構想，要設立幾間公司、設立在哪裡、資本從哪裡來、臺磁與J.J.的經營權如何安排等諸多細節仍是空白。我與蔣恩的工作便是去研究臺灣、美國、香港、薩摩亞等各法域的公司、投資、資本市場、稅務、競爭、能源等法規政策，將構想轉化成一個可執行的方案，先向臺磁做出建議，然後代表臺磁與J.J.談判。

這是個大工程，很有挑戰的案子。

我在電腦上點開薩摩亞一九八八年國際公司法，事務所的行事曆系統突然跳出會議通知：「5分鐘；百億家事案；第三會議室」。我罵了聲髒話，點開系統，發現是湯瑪士的祕書幫我建的行程；我直接跑去找她抗議，說這樣是霸王硬上弓，她一臉不高興地說：「那是你跟湯瑪士的事，你現在是說我做錯了嗎？」

我立刻堆笑臉說月華姊怎麼會錯呢，只是通知太突然，嚇了我一跳。她說：「人都來了，在會議室裡，你不去的話，我就請她離開。」

我垂頭喪氣地回房間，拿了法典，拖著腳步往會議室走去，心裡盤算著要怎麼把這事擋回去；把案子說得非常非常麻煩讓他知難而退？或是說得非常非常簡單根本用不著花錢請律師？我深吸一口氣，要自己別慌，就算家事案我不在行，這幾年當律師也不是白混的，基本話術還是有，一定可以全身而退。

我推開會議室的門，一個女人站起身，面帶微笑。

「好久不見，楊艾倫。」徐千帆說：「真的好久不見。」

徐千帆是我的大學同班同學，我們是班對，從大一下學期開始交往。

現在回想，小帆當時的外型並不出色，鵝蛋臉、眉毛稀疏、單眼皮，看上去眼睛總睜不開；她的打扮樸素，除了一條細細的銀鍊外沒有其他配件。比較特別的是她留了個大波浪捲的髮型，看上去比其他女生成熟，她說純粹是巷口的阿姨燙壞了。

那時同學們對小帆的評價就是「成熟」。大一剛開學，大家都還不熟的時候，小帆便主動與大家搭話，不是那種刻意的、徒具形式的招呼，你會感覺她是誠懇地想要做朋友。

更了不起的是，小帆的談資極廣，普羅如影視娛樂校園八卦，菁英如國際政治現代藝術，現實如呼麻援交低級笑話，就連蔣恩養蟲這種小眾話題，她都能聊上一點，遇上不懂的話題她也總是耐心聆聽，然後做出中肯的回應。有人就說，跟徐千帆聊天好像不是在跟一個十八歲的女孩說話，而是跟一個二十八歲、充滿人生歷練的姊姊談心一般。

不只一對一能聊，在團體中，小帆也經常扮演招呼者的角色，她會主動向那些邊緣人搭話，讓所有人參與話題。例如有回一群臺北人聊高中補習班聊得興高采烈，我一個臺中人被晾在一旁，小帆便突然問我：「艾倫，我聽說臺中的補習班也競爭得很激烈，你有沒有接過補習班的電話，都是在說另一間補習班壞話的？」

就這樣一個問題，我打開了話匣子，也融入了那個小團體。交往之後，我提到這件事，說那當下我很感激，小帆只是笑著說：「有這回事嗎？我忘了，我還以為你天生就那麼多話哩！」

張阿本說小帆像《未央歌》裡的伍寶笙，蔣恩說比較像白先勇筆下的尹雪豔。

我不記得是什麼時候喜歡上徐千帆的，只記得那感覺十分強大，明明每天見面，但從某一刻開始，她顯得格外明豔動人。她撩動頭髮、調整肩帶的動作使我心跳加速，若有較親暱的互動——例如說冷笑話引她笑著一巴掌打在手臂上——便令人開心得彷彿全身毛孔都笑出聲一般。

當時的我對於「追求」完全沒有概念，只能採取「默默守護相信有一天她會感動」的愚蠢策略。例如在選課人數爆滿的憲法課，七點半到教室為她占一個位置；頂著中午豔陽去學校雞排攤排隊，跟她說是阿姨搞錯多送我一塊雞排；晚上騎著摩托車在社團辦公大樓附近徘徊，希望製造「巧遇」送她回家；無論當天有無見面，睡前傳訊息給她，問候、道晚安。

這樣的策略大多是失敗的。憲法課占的位置老是被蔣恩坐走，多買的雞排也總是被蔣恩不知羞恥地吃掉；晚上騎車繞著學校幾十回，從來沒遇到徐千帆，反而被警察抓紅燈右轉，被罰了好幾千塊。

只有睡前傳訊略有些進展，小帆的回應從不敷衍，她會多提一、兩句今天的趣事，我再回覆她，兩人便聊開了。我們通常聊到半夜兩、三點，話題由淺而深，涉及家庭、價值觀與人生哲學。我也會旁敲側擊地問她一些關於感情的事，有回我們聊到馮二馬愛喇妹的事，她回說：「我覺得二馬好笑是好笑，但太油了，不喜歡。」

我問：「那妳覺得他要如何改進？」

她說：「我就覺得你很好笑、又很誠懇啊。」

當天晚上我開心得睡不著覺。

然而隔天校園見面，小帆依舊沒坐我為她占的位置，中午吃飯時又和馮二馬打情罵俏。

如此網路與現實的差異令我困惑。有個聲音告訴我：別傻了，人家根本對你沒有感覺，網路上的親密感只是她很會聊而已，要是硬衝，連朋友都做不成！

但又有另一個聲音說：她只是不想變成話題啦！網路上偷來暗去不是很浪漫嗎？其實她也在試探你的心意，堅持下去，有一天她會主動約你去學校的池塘邊，告訴你其實她喜歡你，然後你就可以抱著她轉圈圈，載她上陽明山，之後就可以……嘿嘿嘿……

原先那個聲音說：幹，較早睡較有眠啦！

這種「薛丁格的貓」的單戀狀態持續了好一陣子，那段時間我心神不屬，睡不好覺吃不下飯，帶球上籃老走步，連馮二馬說要傳吉澤明步的新片給我我也說沒興趣。結果逼我打開那裝貓的盒子的還是吉澤明步。總之某天馮二馬說徐千帆某個角度滿像吉澤的，值得喇一下，我於是失了方寸，當晚便約徐千帆在學校的池塘邊見面。我拿昨天民法總則的筆記給她，她困惑地說她有上課，不用借我的筆記。我叫她打開看看，裡面寫滿了她的名字，代表我無時無刻都念著她。

事後小帆告訴我，她翻開筆記本當下臉都歪了，想說是什麼南洋邪降術；她保持冷靜，說了些民總老師像豆豆龍的笑話，然後從容道別，等確定脫離我的視線後，立馬跑像飛一樣地逃走。

我說一番純情被當成邪降術也太過分了，她說哪有人用這種方法告白的，不如送紙蓮花算了。

那個晚上我開了瓶六百ｃｃ的啤酒，在忠孝東路上邊走邊喝，喝完隨處轉進間商店買酒繼續喝。那是我人生第一次感到「心灰意冷」。喧鬧的西門町、人來人往的臺北車站、霓虹閃爍的東區街頭，一切與我無關，腦海裡反覆播放著徐千帆離去時尷尬又厭惡的表情，讓我想死。媽的，如果不死我不知道以後怎麼面對她。

回到宿舍，我直接鑽進被窩，突然間酒意上腦，什麼委屈、挫折、憤怒、哀傷的情緒全湧了上來，蒙在被子裡便開始哭。我告訴自己，「男人哭吧哭吧不是罪，再強的人也有權利去疲憊」，哭完明天又是一條好漢，女人又算什麼。想到女人心裡又不禁一陣痛，便不小心哭出聲。

「學弟，有心事嗎？」
我掀開棉被，看見菜頭學長站在那兒，一臉憂心忡忡的樣子。
菜頭學長是我的室友，大我兩屆。他的身材肥短，一顆頭大得不可思議，頭髮總剪到只剩頭頂一撮，便像顆菜頭。
雖然我們同寢室已經一陣子，但因為屆數有差，我和學長並不是很熟，我翻身背對他說：「謝謝學長，我沒事，我一個人靜一靜就好。」
菜頭學長在我床邊坐下，說：「如果是感情的問題可以跟學長說喔，學長經驗很豐富。」
我心想：「你？經驗豐富？是跟紅蘿蔔談戀愛的經驗嗎？」不過當時我確實需要說話的對象，於是我坐起身，把徐千帆的事全部告訴他。
學長一邊聽一邊搖晃著巨大的腦袋，幽幽地嘆口氣說：「學弟，我覺得你要更勇敢一點。」
「什麼意思？」
「直接告訴她你喜歡她，想跟她在一起。」
「她都拒絕我了。」
「你沒告訴她你喜歡她啊。」
「可是……」我想了一下，說：「可是如果我直接告白，但她不喜歡我，那不就連朋友都當不成了嗎？」

「不會的。」學長說：「只要你是真誠的，她不會討厭你的。我們討厭的是惺惺作態的人，是那種不敢面對、裝模作樣、連自己都騙的人。你不是這種人，學弟，你不像我，她不會討厭你的。」

菜頭學長的話像一陣溫暖的風，從耳膜暖進心裡，我試探地說：「學長，你好像有很多故事？」

「所以我說我經驗豐富啊！」他笑著說：「如果說我的人生到現在有什麼領悟，就是要做自己、真誠地面對自己，大聲說出來，不要害怕，我們都覺得自己不夠好，但其實……面對自己，一切都會變好的。」

我們聊了一整晚，多數時間是他講他的成長故事。媽媽、自我否定、勇氣、認同等是他的故事中經常出現的辭彙，我於是了解那人生體悟的由來，我也知道該怎麼做。

第二天上課，我告訴所有人我要追徐千帆，馮二馬當我在開玩笑，我嚴肅地說：「沒有，我是認真的，我又不是你。」

說也奇怪，把話說出來以後，所有的事情都變順利了。無論憲法課再怎麼擁擠，大家總是把我身旁的座位「禮讓」給徐千帆；她社團的同學會主動告訴我她何時要離開，要是我趕不及，還會幫我拖住她；連學校裡雞排攤的阿姨都幫我打折，直說：

「少年仔逐某[5]不簡單啦！」

小帆本人呢？我首先為那天晚上愚蠢的舉措道歉。我說，妳或許現在對我沒有感覺，可能以後也不會有，但請留一點空間，讓我能表達對妳的情感，我會保持安全距離，不會造成妳的困擾。

她鼓著腮幫子、眼球上下左右轉（說有多可愛就有多可愛），說：「我又沒有那麼好，你幹麼要這樣？」

我說：「不，妳真的很好，妳是我見過最漂亮、最聰明、最善良的女生，跟妳一比，林志玲都不算什麼。」

她一面跨上機車後座，一面說：「講成這樣，你很好笑耶！」

「哪裡好笑。」

「快點走啦，我要回家。」

這樣的追求持續了幾個月。我沒有再露骨地告白，她也沒有表示什麼，生活一切如舊；憲法課出席人數隨學期進行而減少，若有空位，她不一定會坐在我的旁邊，但多半坐在我附近；她叫我不要一直買雞排，怕胖，我便去買刈包，她笑說還不是一樣胖。晚上她會主動告訴我離開的時間，車子騎一騎，她還會問我會不會餓，要不要去吃宵夜。

---

5 逐某，jiok-bóo，追老婆。

之後我祖父過世，我回臺中待了兩個星期。回臺北後某天晚上，小帆傳訊息約我去校園中的池塘邊見面，我當時沒意會過來，還問她有什麼事，她說出來就是。

我記得那天她穿了件連身的碎花洋裝，長髮與裙襬隨夜風飄動。她先向我致哀，又問我臺中的天氣怎麼樣，我如實回答，然後她問：「那你有想我嗎？」

我說：「有啊，我不是都有傳簡訊給妳嗎？」

「阿公喪事還在想女生，你這個不孝孫。」

「那沒有好了，我傳給妳的訊息都是虛情假意。」

「你這個渣男！」

我笑出聲來：「想妳也不行，不想妳也不行，妳是要怎麼樣嘛。」

她遲疑一陣，才說：「喂，你知道嗎？本來我覺得……我一定不會答應你的追求的，因為你不是我喜歡的型，我喜歡的是金城武那種的。」

「人家都說我是臺中金城武。」

「你不要吵啦，聽我說。」她說：「所以你說要追我，其實我……其實我有一點為難，你表現得大方，我也不想扭扭捏捏，要追就讓你追啊！可是……可是我又一直提醒自己，不能接受太多你對我的好，因為我們不會在一起，我不想被人家說我在利用你，把你當工具人。」

「所以妳請我吃宵夜。」

她繼續說：「你這兩個星期不在，我才發現……才發現……好像有點習慣你在身邊了。我去憲法課的時候……竟然不知道要坐哪裡，中午不知道要吃什麼，最好笑的是，晚上社團結束，我會一個人站在馬路旁邊生氣，想說那個呆瓜怎麼還不來接我……這就是人家說的『制約』嗎？一旦習慣，好像沒有你就怪怪的……所以、所以，我是想跟你說……」

她停了一下，白皙的臉龐浮起紅暈。

「所以，我要跟你說的是，如果……如果你還是喜歡我，像之前說的那麼喜歡的話，那麼……我們可以在一起嗎？」

我開心得跳起來，大笑大叫，害她連連比出「噓」的手勢。我看著她羞紅的臉、飛揚的長髮、單薄的肩膀，忍不住上前一步說：「那……那我們現在要做什麼呢？我可以抱妳嗎？」

她做出一個防衛的動作，說：「我會害羞啦。」

「那我們去陽明山看夜景。」

她說好。

於是我們開始了班對的生活。

當班對其實比我想像得平凡許多，依舊是上課、吃飯、出遊的大學日常，只是多了一個喜歡的女生在身邊。同學剛開始會調侃一下（「班對了不起喔？」），後來也習以為常，所有關於我們的事務都是以兩人計，聚餐位置、出遊車票、選課人數等等。

我也將小帆帶回宿舍介紹給菜頭學長認識，學長相當激動，一直叮嚀我要對小帆好，要我們一直幸福地在一起，說著說著還掉了眼淚。我跟小帆說學長是性情中人，學長說他哭是因為感受到那種爸爸嫁女兒的感動。我問他是把小帆當成女兒嗎?他說不是，是你。

不過我越來越少回宿舍了。小帆她家為她在法學院附近購置了一間小公寓，屋齡三年大樓的第七層，二房格局，對一個大學女生來說無論如何是太大了些。

我們經常戲稱這是她未來的嫁妝，想像將小房間漆成粉藍色，當成小孩房，另一間主臥室則得想辦法再做一套衛浴。我們喜歡拉條毛毯，相依偎在那張靠窗的長沙發上，俯看法學院中移動的小小人物，猜說是誰誰誰。夜幕低垂後，法學院淨空，我們會一起看書，看電影，然後在那張長沙發上做愛。

但別誤會我們是那種只過兩人世界的大學情侶，相反的，小帆的「御姊」性格讓我們成為堅實的團體核心，她的公寓後來跟麻將間差不多，馮二馬、張阿本、蔣恩都是常客（蔣恩：「我就說小帆是尹雪豔吧，伍寶笙才不會讓你去她家打麻將咧！」）；我們會一群人窩在那裡看棒球，咒罵某支球隊；一起看選舉開票，咒罵某個政黨。

回想起來，大學生活是我生命中最快樂的一段日子，有自由，有飽滿的愛情與友情，心靈總是滿足的，鮮少有空虛的片刻。現在很難想像那種滿足感，未來似乎更難。

大四的那年情人節，我和小帆在東區閒逛，一個鋼筆品牌舉辦「有愛大聲說」的活動，小帆不顧我阻攔跑去報名，她在臺上拿著大聲公對整條忠孝東路的人喊道：「我要跟我的男朋友楊艾倫先生說，我當初其實沒有很喜歡你，是因為你死纏爛打我才跟你在一起的！」

所有人爆笑，她接著又說：「不過我真的很高興答應了你的告白，跟你在一起很快樂，很開心，謝謝你給我美好的大學四年。我現在可以大聲跟你說：情人節快樂！我愛你！我們一定要一直在一起，因為如果我們分手，我們的青春・就・結・束・了！」

臺下響起如雷掌聲，我上前抱住我心愛的小女友，不知不覺間已是淚流滿面。我們因此贏得新款的對筆，她請廠商在筆上刻上「L&F」字樣，代表我們的名字「倫」與「帆」。我說我不會用鋼筆，她說：「我辛辛苦苦贏回來的禮物，你不收，你是要你的青春提早結束嗎？」

那時真的很開心，乃至於我們都沒有意識到一件事。

青春總有一天會結束的。

「那時候我整個人傻住，倒退出去，又走進去，才確定不是做夢。她說我太誇張，又不是見鬼，我說今天是中元節，我還真以為見鬼了。」

「然後她就被逗笑了？」

「她說我很好笑，像以前一樣。」

「然後你就勃起了。」

「沒有！」

「媽的，你一定勃起了。」二馬說：「你一定覺得她那一笑像什麼碗糕遺失的鑰匙、打開什麼古老的枷鎖、回憶噴得你滿臉都是、還是熱的之類的……所以你就硬了。」

我無語，因為我不想承認他猜得有點準。

「所以徐千帆跟你那個客戶到底是什麼關係？」阿本問。

「她媽就是鄭家的大姐，那間公司那幾個姓鄭的董事都是她的舅舅阿姨。」我說：「我以前跟她爸媽吃過飯，只知道她爸爸是一間科技公司的主管，不知道真正有錢的其實是她媽。」

「她什麼時候從美國回來的？」

「她說回來幾個月了……你們不是都有在網路上加她好友？我是被她封鎖了。」

「她幾年沒更新動態了吧。」阿本拿出手機，點開徐千帆的社群網站頁面，最近一次的動態更新在兩年前，一張不知名山峰的照片，沒有文字，不知所云。

我的注意力落在頁面的檔案照片上，照片裡頭她一手壓住被風吹亂的長髮，身後是馬祖芹壁層層疊疊的石屋。

那是我拍的照片，是最後一張我為她拍的照片。

「所以她還好嗎？看起來怎麼樣？」阿本問。

「沒什麼變。」我想了一下，說：「只是……怎麼說呢……變精緻了？頭髮啊、眉毛啊、指甲啊、衣服啊，有點一樣又不一樣，一點一點的不一樣累積起來，又沒有讓她變太多，還是那個徐千帆，你們懂我的意思嗎？」

二馬說：「就一句話，正嗎？」

「超正。」

「幹，你還愛她。」

「沒有，開什麼玩笑，早都過去了。」我說。隔了幾秒，我又說：「就……就有點難過吧，她臉頰都削下去了，手背青筋也浮出來了，只是覺得……她不是當年那個青春無敵的徐帆帆了……她過得不好，她不快樂，所以她回來找我……唉，如果當初……」

「媽的，又開始了，人家就是流失了一點膠原蛋白，被你說得好像多苦命一樣。」

「我說真的……我會幫她。」

「那你應該幫她好好補一補嘛！」二馬說：「剛好你現在……是不是？後宮空虛，約她喝點東西，她脆弱想哭的時候，就把胸膛靠過去，然後就可以帶回家，是不是？」

「她不會啦。」

「俗話說得好：『好馬不吃回頭草，馬若回頭隨你搞』，她都回來找你了，心裡有數啦！你也是這樣想的吧？」

「幹，沒有。」

「星期六晚上約一下啊。」

「幹，你知道我星期六不行的。」我喝了口酒，說：「約明天好了。」

「婧[6]啦！」二馬說，我們乾了一杯。

「說正經的，楊艾倫。」張阿本說：「你不應該接徐千帆的案件。」

「為什麼？」

「這還用問嗎？你對她根本沒斷乾淨吧？」

「律師倫理又沒規定：『不得接沒斷乾淨的前女友的案子』。」我說：「而且我有修過親屬，也有修過民訴，離婚是可以的、可以的。」

「這不是會不會法律的問題。你感情攙和太多，會失去專業判斷的。」張阿本表情

6 婧，suí，漂亮的。

嚴肅地說：「辦離婚跟我們聊八卦不一樣，不是瞎扯淡就好，離婚案一定會碰到錢，你情迷意亂、隨便亂做下去，到時候吊牌事小，弄不好還要賠錢。」

「哪有那麼嚴重？」我說：「我沒辦過離婚案，但我幹律師這麼多年，該注意的我都會注意……不要遲誤期間，不要代替當事人自認，辦訴訟不就這些，怎麼可能吊牌賠錢？」

「好，那我問你……徐千帆有小孩嗎？」

一陣晴天霹靂。我支吾說：「應……應該沒有吧……」

「所以你不知道。」

「她看起來不像生過小孩啊。」

「有沒有小孩對離婚影響有多大，你應該知道吧，菜鳥？」阿本說：「你今天不是跟徐千帆『開會』嗎？你們到底是開什麼啊？」

「我們當然有討論啊。」我試著為自己辯護，「只是今天太……太倉促了，有些細節沒 cover 到，我就是要再約她討論細節嘛。」

阿本嘆了口氣，說：「那你知道你喝了兩瓶威士忌嗎？」

「什麼？」我沒意會過來。

阿本用筷子敲了敲桌上的兩個空酒瓶。

怎麼可能兩瓶？我知道我自己的酒量，半瓶就倒了吧，還兩瓶。

如果真的喝了兩瓶，我現在早就……嗯？所以兩個空瓶是……

我眼前一黑，失去了知覺。

我做了一個夢，關於大學最後一年的夢，惡夢。

法律系學生無法逃避的宿命就是國家考試。打從大學入學第一天起，老師、學長姊們便照三餐灌輸我們國考的恐怖：「一本書要讀五遍」、「要提早兩年開始準備」、「每天要唸十六個小時的書」，附帶某某優秀學長姊考十年考不上變瘋子之類的溫馨小故事。

我印象最深的是菜頭學長搬離宿舍前的那段話：「艾倫，你一定要考上，國考恐怖的不是沒考上，是比較。你會恨自己，恨身旁的人，所以要一次就考上。」

菜頭學長應屆畢業便雙榜題名，他話說得語重心長，大概也是來自他過人的感性。

鑑於如此耳提面命，大三結束後，即便最不用功的人也會收起玩心，像頭待宰的肥鵝，認份地彎曲頸項，將自己塞進狹小的鐵籠中。

詳細說來，法律系要面臨的大考有三項：研究所、律師、司法官。

研究所考試多半落在三到四月間，有人考研究所確實是基於學術興趣，但多數人是將它當成國考的「練筆」，畢竟國考出題老師就那幾位，從研究所考題或可一窺老師們出題的「重點」。

對男生來說，考研究所的另一個目的就是延後當兵。那是仍要當一年多兵役的年代，大家會擔心國考一次沒過，當兵之後會「變笨」，因此希望有個學籍，給自己第二次乃至第三次的機會。

律師考試則在八月舉行，那時考的是舊制，十二門法律分成八科三天考完，全部是申論題，固定錄取率百分之八。這是一年考試的重頭戲，如果沒有特別指明，多數人說的「國考」其實就是指律師考試。

司法官考試時間則在十月，科目與律師考試差不多，但錄取率通常只有百分之二左右，考過等於打死大魔王破關，會被學弟妹當神一樣地崇拜。

除此之外還有地政士、高考法制、調查局等考試，這是讀法律系的好處，基礎法律科目讀過，國考buffet，任君挑選。

為了迎接長達一年的考試馬拉松，我與蔣恩、二馬、阿本團報了補習班的全科課程，組成讀書會，擬定進度表，分頭蒐集各類「猜題」、「獨門」偏方。我們也去拜了龍山寺與文昌宮，求考運符，許下各種考上後還願的條件。最後我們合作在圖書館置物區占領一小塊空間，堆放椅墊、水壺、耳塞、萬精油等「補給品」，準備長期抗戰。

小帆是例外，她不打算參加國考。

小帆很早就立志從事環保工作，她是學校「國際環保社」的社長，帶領社團積極參與國內外NGO活動，並曾在全球青年環保大會上發表演說。她說她當初並不想唸法律系，純粹是分數考到才被家人逼著填了志願；現在她二十二歲了，她要自己做選擇。

我曾經勸她，國考與環保工作並不衝突，有張律師執照不是更有助於環保運動嗎？她說，國考這種事要全心全力投入，但又不一定會考過，與其花二、三年讀那些無聊至極的教科書，不如把時間花在真正有意義的事情上。

我被說服了，我說我會考上，賺很多錢，並支持她的志業。

我們以為一人唸書、一人搞社團，生活應當不會有太大的改變，事實證明這想法太天真了。三年來上課、吃飯、回家無時無刻都是兩人行動，現在即便只是相隔圖書館與社辦大樓兩地仍令我相當不習慣，每隔幾分鐘就要檢查手機訊息，讀個段落就以休息為藉口，跑去她的社辦鬼混，便是坐在一旁看她與同學開會也好。我也老是蹺掉補習班最後半小時的課，為了準時接她回家。

她勸我專心讀書，我便撒嬌說我就是讀書時百分之百的專注，才能勻出時間陪她。她說我很好笑，我心知肚明這是很好笑的，和其他人一天十六個小時的苦讀相比，我的唸法當自己是法律奇才。

於是我五間研究所的考試都落榜了，連備取都沒有。小帆安慰我說，反正只是練筆，有練到就好；我告訴她我已記取教訓，接下來幾個月要拚命了，我拚命起來，連自己也會害怕的。

她笑著說這樣正好，她要忙東南亞動物走私防制的計畫，我可以一個人好好用功。

我聽到「東南亞」三個字便感覺不對，問她是不是要出國，她支吾半天，才說要去柬埔寨一個月。

我要她放心去，說這個計畫很偉大，柬埔寨是很酷的地方，去一趟一定收穫很多。她放下了心，打開話匣子談論著計畫的種種，我隨口應對，同時默默記下細節。

其實我並非一開始便打算這麼做，只是每當想到她要在荒野中與來自世界各地的志工相處一個月時便感覺渾身不自在，她起程後音訊驟減（柬埔寨網路不發達），更使我焦慮感直線上升。她離開後不到一個星期，我便買了往金邊的機票，我在網路上訂了接駁車，到金邊後才發現是輛電動三輪車，司機一聽我的目的地便連連搖頭。我在金邊多待了兩天，總算租到一輛稍微像樣的小貨卡，在沒鋪柏油的泥濘路上行駛整整八個小時，經過兩條野溪，跨過一條大河，我的腸胃在途中幾乎打結。

我在日落時分抵達叢林間的國際志工營，手上鮮花半萎，幾箱泡麵被擠壓得不成形狀。營地爆出如雷的歡呼，我和小帆在歡呼聲中擁吻，自以為是《亂世佳人》的白瑞德與郝思嘉或是《傾城之戀》的范柳原與白流蘇。

浪漫無價，只是有代價，代價就是我的律師與司法官考試都落榜了。

邏輯上，在一個錄取率只有個位數的考試中落榜是「正常」的，這也是我抱著半吊子心態讀書的原因：反正應屆考上本來就難，何必現在就氣力放盡？保留點力氣明年再拚。

然而事實是：二馬、阿本、蔣恩都通過了律師考試，二馬還考上了司法官；其他同學在各項考試也都有斬獲，我成了唯一空手而還的考生。

每回放榜時，那震驚總是從脊髓深處滲出來，腦中是滿滿的「為什麼」：為什麼馮二馬那種人也考得上司法官？為什麼蔣恩名次那麼前面？為什麼張阿本看起來那麼蠢也考得上？為什麼老天那麼不公平不給我一點點運氣沾上榜尾？為什麼為什麼為什麼為什麼為什麼……接著是強烈的「我不如人」的沮喪，最後才是懊悔。

如果當初不是……我也不會……

更痛苦的是，這些情緒只能自己消化。我得跟著所有人在社群網站上留下「恭喜上榜！」、「灑花，我知道你行的！」之類的祝賀文；我得參加聚會，自嘲般地行軍禮說：「陸軍下士楊艾倫，報到！」二馬他們都是明白人，不會將焦點放在我身上，我們一如往常地喝酒唱歌開玩笑，彷彿上榜落榜沒有差別。但我知道是有差別的，當他們聊起律師訓練、實習工作等話題時，我只能不自然地靜默，那瞬間我會痛恨這些「逼」我分享喜悅的朋友們，然後痛恨那個痛恨朋友的自己。

小帆盡力扮演她的角色，在我沮喪時將我的頭壓在她的胸口上，告訴我說：「應屆考上本來就很難，你看那個誰也沒上」，或是：「你明年一定會上，你是我的男朋友耶」。不過她最常說的是：「沒考上又不是世界末日，這世界上還有很多事等著我們去做，不要那麼在意嘛。」

最後這句話令我反胃不適。那是妳，我不是妳，我沒那麼好命。

將我拖出泥沼的是蔣恩。她和她姊去泰國玩了一個星期，託我照顧她的兜蟲與扁鍬，回來後她煮了蔴薏與爌肉給我當謝禮，我們吃著吃著，她一句「你還好吧」，我的眼淚便不爭氣地掉了下來，她冷冷地說：「『歡喜做，甘願受』，哭屁啊？」接著將我補習班蹺課、讀書會缺席、占用圖書館座位卻一直不來等惡行惡狀一一數落。

聽她開罵，我剛開始還覺得難過，越聽卻越好笑，心想這些荒唐行止到底是哪個蠢貨犯下的。

我笑了整晚，喝得酩酊大醉，感覺煥然一新。

入伍後我在高雄步校待了四個月，幸運地抽中「籤王」，分發馬祖北竿裝甲步兵連，白天帶兵，晚上處理連上那些狗屁倒灶的文書，可謂精實。我用一切可得的時間讀書：午休、晚自習、就寢後，每天讀到一、兩點，隔天照樣洞六洞洞帶隊跑三千。若是連這點時間都沒有，我便將法典一頁頁撕下，藏在口袋中，隨時背誦。有些長官不滿我只顧唸書不顧公務，我一律充耳不聞，反正退伍後風馬牛不相及，只要不出包，他們也不能拿我怎麼樣。

那時小帆兩個星期就飛來馬祖一次，她會先開好房間，買好食物飲料，我放假出營先洗澡，然後我們做愛，然後讀一整天的書。我問她這麼常來馬祖社團的事怎麼辦，她說她都安排好了，現在陪伴我最重要。

然而儘管已是豁出性命在拚，第二年的律師考試我仍然落榜，總分差一分。

我特別在放榜那天排休，在旅館中反覆登入考選部帳號，看到結果雖然失望，心情卻滿平靜的，或許是這一年的軍旅生涯讓我瞭解，人生除了退伍與送軍法外，沒有什麼值得大驚小怪的吧。我跟小帆說，全臺灣步兵排長能考律師考到差一分的，大概也就我吧。她叫我去申覆，我說算了。

我們用那幾天的假走了耽擱已久的馬祖之旅，看了藍眼淚、梅花鹿，吃了淡菜、魚麵，喝了高粱，最後一站回到北竿芹壁，在層疊櫛比的石造古厝間喝咖啡。小帆要我幫她拍照，我按下快門時正好風起，於是拍下那張她狼狽手壓帽子的照片，她接過手機笑著說：「你怎麼連拍照也拍不好？」

那一瞬間，我覺得心中某處細心維護的冰層被踩破了，裂痕延伸，細微的喀吱聲令我不自主地顫抖；我努力笑，但我知道我笑不出來，小帆一定也感受到了，兩人之間的空氣結凍，多一句話都顯得尷尬。

我們勉強完成那段旅行，小帆自己搭車去機場，沒有擁吻，沒說再見。我回到營區，經過軍械庫，有股去領槍的衝動。

幾天後，我在巡哨時因夜霧迷路摔下懸崖，左小腿骨折，上頭長官給我優惠，讓我去臺中就醫，等於是提前退伍。那群天兵在我的石膏上寫滿汙言穢語，之前最愛唸我的那名長官還特別跑來，送我一枚「高中」的護身符。

我在臺中待了兩個星期，百般無聊，只見我媽和蔣恩她姊。我沒讓臺北那些人知道我回臺灣，蔣恩回來看我，我還叮嚀她別說出去，特別不要跟徐千帆說。她搖頭嘆氣說搞不懂我們在搞什麼，我說她就是什麼也不懂才會一直交不到男朋友。

我一直等退伍令到手後才上臺北，小帆來車站接我，我沒拄枴杖，跛著腳，一手插口袋，另一手去牽她的手，但她卻縮手了；我再次伸手，她沒再逃，只是手冰冰涼涼的，沒有力氣。

我們與二馬、阿本等幾個同學碰面，那時她會笑，恢復成以前活力四射的徐千帆；朋友一走，她的臉便垮了下來，冷淡應對；晚上我們回到法學院的那棟公寓，她停下腳步，說：「到這邊就好。」

我忍了一整天的怒氣終於爆發，大聲說：「什麼叫這邊就好？我不能上樓嗎？」

她掉下眼淚，說：「對不起，艾倫，我……我真的沒有辦法……」

「什麼叫沒有辦法？我都為妳搞成這樣了，妳跟我說沒有辦法？」

她沒有說話，只是哭，大樓管理員探出頭來，問有沒有什麼要幫忙的，她揮了揮手，回過頭低聲說：「艾倫，我們分手吧。」

我整顆心沉了下去。

「為什麼，因為我沒考上國考嗎？是妳說我們不能分手的……為什麼？」

「你知道不是這樣的。」

「我不知道，我真的不知道……到底為什麼……我為了妳，考試沒考上，現在像隻落水狗，然後妳說要分手……為什麼？你喜歡上別人了？」

「我沒有。」

「是學長嗎？是有考上的人嗎？不會是馮二馬吧？」

她賞了我一巴掌，吼道：「你夠了吧！楊艾倫，全世界就繞著你那個雞巴考試轉就好了啊，我要出國唸書了，這樣可以了吧？滿意了嗎？可以放我走了嗎？」

她轉身上樓，留我在原地，腿部傷處隱隱作痛。

我從二馬那邊探聽出小帆的班機時間。我提早三個小時抵達機場，然而起飛時間都過了，仍沒等到她的身影。我拖著跛腳，在航廈間往來詢問，還遭航警盤查數回，直到所有櫃檯都關閉，我才收到二馬的訊息，道歉說班機資訊是假的，徐千帆前一天就飛出去了，是她要他說謊的。

我頹然坐倒，從口袋中掏出以所有積蓄買下的戒指，痛哭失聲。

這時我聽見有個腳步聲向我走來，輕緩而溫柔。

「還好嗎，艾仔？」

然後我的夢便醒了。

「還好嗎，艾倫？」

「還好，就是……頭很痛。」

「你就不會喝，硬要跟人家喝。」小帆的聲音在黑暗中有些模糊。「我幫你擰一條毛巾。」

「等一下……」我拉住她的手，說：「帆，我剛剛做了一個惡夢。」

「什麼夢？」

「我夢見我們分手了。」我將臉貼在她的大腿上，說：「妳去了美國，結了婚，但不是跟我……我追到機場去，差點被航警抓起來。」

「結果還好嗎？」

「不知道……喔，我還夢到我在當律師，好像還當得不錯哩。」

「那很好啊，怎麼會是惡夢呢？」

「可是我們分手了……失去妳一切都是惡夢。」

她沒說話，我可以聽見她吸鼻子的聲音。

「小帆，還好嗎？有些事情回頭來看真的很好笑，我那麼想考上，在夢裡面我考上了，好像也沒有過得比較好，還失去了妳……我寧可不要，就像現在這樣，我們開開心心地在一起。」

「我沒事。」小帆說，沉默許久，才又說：「艾倫，你不是在做夢，你考上了，而且你是個很好的律師，我也真的結婚了，還要離婚，所以我來找你。」

我一驚坐起，只覺天旋地轉，立刻又躺下。她起身開燈，是那間公寓，那張長沙發，窗外是已不再使用的舊法學院。

「我……我怎麼會在這裡？」

「二馬在我家樓下打電話給我，說你醉得不省人事，一邊吐一邊呼喊我的名字，要我幫忙。」

媽的，馮二馬，你真的很……

「我只好把你搬上來了……不過，你沒有像他說的那樣子……」

「沒有什麼？」

「沒有呼喊我的名字啊。」她笑著說。

她穿著寬鬆的T恤與運動短褲，腦後夾著鯊魚夾，沒上妝的臉更接近當年我認識的那個徐千帆。我伸手抽了張面紙擦去臉上油膩，突然覺得我這麼熟悉面紙的位置好像不大妥，但又好像再妥也沒有。

「我清醒一下，馬上走。」我說：「我去找二馬算帳。」

「沒關係，多躺一下，來都來了。」

來都來了……什麼意思？

「大三期末考那次你也是喝成這樣，你記得嗎？我還在羅斯福路旁邊停下來讓你吐，結果被警察盤問了半天，他們懷疑我給你下藥。我說我給一個男生下藥幹什麼，那警察說我搞不好要割你的腎臟去賣。」

「他懷疑妳要劫色吧？」

「智商正常的人都不會這樣懷疑吧？」她站起身，說：「躺一下，我去拿毛巾，要不要杯茶？茶包可以吧？」

我看著她轉進浴室的背影，心想是否應該跟上去。

此時桌上手機震動，我想也沒想便拿過來，才發現那是小帆的手機。傳訊息來的是個叫「賈斯提斯」的傢伙，訊息內容不知所云，除了幾個關鍵字「目標路」、「材料」、「投放範圍」外，我沒記得其他文句。

我滑開手機密碼畫面，先試了小帆的生日，錯誤，又輸入我的生日……還是錯誤，真蠢，自做多情。

「幹麼偷看我手機。」她站在一旁，拿著毛巾與茶杯，我說我聽到手機震動，以為是我的，拿起來看一下而已。

「你的在這裡。」她將手機遞過來，說：「報平安嗎？」

「什麼？」

「這麼晚不回家，不會有人擔心嗎？」

我長長地「哦」了一聲，說：「剛好不在。」

「原來是這樣。」她笑了笑。我很想從那笑容中讀出什麼。

我們陷入沉默。她靠坐在五斗櫃上，雙手撐在骨盆兩旁，看著我，又彷彿沒有；我小口小口地喝茶，感覺她我之間呼吸起伏，編織成一道玻璃絲網，綿密繁複，纖細脆弱，多呼一口氣便會碎得滿地。

許久，茶杯見底，我將杯子遞回，起身道謝。她問我需不需要叫車，我說我可以自己回去。

我拿過襯衫，逐一釦上釦子，她伸手為我整理頸後的衣領，撫平肩上皺褶，如此自然，像是她每天都這麼做一般。我撿齊鑰匙皮夾，想轉身，卻捨不得。

「怎麼了？叫車嗎？」

「不用。」我告訴自己，對自己要真誠。「妳回來找我，到底為了什麼？」

她笑了笑，說：「不是跟你說了嗎？我要離婚，需要一個律師。」

「但妳知道我不是辦這種案件的……」

「所以你明知故問。」

我無法克制，低頭去吻她，她做了個防衛的動作，別開頭說：「不要，你臭死了。」

我笑著退開。

只是因為臭嗎？

就在這時候，大門突然被推開，我聽見蔣恩以高八度的聲音喊道：「放開他（她）！」

我們還沒來得及反應，蔣恩已經衝上前，連珠炮似地說：「我來晚了嗎？天啊，你們該不會已經怎麼樣了吧？……沒有嗎？沒有就好，還好，嚇死我了……喂，徐千帆，你可以放過這個蠢貨嗎？妳知道這傢伙沒什麼意志力的，妳吹口氣他就暈了。拜託拜託，我答應人家要看好他的……妳放過他，有什麼事，跟姊妹說，我一定幫妳處理好，不要跟這種男人糾纏……好不好？」

徐千帆還沒從驚嚇中恢復過來，結結巴巴地說：「妳……妳怎麼進來的？」

蔣恩露出「你嘛幫幫忙」的表情，舉起手上的鑰匙說：「明明就是妳給我的鑰匙，叫我有空來看看房子……妳回來不覺得房子怎麼那麼乾淨嗎？」

徐千帆笑出聲來，拍著腦袋說：「天哪，我都忘了！小恩妳還是那麼可愛，來，抱一個。」

「回來也不先找的。」蔣恩說。兩個女人抱成一團，我看向蔣恩身後的阿本，他做了個鬼臉。
「我會找時間再約其他女生出來的。」小帆說：「很想念大家。」
「那妳可以放過他了嗎？」蔣恩指著我說。
「當然，把他領走吧，處理醉鬼真的很麻煩。」
「我不是說這個，」蔣恩說：「小帆，妳要離婚、妳要律師，我幫妳辦到好，要不然那個……小潔啊，她專辦家事，還常上電視。有那麼多選擇，妳幹麼找這個浮浪貢[7]，到時候妳連這間房子都輸輸去。」
徐千帆突然轉身背對蔣恩，沒有說話。
「小帆，就當我拜託妳，就……」
「媽媽，妳們好吵喔。」
一陣孩子的聲音傳來，所有人看向小房間，一個五、六歲的小男孩站在房門口，揉著惺忪的睡眼。
徐千帆快步上前，將孩子抱起，說：「對不起喔，媽媽跟朋友聊天聊得太開心了，吵到你了，對不起，媽媽抱你去睡，好嗎？」
「好。」
徐千帆回頭對我們說了一串脣語，又使了幾個眼神，我完全不知道她要表達什

7　浮浪貢，phû-lōng-kòng，游手好閒、不務正業、玩世不恭的人；有時俗寫成「噗嚨共」、「普攏拱」。

麼。我們看著小帆抱孩子進房，蔣恩上前幾步，被阿本拉住。

然後我們三人悄悄地退出公寓，慎重地鎖上門。

三、「說人生無常的人的人生通常都不無常。」

「說人生無常的人的人生通常都不無常。」

「繞口令嗎？」

「人生感悟……以前打球遛手[8]就在那邊喊人生無常，真的是過太爽；現在真的遇到了，反而說不出來了。」

「卻道天涼好個秋。」

「什麼意思？」

「就是……算了，我懂你的意思，遇到這種事情，你身價打了好幾折吧？」

「我不是說那個……是一個男人的故事。他有老婆，但婚姻不幸福，他掙扎很久，下定決心提離婚，他老婆卻告訴他她懷孕了，那是他們第一個孩子，她求他不要走，不要讓孩子一出生就沒爸爸。」

「你從哪聽來的？」

「你會怎麼做？不顧一切轉身就走？還是為了情分，或是說……道義，硬撐下去？」

「……」

8 遛手，liù-tshiú，失手。

「你以為我編故事啊？這是真實故事，這是我爸的故事。」

「老董事長？最後他們離婚嗎？」

「沒有，我爸選擇留下來。」吳正非雙手撐在會議桌上，望向窗外：「那是一段長輩安排的婚姻，同床異夢，他們都過得非常痛苦。」

「但是你的出生拯救了他們的婚姻。」

「不，不是我，是我弟弟。」吳正非笑著說：「為什麼說這個？昨天家族會議通過，下個月開始，我弟就是臺磁科技的總經理了，你們以後要多巴結他。」

他的笑容轉為帶點苦澀。「所以你說，人生怎麼不無常呢？如果……」

吳正非是臺磁科技的法務經理，是我在「臺磁—J.J.」一案中的對口，我們大學時一起打過系隊，還算熟稔。當時我就知道他是某企業的第二代，但並不清楚「臺磁科技」是什麼東東，除了覺得這位學長很高、很帥、球打得超爛以外，從沒感覺他有什麼特別的。直到出了社會才感受到「上市公司第二代」的光環，我在開會時說一句「吳董的兒子我熟」，同事們立刻投來認可的眼光，某種「我人脈超廣」的自豪感油然而生。

撇開這些莫名的內心戲，在冷冰冰的商場上有個「真正意義」的熟人——不是那種裝熟的——也是頗溫暖的，至少像現在等開會的空檔，我和吳正非完全不必為 small talk 的話題傷腦筋。

這場會議是為了報告「臺磁—J.J.」案的新進度，由我與蔣恩向臺磁的主管們簡報合資契約草案。由於近期主要國家嚴查「租稅天堂」避稅，我們於是放棄早前的「薩摩亞控股公司」方案，改成由雙方直接在臺灣設立合資公司，資本額暫訂新臺幣五十億，出資比率為五十五十；臺磁這邊以現股出資，J.J. 則由其臺灣子公司「J.J. 臺灣」以現金出資。

需要討論的議題很多，例如股份轉讓限制、董事會組成、僵局突破機制等，然而當有人問了一句「臺磁今天股價多少」，會議焦點便被帶開了，臺磁的財務副總半開玩笑地說，要是再跌下去，美國人出資的那些錢都可以買下半間臺磁了。

「真的把我們搞得焦頭爛額。」臺磁的業務協理說：「瑞士是賣不多，但如果瑞士出問題，整個歐洲都不用賣了。」

這件事的起因是中秋假期前的一篇新聞報導，某財經媒體指出，臺磁的太陽能電池所使用的表面塗料遭瑞士瓦萊邦（Valais）環保局驗出含揮發性有機化合物（VOC），已經被禁止安裝與銷售。由於該款塗料是由臺磁自主研發，廣泛用於臺磁新一代的產品上，瓦萊邦的決定勢必會影響臺磁產品在瑞士乃至其他國家的銷售。臺磁股價從此連跌一週，掉了百分之三十，而且放完假還在跌。

「我們在瑞士就一個客戶，還是個烏克蘭商，只出過幾批貨，偏偏上個月他們烏克蘭母公司破產，現在都聯絡不上。」

「第六款？」艾瑞克說。

「什麼？」

我翻譯說：「張律師說的是證交法第一百五十五條第一項第六款：散布流言或不實資料以影響市場……這個報導可能是假新聞，有人放出來打壓你們的股價。瑞士有沒有禁你們的產品，查清楚不難吧？」

艾瑞克是我的老闆，本所所長，他一向言簡意賅，很多時候你分不清楚他是在表示意見或是問問題，我也是摸索一段時間才勉強掌握訣竅。

「瑞士人沒有那麼好處理啊！」吳正非苦笑說：「我們跟他們的環保局來回了好幾封e-mail，只知道瑞士政府最近確實有因為VOC對某些系統業者開罰，我們那個烏克蘭客戶出現在『名單上』……就是『名單上』，但什麼名單，沒人知道，只會一直叫我上網填意見表……這消息傳出去不是更糟？

我們也跟臺灣的記者查證過，他說是引用英國財經網站的報導，英國人昨天告訴我們是引用某間瑞士新聞社的消息。我們昨天聯絡了那間瑞士蘇黎世的新聞社，現在還沒有回覆。」

艾瑞克喃喃唸了一個詞，我聽起來像是「拿破崙」。我不解其意，但他似乎也不是說給客戶聽的樣子。

吳正非雙手一攤說：「反正跟瑞士人要東西就是鬼打牆，我以前在洛桑就是這樣，裝個光纖要裝兩個月的……我們在找當地的徵信社，可能之後要跑一趟，到時候再請你們幫忙。」

會議相當冗長，但問題不多，整體來說，臺磁同意我們的方案，只需要更改部分技術細節。大家約定這週將提案敲定，找時間跟J.J.約了碰面談。財務副總提到J.J.臺灣來了個新法務長，講中文的，叫麥可，J.J.的人都說他很難搞，不知道談判會不會對上。

我回到房間，稍事喘息便著手修改草案，此時湯瑪士的祕書來敲門，說她要為「百億家事案」建檔，問「案件承辦人」除了我以外還要寫誰。

我想了一下，請她先不要建檔，等我跟湯瑪士談完後再說。

我去找湯瑪士，告訴他事情的來龍去脈，也提出我建議的做法。湯瑪士雖然平常瘋瘋癲癲的，但終究是個資深大律師，明白輕重，他同意我的做法，前提是所有的利害關係人都同意。

我跑去找利害關係人一號廖培西，告訴他，我想把徐千帆的案子轉給他做。

「原來是徐千帆啊！我們那天還在那邊猜半天。」

「我不知道你認識她？」

「不認識啊，但我知道你們啊，你們以前在學校那麼有名。」

「明明就很低調！」

廖培西伸了個懶腰，說：「案子我當然可以接，但我不覺得你的客戶會願意，畢竟……你應該知道，她找你當代理人的目的是什麼吧？」

她需要慰藉。我心裡想，但沒有說。

「你不知道啊？當然是要氣死她老公啊！『要離婚，去跟我前男友談』，高招！這怎麼談得下去？要是我老婆這樣搞我，我可能當場中風。」

「你要離婚啊？」

「舉例而已，傻傻的。」廖培西說：「所以啊，如果律師是別人就沒這個效果了。而且……而且搞不好她不是真的要離婚，只是要搞一齣大的，氣死她老公而已，律師費對她來說是小意思。」

「氣完之後呢？」

「不知道。『床頭吵，床尾和』？」

我嘆了口氣，說：「如果是這樣，我更不應該配合她演這齣鬧劇吧？」

「搞不好你們一個願打，一個願挨……啊！」他突然大叫一聲，嚇了我一跳，「我想起來了，徐千帆嫁的也是我們系上的啊，而且是我們這屆的，你不是跟他很熟嗎？那個蔡……蔡……蔡……」

「對，菜頭學長，我跟他是室友。」我又嘆了口氣：「這也是為什麼我想退出的原因。」

咦？我沒提過徐千帆和菜頭學長結婚的事嗎？

必須說，這事對我的打擊，遠大於小帆的離開。

那時我正處於菜鳥律師階段，每天像隻無頭蒼蠅般在法規、客戶與艾瑞克的不明指令間打轉，十點下班，躲回五坪不到的雅房，用啤酒與鹽酥雞安撫整天的挫折感。二馬他們什麼都沒跟我說，我是在某個工作場合，自幾位前輩律師的閒聊間聽聞小帆與菜頭的婚訊。當下我努力按捺情緒，會議一結束便殺回辦公室抓著蔣恩問，她囁嚅了半天，才說是小帆叫她不要講的；她說他們在美國結的婚，已經一年多了，她只有送紅包去，其他事情不知道。我問她紅包是怎麼送去的，匯款嗎？她又是一陣支支吾吾，最後才坦承是託馮二馬送的，他有飛去參加婚禮。

當晚我殺到馮二馬家，將他揍了一頓。

那幾個星期我過得恍惚，整個人與外界隔絕，腦海反覆播放菜頭學長的種種：五短身材、萬年平頭、泛黃內衣、多愁善感、談吐溫柔。還有我們的徹夜長談，「真誠」，他說他的人生體悟就是要真誠地面對自己，他祝福我與小帆，他眼角的淚光，他說有種將我嫁出去的感覺。

一切都是bullshit。

或是，我會忍不住去想像菜頭與小帆相處的情形，他們約會嗎？他們同居嗎？他們擁抱與接吻嗎？他們做愛嗎？他會將臉埋在她的雙腿之間、而她會撫摸那粒醜陋的平頭而歡吟嗎？

想到這兒我總會笑出聲，緊接而來的是強烈的反胃感。事實上，我吐過幾次，吐完後，我總筋疲力盡地蜷縮在馬桶旁，為我犯下的錯誤深深懊悔。

某天晚上，我鼓足勇氣，點下徐千帆的社群網站帳號，想恭喜她，也想讓她知道她做錯了什麼。我打了一段很長的文字，然後整篇刪除，重寫，再刪，再重寫，再刪除，最終只留下一行字：「妳這是在造孽」。

我按下送出，看到訊息變成已讀，然後我就被封鎖了。

菜頭學長不用社群軟體，我曾想過寫 e-mail 給他，但多想一秒，又何必呢？之後我便沒聽說他們的消息了。日子恢復平靜後，有時我會惋惜地懷念起這兩位不能算是我生命中過客的過客，我幻想在很多年後，我們兩人或三人或四人，會在臺南、京都或威尼斯的街頭巧遇，我們會在路邊小店坐下，喝咖啡抽淡菸，笑著聊著那些已成雲煙的往事。

我幻想的重逢應該發生在很多年之後，在我們有了兒孫、頭髮斑白、也無風雨也無晴的時候，不是現在，不是餘溫猶存的現在。

我回到辦公室，發現艾瑞克也在，他斜倚窗臺，雙手抱胸，眼望天花板，我沒理會他，繼續做我的事。依我的瞭解，他這個樣子至少要三分鐘後才會開口。

「布蘭達一起去。」他說。

「你說跟 J.J. 開會？為什麼？」

「有變數。」

「什麼變數？」

「臨場反應。」

我爆炸了。我說：「張律師，到底什麼變數？如果我做不好，你直接說，我為這件案子花了那麼多時間，你現在要把我換掉，我實在……有問題一定我會找你討論，你要布蘭達進來，我也會找她討論，但是我可以 handle，我現在需要……」

我需要一個自己的案子，我需要做出成績，我需要升上合夥人，我需要錢，很多的錢，要買房子，要結婚。

這些我沒說出來，我拿起桌上咖啡猛灌一口。

「學習。」艾瑞克說。

我深吸口氣。「好，張律師，你是老闆，如果你堅持，I am fine，我只是要讓你知道，我很認真在做這個案子，真的。」

艾瑞克笑了笑，說聲「好」，然後轉身離開。

媽的，到底「好」什麼？

我心浮氣躁地改了一陣子的臺磁草案，才意識到做事的順序不對，需要聯絡的事情得先完成。我拿起電話，打給徐千帆，電話響了一陣子她才接起，顯然她在外頭，背景嘈雜；我說要約她見面談談案子的事情，她說她正要開會，提議六點鐘、某公立運動中心旁的咖啡廳見面；我問她開什麼會，她只說要忙便把電話給掛了。

我回頭做事，但心情始終定不下來，五點不到便收拾東西，跟祕書交代「拜訪客戶」便出門。我騎公用腳踏車來到運動中心，只見小帆那輛紅色本田停在路邊；我記得那是她阿公送給她考上大學的禮物，那段時間幾乎都是我在開，算算是十多年的老車了。

我在咖啡廳中沒見到小帆，於是走進運動中心，先去健身房，然後順著游泳池、韻律教室、武術教室一路找下去，沒見到我的前女友，只是納悶為何不用上班的人那麼多。

我上了二樓，來到攀岩場，依舊沒找著小帆，卻看到岩壁上一個熟悉的身影：小帆的孩子，那天在公寓見到的那個。他全副裝備，已經爬了二層樓左右的高度，而且還在往上爬。

「今天很厲害喔，艾登。」一名看似教練的年輕人在岩壁底下大聲說：「那個角角有點難……加油，爸爸來看你囉，做給爸爸看！」
爸爸？我心臟突了一下，左右張望，才瞭解那教練說的是我。我抬頭與那孩子四目相接，只見他的小臉瞬間垮了下來，腳底滑脫，整個人半懸在空中。
我當下閃過一陣「媽的，是小帆的兒子」的念頭，手上東西一丟便往岩壁攀去。我沒有攀岩的經驗，最近一次爬高是半年前換家中的日光燈管（而且還沒成功，最後是蘇心靜換的），此下全憑一口氣，手腳並用，威猛無比地來到那男孩身邊，伸出手說：「不要怕，我帶你下去。」
那孩子露出困惑的笑容，說：「叔叔，不能穿這樣的鞋子攀岩喔！」
我還沒意會過來，腳下突然一滑，只覺得天旋地轉，四腳朝天地摔在軟墊上。
現場爆出小孩的笑聲，某個死小鬼「笨死了」還說得特別大聲。我躺在地上，看著那男孩穩當地從岩壁上爬下來，跑到我身邊將我扶起說：「叔叔你還好吧？」
我心頭一陣暖，教導得真好。我說：「沒事，一時不小心而已，你呢？沒事吧？」
「沒事啊。」他笑開了。「叔叔你要小心，你這樣爬上來，就像我爸爸說，空手和老虎打架，不坐船就過河一樣，很危險。」
是「暴虎馮河」的成語故事嗎？「你爸爸會攀岩？」
「不會啊。」
「那你幹麼聽他的？」

「因為他讀很多書啊。」孩子眼睛發亮說：「他知道很多事情。」

「他爬不上去，就只站在旁邊看，然後跟你說很多道理？」

「但他也不會摔下來啊。」

我深吸口氣，覺得有必要導正這孩子的價值觀。

「小朋友，叔叔跟你說，人生長路漫漫，一定會遇到很多困難，很多挑戰你根本不知道自己做不做得到，如果我們不去嘗試，不去接受挑戰，那比賽就結束了，我們就永遠做不到了，你知道嗎？你知道華德・迪士尼嗎？就是畫出米老鼠的那個人，他曾經說：『只要我們有勇氣去追夢，夢想就能成真。』所以勇於嘗試才是最重要的。像叔叔從來沒攀過岩，但叔叔有勇氣，我就很勇敢地嘗試了，雖然摔下來，但我不怕，我會再去嘗試，總有一天我會成功。這就是勇氣。你還很小，你的人生還很長，你要做一個勇敢的人，不是只是在旁邊出一張嘴……勇於嘗試，好嗎？」

他的眼神從疑惑轉成困惑，由困惑轉成困擾，接著他癟了癟嘴，放聲大哭說：

「媽媽、媽媽，他是誰啦？爸爸在哪裡啊……爸爸……我要爸爸啦……」

周圍小孩又是一陣譁然，又不知道哪個死小鬼說：「可能頭殼壞掉吧？好可憐喔！」

徐千帆從後頭將我推開，一把抱起兒子，瞪著我說：「幹麼欺負我小孩？」

「我……我沒有，我只是想教他一些人生的道理……」

「你就最沒道理了，還要教人家道理。」

她哄小孩說：「艾登不要怕喔，媽媽在，不要哭……這位是楊艾倫叔叔，是媽媽的朋友，你不要怕，他不是壞人啦。」

小孩抽抽噎噎地說：「可是他好奇怪，穿那個鞋子爬上去，摔下來，還說很多很多奇怪的話。」

「他一直都那麼奇怪，你就原諒他吧。」

「嗯，爸爸說要包容。」

「對，艾登最棒了！」小帆貼著小男孩的臉磨蹭一陣，又說：「等一下媽媽要跟楊叔叔去談一點事情，阿嬤會來接你，我談完就去阿嬤家找你，好嗎？」

孩子點點頭，小帆回頭看向我，說：「那楊叔叔呢？好嗎？」

「我都可以。」我笑著遞給孩子一張名片，說：「艾登，對不起啊，叔叔太著急了。下次打電話給我，我請你吃冰淇淋。」

那孩子淚眼汪汪地看著我，一臉不相信的樣子。

小帆說：「阿嬤在樓下了，把東西收一收過去吧……楊叔叔，要去跟徐媽媽打個招呼嗎？」

我打了個冷顫，一天之內見前女友的小孩與媽媽太刺激了。

「下次吧。」

我們開車去松山區的一間餐廳。原本說是喝杯咖啡，她說反正剛好晚餐時間，不如找安靜一點的地方。

「妳剛剛去開什麼會？」

「學校的會。」

「哪個學校？」

「我們學校。」

「為什麼？」

「我沒跟你說嗎？」她遞過來一張名片，我手握方向盤瞥了一眼，上頭印著「環境工程研究所　徐千帆助理教授」，

「哇！正職的老師還是兼任？」

「助理教授當然是正職的。」她說：「不找正職，你以為我回臺灣當大小姐嗎？」

我是真的這樣以為。「怎麼找到的？」

「四月的時候，以前社團的指導老師給我的資訊，環工所開了一個國際環境政策的缺，剛好我先生要調回臺灣，我就把博士論文的東西準備一下，投了，然後就上了。」她尷尬一笑，說：「運氣算不錯吧。」

這是我第一次聽她提到「我先生」這三個字，心裡有些不自在。

「最近快開學了，很多事要做啊，寫教學大綱、備課、參加研究計畫，還要帶小孩……但也好險有事可以忙。」

我打動方向盤，將車子轉到松江路上。

「妳爸媽知道妳要離婚嗎？」

「知道。」

「他們怎麼說？」

「都這樣了還能怎麼說？」

「那妳小孩知道嗎？」

「不知道，但他是個聰明的孩子，多少有點感覺吧。」

「你們在他面前吵架？」

「一、兩次吧……你也知道，兩個人相處不來，不用大吼大叫，氣氛也不會是對的。」

「小朋友有說過什麼嗎？」

「沒有。他一直是個很體貼的孩子，我們搬出來，他連爸爸都不找了，他會抱著我，說愛我，說他會一直陪著我。」

她手指拭過眼角，說：「有時候我覺得……我這麼彆扭的人實在不配有這麼溫柔的小孩，我對不起他，如果他生在一個正常的家庭，他可以幸福地長大……是我毀了他的人生。」

我想說些「不是妳的錯」之類的安慰話語，卻說不出口。

餐廳是間以創意臺菜料理聞名的西式酒吧，之前開在學校附近，最近搬到商業區；唸書時覺得太貴，只在特殊節日消費過一、兩次，工作以後倒覺得是個平價的選擇，環境舒適，食物好吃。

我們選了個角落的位置坐下，我點了芝麻葉冷牛肉沙拉、炒中卷、炸雞；她說肉太多了，把炸雞換成烤蘆筍。我想到等會兒還要開車，於是點了杯可樂，她說既然如此她也不喝酒，點了杯美式咖啡。

「所以找我出來什麼事？」小帆說。

我搖晃著水杯，想了一下，問：「妳小孩在哪裡生的？」

「明尼蘇達大學，雙子城，聽過嗎？」

「聽起來很冷。」

「真的很冷，零下十度，而且我還是在冬天生的，差點憂鬱症。」

「那妳怎麼做月子？妳媽過去？」

「是他媽過來。」小帆搖搖頭說：「那是真的讓人得憂鬱症。」

飲料上來，她說咖啡太淡了，加了香料的熱水，早知道點熱水就好；我說晚餐時間，喝咖啡不會睡不著嗎？她說媽媽有三寶，咖啡、酒精與菸草，她已經算節制了。

「所以菜頭學長會攀岩啊？」

「你很在意啊？」小帆笑說：「他不會，但他會帶小孩去。」

「他很會帶小孩。」

小帆沉默一陣，才說：「我不知道這樣說對離婚會不會有影響……雖然他是個爛人，但他是個好爸爸，他幫小孩準備晚餐，陪他唸書，陪他去運動，好到有時候讓我覺得……我這個媽當得很失敗，好像小孩跟我會餓死一樣。」

話題轉到正題上了。我喝了口可樂，鼓起勇氣說：「小帆，今天找妳是想跟妳討論……我想把妳的案子轉出去。」

我說完停了一下，觀察她的反應。她沒有反應。

「接手的是我所內的一位同事，他叫廖志忠，我們都叫他培西……也是我們的學長，他專做訴訟，他會比我更適合處理妳的案子。」

小帆拿起湯匙，攪拌著不需攪拌的黑咖啡。

「是因為我有孩子的關係嗎？」

「不，不是這樣……不是，也可以說是這樣……」我這才發現我對這場談話完全沒有準備，腦袋糊成一團。「就像妳剛剛問我，妳說菜頭是好爸爸，這對於談離婚有沒有影響，我沒有辦法回答妳。妳看，這就是有經驗和沒有經驗的差別，有經驗的律師馬上就可以評估一個證據的好壞，我就只能聽聽而已。」

小帆依舊沒有說話，攪拌咖啡的速度變快了。

「蔣恩也說，你們在美國結的婚，又有小孩，還是讓有經驗的律師來辦會比較好。」

「我瞭解了。」小帆點頭說：「你一直就是比較聽蔣恩的話，我早該想到的……好，我先走了，還有事。」

她推開椅子起身，我試著拉住她但被她甩開。我趕忙站起身，一把從後頭環抱住她。

「楊律師，這樣好嗎？」她說。我可以感覺她的聲音在發抖，身體也是。我也是。

「留下來，聽我說完。」

她嘆了口氣，放鬆身體，我也鬆開雙手，看著女服務生雙手端著菜，一臉尷尬地站在一旁。

「小帆，我真的覺得這樣比較好。」我等菜上齊了，繼續說：「我把案子轉給廖培西，不代表我就撒手不管，我還是會參與，只是培西比較有經驗，可以確保案子不出差錯……而且我們多一個人辦，不會多收錢。」

小帆翻了個明顯的白眼。

「不要這樣，我是真的想幫妳。」

「你是不是覺得我很犯賤？」她說。

我搖頭。

「你一定覺得我很犯賤對不對？當初是我離開你的，現在還厚著臉皮回來。你覺得我很……飢渴對不對？很需要『安慰』。有和生過小孩的女人上床嗎？沒有吧？生過小孩的前女友更刺激吧？」

「我真的沒有。」不管有沒有，否認就是了。「小帆，妳願意回來找我幫忙，我很高興……我很高興妳會想到我，我是真的想幫忙，真的。」

一滴眼淚滑過她的臉頰，我伸手想為她拭去，被她撥開。

「我知道我來找你會給你造成不方便……我有follow你的近況，所以我知道……但是，艾倫，當事情發生的時候，我第一個想到的就是你。

艾倫，我很常想到你，外頭冰天雪地、我的傷口在痛、小孩在哭、他媽媽在唸的時候，我就會想到你，你騎腳踏車、我站在後面，邊騎邊唱拖拉庫的歌，陽光熱死了，椰子樹葉隨時會砸下來，杜鵑花開得很噁心……想到這些，我就會獲得一點點、一點點的力量，讓我可以撐下去。

我還會想……你是不是有時候也會想起我呢？你身邊有人的時候，是怎麼回憶我的？你會和你現在的她提起我嗎？你會說我們好的事情、還是壞的事情？還是……她很介意，你什麼都不敢提，只敢像我一樣，在不開心的時候、偷偷想到我？」

「我都有想到妳，小帆，我有。」我說：「想妳過得好不好，所以我說，我很高興妳願意讓我幫忙，我真的很……或許我們可以……」

小帆笑了笑。她啜口咖啡，說：「我不是要你同情我或是一定要為我做什麼，我只是想讓你知道，你是我最信任的人。天啊，講出來很尷尬，好像當初我們愛得多偉大一樣……我不想影響你的判斷，你是我的律師，你覺得怎麼樣就怎麼做。」

我心中仍激盪著，我很想告訴她我們可以再試試看，但又害怕面對這句話說出來的後果。

或許現在這樣就好，能坐著一起吃飯、喝咖啡就好。

我夾了些蘆筍到她的盤子裡，說：「我們當初是愛得很偉大啊，我還去叢林找妳。」

她說：「你還記得那個莫辛薩哈德嗎？那個想追我的巴基斯坦男生。」

「你說那個胖子？怎麼了？」

「我後來在美國遇到他，他變得超精壯的，有點像阿米爾•罕，你知道嗎？那個印度演員。」

「那妳怎麼沒跟他在一起？」

「人家結婚了，還生了三個小孩。他現在好像是巴基斯坦環保部門高階官員。」

「所以當初我沒去找妳的話，妳現在搞不好已經是部長夫人了。」

「搞不好喔。」

我們開始吃飯與聊天，我們聊了很多，朋友的近況、學校的近況、法律與學術工作，甚至聊到氣候變遷議題。飯後，小帆將車鑰匙要了回去，我送她到車旁，心下有些懊惱，是沒有喝酒的關係嗎？

回到辦公室已是晚上八點，開放辦公區已熄燈，律師們的房間暗了三分之二。我將身體塞進辦公椅的最深處，伸了個懶腰，才想到今天的談話沒有結論。小帆到底同不同意換人？她說不想影響我的判斷，那是表示同意吧，但她又說我是她最信任的人，表示她還是希望我做這案子嗎？

我在心中碎念自己一頓，現在也不可能再打電話給她，一切只能等之後再說。

我喚醒沉睡的電腦，繼續修改「臺磁——J.J.」的草稿，然而精神不集中，進度非常不順，不斷打錯字、改錯段落、開錯檔案，有時愣在螢幕前一、兩分鐘卻不知要改什麼。這時候網站的演算法突然推薦我一部「爸爸為何重要」的影片，講者是位美麗的親子關係專家，我看完影片後又順著推薦看了一連串有關「父親缺席」、「婚內失戀」的文章與影片。

我想到小帆說菜頭學長是個好爸爸，想到他們那個懂事的孩子。

我又想起自己的父親，一個真正缺席的父親。至今我仍不知怎麼描述他的工作，大約是掛上一堆地方上理事、代表、主席的頭銜，喝酒喬事情。我從沒與我父親吃過晚餐，更不要說攀岩了，他回家時我多半已經睡了，要不就是見他喝得醉醺醺的，對我媽呼來喝去。考上法律系後，他常會要我跟他出席某些場合，說對我的人生有幫助，我盡可能拒絕，我覺得對我人生有幫助的就是不要和他有任何瓜葛。

那我自己呢？我會是個怎麼樣的父親呢？

十點整，我放棄掙扎，關電腦關燈，離開辦公室。這時我的手機響了，是蘇心靜打來的，我這才想到她今天上午沒有課，早該預防突襲。

「剛下班啊？」她在宿舍裡，睡衣素顏，手上是甜甜圈與杯裝冰咖啡。「很累嗎？最近忙哪個案子啊？」

「還在保密階段，不能說。」

「好吧……喂，跟你說喔，我們昨天終於吃到那間在布魯克林很有名的牛排店了，我跟義大利人、日本人還有巴西人去吃的。」

「喔，很好吃嗎？」

「很不錯喔，牛排很會煎，外焦內嫩，而且份量很大，你一定會喜歡，明年來我們再去吃。」

「聽起來很不錯。」

「他還有一道厚切培根，超好吃，我都不知道培根可以這樣做。」
「好想吃吃看。」
她在鏡頭前換了個姿勢，說：「喂，楊艾倫，你是不是有什麼事情瞞著我？」
「沒有啊，哪有。」
「你現在的樣子就是有事情瞞著我的樣子。」
「真的沒有。」為什麼我遇到的女人都那麼聰明。「好吧……有啦，就是工作的事，只是我不能講太多。」
「那說你能說的。」
我略過臺磁與J.J的名字與細節，告訴她艾瑞克要臨陣換將的事。
「我真的花了很多心力在這個案子上，我也沒做錯什麼，不知道為什麼要把我換掉。」我說。
「那個布蘭達很難搞嗎？」
「就公司前輩，是滿嚴的，但我跟她還不錯，不算難搞。」
「給她當頭會怎麼樣嗎？」
「當然會啊！多一個人參加就多一個人分錢，而且她比較資深，客戶砍時數，一定從我們這些資淺的開始砍。」我伸了個懶腰，嘆口氣說：「我們需要錢啊，小靜。」
「『我們』。」她笑開，眼睛彎成新月。「真的，我們需要錢……我媽還問我你有沒有空去看內湖的那間房子。」

「下星期忙完可以吧。」我說：「我還會去看妳挑的那間飯店。」

「記得問爆桌的話要怎麼處理喔。」

「我有記下來。」

「不過……你還是要當心一點。」小靜若有所思地說：「我老闆對你們家艾瑞克的評價很高，說他是法律圈諸葛亮，料事如神，如果他認為你那個案子會出問題，要用資深的人來救，你還是多留意一下。」

「我還是看不出來會出什麼問題。」我沒好氣地說。

小靜笑了笑。「希望一切順利……好啦，那不吵你了。愛你……快點回家睡覺吧，很晚了。」

結束視訊後，我在路邊又站了一陣子。

然後我招了輛計程車，回家。

四、「就算『心裡有鬼所以不敢說』為真，也不等於『不說便一定心裡有鬼』。」

「所以你跟她說了嗎？」

「說什麼？」

「徐千帆的事啊。」

「……沒有。」

「媽的，所以你和徐千帆到底怎麼了？你們該不會已經……」

「我和徐千帆什麼都沒有做。」

「我不相信，如果你對徐千帆沒什麼，為什麼不敢跟你的另一半說？你就是心裡有鬼，所以才不敢說。」

「這是邏輯謬誤。就算『心裡有鬼所以不敢說』這個命題為真，也不能導出『不說便一定是心裡有鬼』的結論。『若p則q』並不等於『若q則p』。」

「你這是詭辯，如果不是心裡有鬼，為什麼不敢跟另一半坦白與前女友的來往情形？為什麼要說謊？」

「人有幾千幾萬個不說實話的理由，妳聽過什麼叫『善意的謊言』吧？……我就是知道她會不高興，所以我才不說的。」

「所以你不跟她說徐千帆的事是善意的謊言？我聽你在……」

「妳想想看，如果我跟她說，我遇到徐千帆，但我們之間沒什麼，她可以完全不放在心上嗎？不可能吧，就算嘴巴說沒事，心裡還是會有疙瘩吧？但我跟徐千帆就真的沒什麼。到頭來，我說實話完全沒有解決任何問題，只是讓她活得疑神疑鬼，讓我困擾，可能還會讓小帆困擾……既然說實話完全沒有任何幫助，我為什麼要說實話呢？」

「因為……因為你應該對你的另一半坦承啊，不誠實是對兩人關係最大的傷害。」

「前提是她可以驗證我說的實話，遠距離就沒辦法。」我調整了一下領帶的角度，說：「遠距離失敗最大的原因，就是高估彼此的信任，你說的都是實話，對方聽起來都是假的；一旦起疑心，關係就很難維持。」

「我不相信……」

「妳看，連妳都不相信了，我憑什麼讓她相信我和小帆沒事。」

「我……」蔣恩似乎被辯倒了，她想了半天，才惡狠狠地說：「反正你好自為之，如果你傷害我的姊妹，我一定讓你吃不完兜著走。」

我們在信義區的某棟辦公大樓前與臺磁的人會合，吳正非今天缺席，業務協理說他為瑞士新聞的事情焦頭爛額，還說反正有律師在，公司法務沒那麼重要。

布蘭達也沒來。那天艾瑞克和我談話後，布蘭達並沒任何行動。我憋到會議前一天才主動跑去問她，她說她沒有收到參加臺磁案的指示。

我們一行人搭著電梯來到七十二樓，電梯門一開，湛藍晶片拼成的「Jackson & Jacob Solar Power（Taiwan）」大字映入眼簾，牆面、大門與前臺鑲著大量未打磨的金屬邊框，呈現某種混雜著未來感的工業風。業務協理說那些藍色晶片是太陽能電池碎片，金屬邊框則是太陽能電池的鋁框，都是回收材料，讓客人第一眼就覺得這間公司講求環保。

業務協理又說，J.J. 在臺灣本來就一個聯絡人，連辦公室也沒有，這兩年看上臺灣「非核家園」政策，才投資成立子公司，還大手筆搞了這麼氣派的辦公室。可是這些老美不懂臺灣「cost down」的文化，聽說投標價都比市面高個三成，到現在一個案子都沒拿到，成天燒鈔票，所以才找上臺磁。

財務副總「嘖嘖」不停，說租這樣一整層辦公室，兩年沒進帳，他做財務的想到都要心臟咇噗喘[9]。

我們還沒按門鈴，一位全身套裝的年輕女性職員便從辦公室裡頭迎了出來，鞠躬微笑說：「不好意思，讓各位久等了，我是J.J. 的法務經理路雨晴，會議室在這邊。」說完她身體探向一側，向站在隊伍後頭的我揮手說：「嗨，好久不見，學長。」

9 咇噗喘，phih-phok-tshuán，因緊張或害怕而使得心跳、呼吸加速。

「我不知道原來妳在這裡。」

「對啊……來，各位，這邊請。」

我們跟著她穿過簇新裝潢的走廊，兩側牆上掛著攝影作品，內容是什麼我沒注意，我的視線不由自主地集中在那筆直的小腿與窄裙包覆的臀部線條上，我想在場所有男性應該都一樣。

「你的嘴角都快裂到耳朵了，色鬼。」蔣恩低聲說。

「有……有嗎？」

「哪裡來的學妹？」

「就……學校的學妹啊……小我們五屆吧。」

「怎麼認識的？」

「就……回學校認識的……等下再說啦……」

來到會議室，學妹安排大家坐定並交代茶水咖啡，接著依次交換名片。她是這樣自我介紹的：「我姓路，路雨晴，叫我芮妮或雨晴都可以……對啊，道路的『路』，很少見……沒有啦，『法務經理』就公司的 title，我才剛來沒多久，還要請副總多多指教。」

輪到我與蔣恩這邊時，我問：「什麼時候來這裡的？」

「剛來半年，還在摸索。」路雨晴苦笑說：「進來就接了這個專案，比較忙，我沒什麼經驗，每天看學長你們擬的合約看到八、九點，覺得學長真是太厲害了，怎麼能把合約設計得那麼細膩……」

靠經驗累積，我心裡想，但沒說出口。「擬約沒什麼，要談得成才行……喔，這位是蔣恩，跟我同屆；蔣恩，雨晴應該是……小我們五屆吧？」

「學姊好。學長，我小你七屆。」

「原來我們這麼老了。」

在法律職場中，新進與資深人員幾乎是一望即知的。菜鳥的穿搭特色便是全套深色但料子普通的西裝或套裝，以為這樣才有專業人士的範勢。工作一段時間後就會發現亞熱帶氣候下，這樣的穿著根本無法進行長時間、高強度的腦力工作，然後就越穿越隨便（或者是說越穿越有自己的特色）。像今天出席重要會議，蔣恩是白色棉T、米色外套與鐵灰色七分褲，路雨晴則是黑白分明的套裝，這時如果她說聲「來賓獻花、獻果」也不突兀。

不過這世界最殘酷的現實就是：人好看，穿搭就其次。路雨晴就是那種即使穿上架裟，你也是會對她大動凡心的女生。

「你們怎麼認識的？」蔣恩問。

「有一次學長回來學校演講，我很厚臉皮地問了很多問題，還跟學長要了聯絡方式；學長人很好，幫我解答了很多疑惑。」

「為什麼老師沒找我回學校？」蔣恩問。

「因為妳太優秀了，無法參考。」

「我很常聽到學姊的名字。」路雨晴微笑著說：「我知道學姊是跳級生，又漂亮又優秀，還很會煮菜。」

蔣恩一臉心花怒放，笑說：「這學妹真的……很好。」

「今天你們ＣＥＯ會來嗎？」我問。

路雨晴說：「ＣＥＯ今天剛好有別的會。今天是我們 GC Legal 和ＣＦＯ來主持會議。」

GC Legal 是 General Counsel, Legal 的縮寫，中文就是「法務長」；ＣＦＯ則是 Chief Financial Officer 的縮寫，即「財務長」。我想到臺磁財務副總說過的話，於是問：「聽說你們法務長是最近才從美國回來的？」

路雨晴點頭。「是啊，on board 大概二個多月吧。」

「聽說很難搞？」

她為難地笑了笑，說：「不會啦，我家ＧＣ很好啦。」

「趁他來之前妳偷偷跟我們說……」

「學長不要害我啦！」路雨晴說：「他腦袋很快，動作也很快，像我這種動作慢的壓力就很大……咦？學長，搞不好你認識他。」

「為什麼我會認識他？」

「他也是學長啊，應該跟你差不多屆數吧？」

「怎麼可能？……他中文名字叫什麼？」

便在此時，會議室門被推開，一陣宏亮的聲音說：「嗨，excuse me，讓各位久等了！副總，今天看起來精神很好啊，還有在打球嗎？這位就是班森吧？業務高手，久仰大名，我們的 procurement 說你超會談價格的，把我們吃得死死的……下次放個水啦，那些老美頭腦都不大好。這位是……喔，吳經理，會計經理，幸會、幸會，這是我的名片，叫我麥可就可以了……」

然後他走到我面前，拍拍我的肩膀說：「我們就不用介紹了吧，很熟啦……嗨，蔣恩，好久不見，越來越漂亮了……」

麥可後面跟著的是J.J. 臺灣的ＣＦＯ與其他職員，但我完全不記得他們的名字，甚至忘記交換名片的標準程序。

我心裡只是反覆唸著，媽的，菜頭就菜頭，叫什麼麥可！

「感謝副總與各位臺磁的 colleagues 今天蒞臨，J.J.Solar 和臺磁長久以來是很好的 partners，這次 headquarters 調我回臺灣，就是希望可以進一步促進雙方的 integration，我相信……」

「謝謝蔡法務長……喔，還是叫麥可就好了？謝謝各位，我們非常高興有這個合作的機會，J.J. 和臺磁強強聯手，不光是臺灣，北美、歐洲、東南亞，我們都會是領導……」

雙方交換著無意義的廢話，我沒在聽，我的注意力全放在菜頭學長身上。

他的變化太大，假設今天不是會議場合，而是在路上巧遇，我不見得能認出他。

他穿的是鐵灰底帶白色鉛筆細紋的西裝，應是高支數的高檔羊毛料，否則不會有那樣的光澤。西裝剪裁合身，顯得他的肩膀寬闊、胸膛厚實，像一尊待發的小鋼炮……不，那不只是衣著效果，他是真的有在練，裹在袖子裡的二頭、三頭肌線條明顯，一小截露在外面的前臂青筋暴漲，連指節都看起來特別明顯。

媽的，當個白白胖胖的菜頭不是很好嗎？練成這樣是想嚇唬誰？

「現在的市場競爭激烈，大家都不好做，所以一定要合作，把餅做大……」

「Green energy 是一個趨勢，這是 irreversible 的，今天談這個 integration 就是要搶在其他 competitor 之前先搭上這個 trend，搭上了，我們就是 winner……」

依然是廢話。我繼續觀察。

菜頭依然留著平頭，不過是精心做過造型的那種。兩側頭髮依頭型往上推高，至頭頂略留些長度，使整顆頭看起來沒那麼大那麼圓；前額同樣推高，但留下些許美人尖的長度，帶有某種侵略性。

他臉上多了些許坑疤，原本厚重的眼鏡也換成金邊鏡框，鏡片超薄，在鏡框搭配下，臉顯得瘦長些。

我想了很久才想到要怎麼形容這樣的長相。「斯文敗類」，揍他一頓會大快人心的那種。

「J.J. 在十一個國家有 project，我相信這對臺磁是個很棒的 deal……」

「這幾年 poly 的價格波動太大，有穩定的供應鍊是獲利的主要因素……」

這十年間到底發生了什麼事，可以讓一顆「真誠」的菜頭長成一顆油裡油氣、不中不西、自以為是貝克漢的斯文敗類？美利堅合眾國的水土難道如此驚人，呼吸喝水便能將一個人從裡到外替換成另一個人格？

和小帆結婚的，又是哪一個菜頭學長呢？

「我們也很謝謝臺磁這邊準備了這份 agreement，在這麼短的時間能 draft 那麼多細節，不容易啊……」菜頭學長說，我將注意力拉回來，看著他翻閱著印出的紙本，他的表情給我不好的預感。

「……不過，to be honest，這個 draft 糟透了，要是這是我底下的人 draft 的，我大概明天就叫他 get out。」他笑著看向路雨晴，路雨晴嚴肅地點點頭。

我感覺一陣寒意竄入骨髓。

如果你常看八點檔連續劇，可能會以為商場上便是整天惡言互嗆，「糟透了」與

「敢安呢」都是常見的問候語。事實上，這社會上大部分的人都明白「不要給人家難看」這種基本做人處事的道理，因此我們較常用的是「可以再討論看看」、「有些細節可能要調整」這類的表達方式，至少我從沒聽過人家批評我的工作成果「糟透了」，而且還是在我客戶面前這樣說。

「Draft 裡面沒有 IP 條款……是臺磁沒有什麼 R&D 嗎？J.J. 的 R&D 很重要的，patent 要怎麼歸屬，draft 裡面竟然沒有，unbelievable！又像……」他又翻了幾頁。「股份移轉禁止……律師應該知道，臺灣法院早就判過了，股東約定禁止 transfer 股份，並不能禁止股東真的把股份 transfer 出去吧？……如果是這樣，訂這樣的條文一點用都沒有，useless……」

他又說了一大串，我一邊做筆記，一邊流冷汗。我不敢回頭去看臺磁的人，但可以感覺他們的目光如刀，正肢解著我的自信。

怎麼辦？冷靜，楊艾倫，你是這個案子的 leading counsel，你需要正確回應……怎麼回？啊，說問題太多，之後用書面回覆好了……回去慢慢想答案，對，就這麼辦。

「謝謝……謝謝蔡法務長的指教，因為問題太多，所以……」

「蔡法務長，你是現在才拿到我們的 draft 嗎？」蔣恩突然說：「然後隨便翻一翻找問題？感覺你在拖時間？」

我驚愕地看向蔣恩。路雨晴不是說她們都仔細讀過了嗎？現在重點是要維護臺磁對我們的信心啊，要是說錯話，可能就……

蔣恩沒理會我的眼神暗示，繼續說：「你提到IP的部分，草案附件二有。我們還擬了三個選項……為什麼放在附件？因為我們查過，J.J. 沒有什麼patent，R&D支出比重也不高，所以我們判斷這個項目不是主要的談判項目，如果這個判斷不正確，我們可以將IP條款挪回本約中。

股權轉讓禁止的部分，我們在memo第三點就有提到，我們的建議是成立閉鎖型公司，但考慮到新公司未來有引入第三方資金的需求，我們還是依照非閉鎖型公司的方向擬約，只是將這點挑出來，特別討論。另外……」

蔣恩眼神掃過對面的J.J. 眾人，逐一回答菜頭學長提出的問題。對，其實這些問題我們都討論過，什麼「糟透了」，完全胡說八道，菜頭學長搞什麼？亂問一通，找碴嗎？

我向臺磁的人聳聳肩，表示游刃有餘，然後接著蔣恩的話，補充幾個論點。

面對我們的反駁，菜頭學長始終保持機車的微笑，手上的筆動也不動。我發現不只他，包括路雨晴在內所有J.J. 眾人都只是聽我們說話，沒人寫字打字做筆記。

為什麼？

等我們說了一個段落之後，菜頭學長才說：「理由滿多的嘛，but nothing really

matters……蔣恩說對一件事，我是在拖時間，因為記者習慣遲到。」

我看向蔣恩，又看向臺磁的人，所有人一臉問號。

菜頭學長看了看手機，說：「大家放輕鬆，看個電視，現場直播。」

他用遙控器打開電視，畫面中央是J.J. 臺灣的CEO，一名皮膚黝黑的印度裔，他後頭的紅布條上寫著：「J.J. 光電公開收購臺磁科技記者會」。

CEO以帶著腔調的中文對著麥克風說道：「謝謝各位記者朋友。J.J. 臺灣在這邊宣布，從今天開始對臺磁科技進行公開收購，目標是收購臺磁科技百分之二十五的股權，收購價為每股新臺幣二十二元，收購期間從今天開始起算五十天……我們希望透過這次收購，將臺磁科技納入J.J. 的全球體系，加強在全球市場的競爭力……」

「公開收購」是一套允許於短時間內大量購入特定公司股份的機制。簡單來說，如果你想要在五十天內快速買進一間上市公司百分之二十以上的股份，你不能直接在市場上下單（影響市場秩序，而且事實上不可能買到那麼多股份），你必須透過證期局公告：我，某某某，打算在幾天之內買進某公司的多少股份，我出的價格是每股XX元，願意賣股的股東請來找我。

假如於收購期間屆滿前，應賣的股份數超過收購目標，那就是收購條件成功，收購人得依公告的價格買進應賣的股份。相反的，如果前來應賣的股份數沒有達標，那收購案便失敗。

如果你買賣股票是為了賺價差或是收股利，你大概不會想買進一間公司百分之二十的股份；因此「公開收購」大多數都是為了經營權爭奪，就像我們現在面對的情形。

不，更糟，我們面對的是場突襲、完全惡意的併購。

菜頭學長關了電視，對一旁的CFO說：「阿瑪德，your turn。」

瘦高白皙的CFO清了清嗓子說：「我的中文不大好，我是印尼人，請各位見諒……收購你們公司的股份，是讓兩間公司 integration 更容易，呃……這是我們依照最近 observations 做的決定，可能 surprise，請各位見諒，呃……我也不知道還要說什麼？喔，我們出的價格很不錯，都是自己的 capital，歡迎手上有股票的都來賣給我們，請各位見諒。」

「你這是黑白亂來啦！」臺磁副總爆氣罵道：「本來講好是joint venture，現在哪會變成要給阮臺磁規个[10]食食落去[11]？楊律師，按呢[12]敢[13]會用得[14]？不是有簽約嗎？」

對，早在雙方交易前便已經簽了 MOU 合作意向書，他們現在違約，所以我們可

10 規个，kui-ê，整個。
11 食食落去，tsiah-tsiah loh-khì，吃下去。
12 按呢，án-ne，這樣。
13 敢，kám，表疑問。豈，難道。
14 會用得，ē-īng-tit，可以。

以……

「副總，火氣別遐爾[15]大。」菜頭學長說：「MOU 頂面就有寫了，沒有法律拘束力，不用麻煩律師了。」

「是這樣嗎？楊律師？」

我說：「是的，副總。」

「按呢當初簽那個是要創啥[16]？大家黑白舞舞就好啊。」

我收拾思緒，說：「副總，MOU 沒有拘束力，但是是個證據，證明 J.J. 惡意毀約，對我以後採取法律行動會有幫助。」

「採取什麼法律行動？」

「例如控告他們散布不實資訊，影響臺磁的股價。」

「你說瑞士的那個新聞？對、對，原來是……」

「楊律師，我建議你說話要留意一點。」菜頭說：「這裡有很多人，沒有證據的指控是會構成誹謗罪的。」

「難道不是嗎？我們合理懷疑……」我還沒說完，蔣恩已將我攔住，低聲說：「我們回去討論……蔡法務長，既然 J.J. 已經做出這樣的決定，今天這個會也不用開了。」

15 遐爾，hiah-nī，那麼。

16 創啥，tshòng siánn，做什麼。

謝謝各位招待，下次可能……法庭見？」

菜頭笑說：「希望不要。麻煩跟總經理、董事長問聲好，J.J. 永遠是臺磁的好partner，我們的條件真的很好，歡迎大家坐下來談。」

臺磁的人開始收拾東西，急著撤離這個戰場，我卻依舊不自主地將注意力放在菜頭身上，我看著他與路雨晴交頭接耳地說了一陣子話，他親膩地拍了拍路雨晴的手背，又用手上的鋼筆指點桌上文件。一旁印尼人CFO靠過來說了幾句，菜頭哼笑一聲，用肩膀將印尼人頂開。

有股強烈的不協調感，像眼睛進了異物。

我回想與菜頭學長那場徹夜長談。他盤坐在我床鋪的一角，雙手撐在腳踝上，他說話的時候總是直視我，雙眼澄澈；聽話的時候，他會微微點頭，微笑，然後再點頭。

不，這不是那不協調感的原因。

「走了啦。」蔣恩催促著。

J.J. 的人都站了起來，準備送客，菜頭學長同樣起身，手上鋼筆落下，筆在桌上滾動一圈，我看見了筆身上「L&F」的字樣。

我呼出一口大氣，剎那間只覺得神志清明，照見五蘊。

「艾倫，你幹麼？走了啦。」

我走到菜頭學長面前，呼喚他的全名：「蔡得祿先生。」

「什麼事？」他看向我，眼中流露一絲恐懼。

「我謹代表你的配偶徐千帆女士通知您，她要和你離婚。」我放慢語速，一個字一個字地說：「我是她的律師，稍後我會寄給你徐女士這邊的離婚協議書版本，還請多多指教。」

電話響起。

「艾倫，我是蘇媽媽啦，之前我發訊息給你，你怎麼都沒有回？」

「喔，蘇媽媽，不好意思，最近工作太忙，一直沒空回。」

「我訊息問說，房仲約說星期六早上去看『內湖山莊』，你可以嗎？」

「蘇媽媽，星期六不行。」

「那星期天呢？房仲說很難得看到那麼好的標的，要搶要快。」

「星期天也不行。」我按捏著鼻梁，說：「蘇媽媽，我這一陣子真的太忙，過一陣子再說好嗎？我會再打給妳……先這樣，bye-bye。」

距離 J.J. 宣布公開收購過了二個星期，一切仍在混亂之中。

那天 J.J. 的會議結束後，所有人立刻集合到臺磁位於桃園的總公司商討應對方案，臺磁的董事長（吳正非他爸）、總經理（吳正非他弟）與吳正非都到了；艾瑞克、布蘭達，連湯瑪士與廖培西都從臺北趕下來。

年輕的總經理首先將美國人痛罵一頓，然後又意有所指地說，如果能早點澄清瑞士的那個新聞，就不會給美國人有可乘之機了。吳正非沒好氣地說，他們法務部門底下就二個人，每天忙總經理交辦的公司組織再造就飽了，瑞士的事情有在進行，但是需要時間。

光這些沒意義「檢討」便進行了一小時。最後老董事長看不下去，強制沒收兩個兒子的發言權，他回頭問我道：「楊律師，聽講你要代表那個麥可・蔡的太太和伊講離婚？」

「是。」我畏怯地點點頭，心想要挨罵了。

「就是要按呢！」老董事長一拍桌子，大聲說：「佪[17]出漚步[18]，阮就要比佪更加漚……死美國仔。」他回頭問艾瑞克說：「艾瑞克，現在我們要怎麼辦？」

艾瑞克雙手交抱胸前，緩緩睜開雙眼。

他設計的路徑非常複雜。

湯瑪士與廖培西將向地檢署提出 J.J. 散布不實資訊、影響股價，違反證交法的告訴；同時將請求法院為假處分，暫停 J.J. 的公開收購，並凍結 J.J. 手上股份的表決

17 佪，in，他們。

18 漚步，àu-pōo，賤招、卑劣的伎倆、手段。有時俗寫作「奧步」。

權。

吳正非則要盡快釐清瑞士那則新聞的真實性，人手不足的話，蔣恩可以協助。

由於J.J.屬於外資，他公開收購臺灣公司，必須經過經濟部投資審議委員會的核准；此外，若收購案成功，J.J.將持有超過百分之三十的臺磁股份，屬於公平交易法上的「結合行為」，需要公平交易委員會的同意。換言之，只要守住投審會或公平會任何一關，便可以讓J.J.的公開收購失敗。這部分由我與布蘭達負責。

最後是管理階層的責任，臺磁董事會依法必須組成審議委員會，就J.J.的收購條件向全體股東提出建議，總經理將協調會計師與顧問公司，盡力證明J.J.的收購價過低，建議股東們不要出售持股。董事長等高階主管也將聯絡幾個大股東，遊說他們不要賣股票，支持現在的經營團隊。

艾瑞克的另一個建議是發行約百分之三十到四十的新股，由自己人或可信賴的盟友認購，這樣即便J.J.公開收購成功，持股比率也會被稀釋到百分之二十五以下，無法干預臺磁經營。

「這樣要一百億……」財務副總喃喃說：「……誰有辦法？」

「我可以試看看。」吳正非突然開口說：「歐洲私募基金那邊有些老朋友，可以談。」說著他瞄了他的父親與弟弟一眼。

那天會議一路開到晚上十點，回臺北後我與蔣恩又工作到半夜三、四點，將幾份工作文件大綱擬妥後，才回家盥洗略事休息。

接下來兩週的工作強度都差不多，朝八晚十二，週末之約皆須犧牲。小靜的媽媽打電話來的時候是晚上八點，我正埋首於一堆能源市場數據、太陽能技術文件、跨國事業結合的法例之中，苦於找不到足以反駁J.J. 吞併臺磁的論點。在這種情況下接到一通「怎麼都沒回訊息」、「和房仲有約」的電話，我自認我的回應已是相當克己復禮了。

但顯然有人不這麼認為。我放下電話後不到三十分鐘，手機又響，是小靜。

「喂，幹麼對我媽那麼凶？」

「我哪有？」我盯著電腦螢幕上的書狀說：「你媽說我對她很凶？」

「她說她就想跟房仲約個時間，傳訊息給你你都不回，打電話給你，你又一副很不耐煩的樣子。」

「我真的忙不過來。」我說：「臺磁的事十萬火急，我真的抽不了身；房子的事，我忙一段落就會處理，可以嗎？」

「但她說房仲說……」

「千年一遇的標的，慢了就買不到嘛！」我提高音量說：「這種話術妳也信，妳不是當律師的嗎？」

小靜沉默一陣，又說：「婚宴場地你也沒去看吧……」

「我在忙、我在忙、我在忙！」我幾乎是要用吼的了。「這樣夠清楚了嗎？拜託妳，妳在紐約吃吃喝喝開party，臺灣什麼事情都推給我，我要工作，我連睡覺的時間都沒有了！」

蘇心靜又沉默了一陣，然後結束視訊通話。

我知道她在生氣，但我沒有道歉的念頭。

我哄她開心，誰來哄我？

選擇一個年紀比較大、又是同行的女人，不就是期待她能更體諒我工作上的難處嗎？如果是要找個會鬧的，乾脆就找像路雨晴那樣年輕貌美的女孩，鬧起來心情也愉快？

我將臉埋在雙掌中，試著不讓眼淚掉下來。

我覺得好累。

我需要有人抱著我，告訴我，你已經做得很好了，寶貝。

我呼了口氣，拿起手機。

五、「你相信婚姻是愛情的墳墓嗎？」

「你相信婚姻是愛情的墳墓嗎？」

「妳是要問我的經驗，還是單純問我相不相信？」

「都可以……你的經驗好了。」

「我沒有經驗。」

「你真的很哭爸。」

「所以妳這麼認為嗎？」

「嗯。兩個人再怎麼相愛，一旦長久生活，就得面對生活的現實，柴米油鹽醬醋茶，這還不是什麼真正的困難——像缺錢、生病之類的，單純就是瑣事——誰繳電費、誰洗衣服、誰去照顧誰的父母，這樣就足以磨掉所有的熱情。在這種情況下，如果一個人還一直計較另外一半『為什麼不像以前那樣愛我』，只會引發爭吵，然後衝突，最後就是分手。」

「我不記得妳以前對婚姻那麼悲觀。」

「對啊，以前不會。」徐千帆說：「和你分手以後我才學會這個道理。寶貴的一課。」

距離 J.J. 公告收購臺磁科技已過了一個月，事情慢慢回到軌道上。注意，事情並沒有解決，公開收購仍繼續，只是大家按著艾瑞克畫的地圖前進，一切不再那麼紊亂。

我與布蘭達最終向公平交易委員會遞出了一份五百多頁的意見書，主張此一併購有害於市場競爭，請公平會拒絕 J.J. 申請。公平會將就這個案子舉行聽證，預計屆時又有一陣攻防。

湯瑪士則向地檢署告發 J.J. 散布不實訊息、違反證交法；補了幾次資料後，總算讓檢方立了個「他」字案，進入不特定被告的偵查程序。廖培西的假處分聲請則被法院駁回，目前抗告中。

吳正非與蔣恩已出發前往瑞士，調查臺磁產品被禁的消息來源。這是最神祕的部分，我只知道蔣恩前一陣子忙得昏天黑地的。

吳正非之前提到「歐洲老朋友」的私募基金護航一事則出人意料的順利；我們與白白胖胖的盧森堡基金董事長開了場視訊會議，他便爽快地同意出錢認購新股，並承諾全力支持吳家經營團隊。下一步是要召開臨時股東會，還要設想 J.J. 在股東會中可能的漚步。

臺磁的人每隔幾天就會問我覺得 J.J. 的收購案會不會成功、做那麼多事、加那麼多班到底有沒有用。我只能坦白說我不知道，現實就是，做這些努力不能保證守住臺磁，但什麼都不做，臺磁一定失守。

臺磁的事情恢復節奏，我也較能匀出心神處理徐千帆的離婚案。自從上回當面告知後，菜頭學長並沒有任何動作，我建議小帆先聲請假扣押，以防菜頭脫產，小帆說她不要錢，一毛都不要。

「我只有兩個條件。」她說：「第一，我要艾登的監護權；第二，我要蔡得祿和他的姘頭登報道歉，在臺灣和美國的報紙上登報道歉。」

我有點意外。「這是『洗門風』嗎？我不確定法院會不會這樣判，要去研究一下案例。」

小帆說：「我沒有要上法院，這是協議離婚的條件，如果他想走，就得這樣做。」

我將這兩項條件寫成律師函寄給菜頭學長，隔天收到他的 e-mail 回覆，說另外找時間當面談。

「如果妳認為婚姻是愛情的墳墓，為什麼會跟菜頭學長結婚呢？」我問。

「就是因為這樣才跟他結婚。」小帆喝了口茶，緩緩地說：「既然在婚姻中，愛情最終會消逝，那要不要結婚、跟誰結婚，就與愛情完全無關，不是嗎？結婚應該是個理性的選擇，找一個能共同生活的夥伴；經濟能力、生活能力、人生目標、價值觀、個性的相容程度……這些才是要不要和一個人結婚的重點吧？」

「能找到這一個人，經濟能力、人生目標互相符合，就會談戀愛了吧？」

「我也這樣以為，所以和他結婚的時候，我一點都不擔心我不夠愛他或是他不夠愛我的問題……他很適合我，我很適合他，時間久了，我們就會好好的。」

小帆停頓一下，說：「但不是這樣。」

小帆說，那時她與另外一個臺灣女生在明大雙子城校區旁邊租了層公寓，找人分租，菜頭學長透過臺灣同學會找過來，那時他是博士班（SJD）的第一年。

「那時他不知道我們分手的事，我告訴他，他就一直跟我道歉；我說，這跟他一點關係都沒有，幹麼道歉；他說，我和你在一起那麼久，分開了，我一定很難過，我來美國應該是想重新開始，他卻不請自來，讓我重提舊事，所以他很抱歉，他也不要租了，他會避免和我碰面。」

「很像我認識的他。」

小帆當然不會因為這種原因而拒菜頭學長於千里之外。她告訴他，過去都過去了，沒什麼妨礙，他鄉遇故知是好事，學長在美國待得比較久，大家可以互相幫助。

於是他們開始了室友的生活。小帆說，她本來擔心男女混住有些不便，但後來發現完全沒這個問題，菜頭學長比她認識的所有女生都還愛乾淨，每天吸地板、刷馬桶、刷瓦斯爐，房子總是整齊而閃亮。最好笑的是，菜頭學長的衣服只晾不烘，每件衣服晾晒時皆鋪甩平整，晾乾後宛如熨燙過的一般，後來兩個女生索性賴著學長晾衣服，連貼身衣物都不避諱。

「他以前在大學宿舍就這樣，全棟應該只有他在晾衣服。」我說：「只是我比較有羞恥心，不會巴著學長幫我晾內褲。」

「因為你們男生不在乎穿得跟鹹菜一樣。」

而且菜頭學長燒得一手好菜。你能想像在攝氏零下十度的冬天、從教室走二十分鐘回家、發現爐子上有鍋熱騰騰的牛肉湯時的感動嗎？小帆說當時她吃著吃著眼淚就掉下來，菜頭學長遞給她面紙，然後坐在旁邊陪她一起哭。

「為什麼要哭？他又不是專程煮給妳吃的。」

「那是想家。」小帆白了我一眼，「冰天雪地、下午三點就天黑的時候，特別想念臺灣，懂嗎？」

兩人什麼時候開始的呢？小帆也說不上來，大概是那回學長的哥哥出了車禍，他返臺一趟，再回美國後，兩人之間的距離便明顯拉近了，多了噓寒問暖，多了肢體互動，他們會單獨出去，會聊天到深夜。有天晚上，小帆失眠，躺在床上看著窗外明月，伴侶、婚姻、人生等「俗事」一項一項滑過腦海，她竟然有股去敲學長房門的衝動，那一瞬間，她知道她的「結婚評估」完成了。

小帆說她還問過另一個女生室友的意見，那個女生的說法是：菜頭學長任何一方面都是可以嫁的，但不知道為什麼，相處這麼久，她就是沒有心動的感覺，大概因為她是「外貌」協會的吧。

「我說我還好，我對外表的要求沒那麼高。」小帆看著我說：「所以有一天，他問我要不要結婚時，我就說好。」

「我不懂！」我抱著腦袋說：「是他跟你求婚？」

「也不算是求婚……就是有一次出去，他問我說，想不想這樣走下去，我說好……就這樣，很無聊。」小帆說：「這有什麼問題嗎？」

「可是妳為什麼要說好？妳那時才幾歲，現在哪有人那麼早結婚的？」

「我一直都想結婚，還想要生小孩，你不知道嗎？」小帆笑著說：「當時我都想好了，我和他結婚，我們可以繼續留在美國唸書，然後生個小孩，我們一邊唸書一邊帶孩子，他可能早我兩到三年拿到學位，他會先工作一陣子，等我拿到學位後，我們就一起回臺灣，那時候小孩五、六歲去上學，我們工作，人生的路就這樣走下去。」

「所以妳都計畫好了。」

「嗯，都計畫好了。」她點點頭，說：「結果現在這樣，鼻青臉腫的。」

小帆說，他們婚姻出狀況是最近一年的事，具體來說，是回臺灣之後的事。

「很多人生完小孩後夫妻感情變差，但我們剛好相反。艾登出生後那一陣子，應該是我們關係最好的時候。」

小帆停頓了一下。「蔡得祿他……他很喜歡小孩，餵奶洗澡都他負責，家事也都他做，還會幫我準備月子餐，我說好像請了個免費的月嫂。總之，帶小孩這方面，我們分工合作還不錯，他是『神隊友』，很有默契的那種。」

「妳不是說他媽媽害妳產後憂鬱？」

「那是他媽媽。他媽媽就……我也不知道怎麼說，壓迫感很重？我做什麼都錯，而且說話很難聽，說我是大小姐，只會躺著享福，她就剩一個兒子，早晚會操勞死，到時候她的孫子沒爸爸，媽媽又不會疼……這種話當著我面說，我只差沒給她一巴掌。」小帆說：「蔡得祿說，他媽年紀大，現在又只剩一個人住，講話多少會超過，要我忍一忍，我就忍了，忍一忍也就過去了。」

「所以他媽媽不是你們離婚的原因？」

「不是，完全不是。」小帆說：「他媽媽也就愛說難聽話，我身體恢復以後，根本也不理她，她待四個月就回臺灣了。」

小帆停了下來，沉默許久，才說：「大概從那時候開始吧，他就慢慢不見了。」

小帆說，他們之間的話題本來就不多，有得聊天多半是聊小孩，她不想提她博士研究的事，也不想聽菜頭講他自己的部分。於是只有當小孩在的時候，他們會說說笑笑，若剩夫妻獨處，多半是各做各的事，相對無言。

他們分房睡。小帆說，她不記得他們上回行房是什麼時候，大約是得知她懷孕後，菜頭就不曾碰過她。某一天開始，他只睡在客房，最後連衣服用品都搬過去了。

我聽這段的時候，身體不自覺地往小帆方向移動了幾公分。

「其實我不覺得這有什麼問題。」小帆說：「相處久了感情本來就會變淡，更何況我們原本就不是愛得你死我活才結的婚；變回室友的關係也不錯，可以有自己的空間，又有個『家』，有『家人』，小孩可以開心地長大，這樣很好⋯⋯只是他連這樣都不願意配合我。」

菜頭學長拿到學位後便加入了 J.J.，相當受到重用，今年 J.J. 擴大臺灣子公司規模，菜頭學長便申請調職，「恰巧」小帆也拿到臺灣教職的聘書，他們便舉家遷回臺灣。之所以強調「恰巧」是因為兩人並沒有事先說好，菜頭告訴小帆他拿調職許可的時候，小帆已寄出大學教職的申請材料。

「朋友都恭喜我們，說搭配得太好了，可以一起回來。」小帆苦笑說：「但我想他很失望吧。」

J.J. 為他們在信義計畫區租了一層公寓，四房二廳，附完整家具，還有 allowance 可以請家務人員。小帆說公寓大的好處就是他們仍然可以分房，沙發夠長，使兩人可以各據一端滑手機。

「我抓到他外遇就是八月初的事而已。」小帆說：「那個週末，我和我媽帶艾登下高雄去玩，星期天下午回家的時候，他在家，在睡午覺，家裡收拾得很整齊，他平常就是這樣，沒什麼異常。我安頓好小孩，把行李歸位，髒衣服丟進洗衣機裡，然後我進廚房弄晚餐。我打了幾顆蛋，將蛋殼丟進垃圾桶，看見垃圾底下壓著一個速食店漢堡的紙盒。」

「漢堡的紙盒有什麼問題？他不吃速食？」

「不，他吃，但是他不會把紙盒丟進一般垃圾的垃圾桶裡，他會把紙盒洗乾淨、攤平，然後分類回收。」

小帆安靜一陣，像是要穩定情緒。「我把那個紙盒挖出來，打開，裡面有一團衛生紙，再打開，裡面是兩個用過的保險套。在這裡。」

小帆取出一個保冷袋，又從裡頭拿出兩個夾鍊袋，袋中各是一個保險套，套子裡還有顯然是精液的液體。我一口茶噴了出來，說：「妳嘛卡好，這放多久了？」

「我有把它們冷凍起來。好歹我唸過訴訟法，知道證據保存的重要。」

「這……我的天啊，好、好，然後呢？妳有當面問他嗎？」

「我忍到小孩睡著後才問。他說那是他自己用的，他拿來自慰，這樣比較好清潔，我聽完直接賞了他一巴掌。」小帆搖頭說：「他以為他在騙十幾歲的小女生嗎？當我沒幫男人打過手槍？這種鬼扯也說得出來！」

我原本想說她犯了以偏概全的邏輯謬誤，我不會戴保險套打手槍不代表所有的男人都不會，但想想還是別說的好。

「我一直逼問他到天亮，他才承認，他說他會補償我，要我不要在孩子的面前鬧，不要傷害到小孩。我問他是哪個女人，他只一直要我不要多想，不要亂猜，我要他把手機交出來……平常我是不會看他手機的，他把手機給我，密碼也給我，裡頭內容都很正常；我又跟他要之前在美國用的舊手機，他說丟掉了，我說他明明有把那支手機帶回來，還說要留著當備用機。我去他的房間找，他就把我扯倒在地上，我的頭撞到地板，這邊撞裂了個縫。」

她撩起頭髮，髮際有個明顯的傷痕，我伸手去觸摸，她已將頭髮放下。

「這是醫院的驗傷單。」小帆說：「之後的事你就知道了，我帶著艾登搬回我的房子，打電話給我大舅，請他委託楊艾倫律師辦理離婚案。」

我心中計算時間，小帆與菜頭學長爭吵的時候，我正與小靜在機場擁抱道別。這感覺很奇妙，當你決定人生大事時，另外一個人的人生正朝著完全相反的方向前進，你們的人生曾經交錯而分開，又因這個時點發生的事情而即將相會。

「之後呢？他有再聯絡妳嗎？」

「打過幾次電話，說要看小孩。我告訴他，說出那個女人是誰，否則免談。」

「他說了嗎？」

「他不肯，我甚至還求過他，他就是不肯說。」她神色平靜地說：「不過也無所謂他說不說，我會知道的，很快。」

我心中描摹著整起事件的輪廓，有些部分線條模糊，和小帆的認知可能有所出入，有些部分則是充滿疑問。

「為什麼妳那麼在乎那個第三者是誰？」我說：「妳……妳其實不愛他，不是嗎？為什麼妳一定要他道歉？他在外面有別人對妳有傷害嗎？對不起，我沒有別的意思，我只是想不通，妳不要錢，卻只要他道歉？」

「他背叛了我，道歉不是天經地義嗎？」

「但妳並不愛他啊。」

「可是我們結婚了啊！」小帆大聲說：「我確實沒有愛過他，我也沒有感覺他愛過我，但我們都同意要共同生活一輩子了，這不就是說好，我們同意用這種方式走下去嗎？我們建立一個家庭，生了小孩，願意互相照顧，家庭就是這樣……這不是愛不愛的問題，這是信賴的問題！」

我一時語塞。結婚不是愛不愛的問題，是信賴的問題。

小帆拭了拭眼角，又說：「而且，為了這段婚姻、這個家庭，難道我沒有犧牲嗎？懷孕吐個半死的是我，在產檯上痛了六、七個小時的也是我，我還要叫他媽『媽媽』，還一起住了半年，裝一副小媳婦的樣子……我說這些不是要抱怨，這些我早都想過，我也願意承受，因為我很清楚，這些委屈本來就是成為家庭必需的代價，我以為……這是我們彼此都同意的代價，我們付出，然後珍惜付出的成果——就是這個家。現在他竟然……竟然背叛了我……背叛了我這些付出，我不值得他們說一聲對不起嗎？」

小帆低頭掉眼淚，我想這就是她的脆弱時刻，按二馬的說法，我應該上前出借我的胸膛，用體溫去融化她的委屈。但我沒有這麼做，我遞上面紙，然後小心地將兩袋「證據」收回保冷袋中。

我應該怎麼做？

「兩個條件，艾登的監護權；兩個人登報道歉。」小帆說：「做到就好聚好散，要不然……我會讓他們死得很難看。」

下午五點半，我關上電腦下班，好一陣子沒在這時間走出辦公室，看見殘留的天光，有種活過來的感覺。

天氣已轉涼，人行道上多了些落葉，我索性不搭車，伴著下班的車潮人潮漫步而走。

我來到那間藥局，領了預訂的綜合維他命與身體油，心想時間還早，便繞到相連接的母嬰用品店逛逛。一名客服小姐問我需要什麼，我說我只是隨便看看，她卻自顧自地開始介紹起嬰兒推車與汽車座椅，什麼一件式的、二件式的、單手折疊的、電動折疊的、大輪的、小輪的、有輪胎的、沒輪胎的，搭配各式各樣的促銷方案，複雜程度堪比三奈米的半導體製程，我只聽了二分鐘便宣告投降，手收型錄，嘴巴說好，其實什麼也沒放進腦袋裡。

站在我一旁的是一對年輕夫妻（應該吧），妻子妊娠應該有四、五個月了吧，他們正點算著滿滿兩臺購物車的商品，包括嬰兒床與其延伸配件、尿布檯與其延伸配件、嬰兒椅與其延伸配件、嬰兒澡盆與其延伸配件（澡盆可以延伸成什麼？）、提籃、嬰兒車、紗布衣、消毒鍋、星空投影機等等。先生對於是否要買提籃似乎頗有意見，認為嬰兒長很快，提籃一下就不能用了，CP值太低；妻子則堅持要有提籃，要不然不能開車載小孩出去。僵持到最後，那妻子賭氣地說她用她自己的錢買提籃總可以了吧。

那先生說：「還是一起買吧，小孩是兩個人的事，要不然結婚幹麼？」

我覺得他們該剔除的是那臺標價五千多元的星空投影機，哪個嬰兒會需要看星空？

離開店的時候，我心中浮現小帆的那一段話。

不是愛不愛的問題，是信賴的問題。婚姻是承諾，無論有沒有愛情，它仍然是個承諾，是承諾就不能輕易背棄。為了這個承諾，她也付出了、受委屈了，你要用什麼來還。

我走了一段路才想通，這也不是愛不愛或承諾不承諾的問題，根本的問題是：為何兩個不相愛的人卻選擇結婚，再用承諾來折磨彼此呢？

若依這邏輯，最佳解答應是：若是不相愛，就不應該結婚，也就不會有之後是否背棄承諾的問題了。

這是兩性專家會放的馬後炮，律師沒有辦法用馬後炮解決現實的問題。現實就是，人們會為各式各樣的原因去結一段沒有愛情的婚姻，原本相愛的兩個人也會因為各種原因變得相厭相恨。因此離婚律師永遠有生意。

走回馬路上，我正想傳訊息交代一下進度，手機便響了，是個陌生的號碼，我接起來，一個男人說他是快遞，有我的包裹，現在在我家樓下。

「新店路嗎？」

「不是，是濟南路這邊。」

我告訴他我需要半個小時，他說他先去送別的地方，半個小時後再回來。

我搭計程車回家，沿路塞車，乃致快遞大哥又來電催了兩次。最終我總算從他手上簽收了那只巨大的包裹，差不多一個成人高的長條紙箱，扛起來卻不重，寄件人只寫「立海有限公司」，應該是製造商。

我將紙箱扛上樓，從裡頭「抽」出一只長型抱枕，抱枕尾端還附有電源與開關。我插上電，打開開關，初時抱枕沒啥反應，但過了一會兒我便瞭解這是個電熱抱枕，抱枕上近心口、腹部與大腿的部分會發熱。

紙箱中有個巴掌大的玻璃罐，裡頭裝著某種香氛，我按照說明書將連接抱枕的蕊芯浸入香氛中，不一會兒，抱枕便透出香氣，而且大概是因為熱度的關係，那香味比單純香氛的氣味來得溫潤許多，就好像……就好像……就好像蘇心靜的味道。

我拿起手機，點下視訊通話，響了一陣，小靜接起來，她已經梳妝整齊，正準備出門的樣子。

「幹麼，死沒良心的，那麼早打來？……喔，收到了嗎？我看看，可以用嗎？你有試那個『電熱香氣』嗎？聞起來好嗎？」

「聞起來像妳。」

「有嗎？呵呵，他們剛好有我常用的那支香水的氣味，所以我……」

她突然哽咽，撇開頭吸了吸鼻子。

「對不起。」我說：「那天我不該對妳和妳媽那樣說話的。」

她仍然不說話，低著頭表示委屈。

「我最近忙一段落了，該做的事情我會趕快進行……我很想要有妳在身邊，一起做這些事。」

「算了啦，我忙起來也是這樣，嫌我媽煩東煩西的。」小靜笑了笑，「禮物還不錯吧，怕你冷才送你的，要不然冬天來了，你就跑去找別人在床上抱抱。」

「怎麼找，臺北又沒人。」

「誰知道，臺北誘惑那麼多。」小靜突然靠近鏡頭說：「你遇到路雨晴了，對不對？」

我心臟突了一下。「這妳也知道。」

「她跟我說的。」

「她知道我們在一起？」

「有一次我們去喝酒，聊滿多的，她不是那種會亂講話的啦。」小靜說：「怎麼樣，我們家雨晴很正吧？法學院郭雪芙，楊律師有沒有心中小鹿亂撞啊？」

「郭雪芙？有嗎？」其實很像，但我還是假裝想了一下，「不過也還好啦，就是個認真向上的好女孩的樣子，大概是我老婆被我解放前的十分之一正吧。」

「解放後呢？」

「解放後就是中華人民共和國了，郭雪芙沒得比。」

「什麼爛梗。」小靜笑了一陣，又說：「我跟你說，雨晴家境不是很好，一直都要拿錢回家，但她真的很認真，走得很辛苦，很令人心疼的小女生。你如果有機會的話，幫忙多照顧一下。」

「妳是不是有雙鞋在她那邊？」

「對啊，當初她要面試我借她的，還有粉底液和眼影，但那些就不用拿回來了。」

「她有男朋友嗎？」

「你想幹麼？」

「你不是叫我關心一下嗎？我可以介紹男生給她啊。」

「大學時候跟一個電機系的在一起，畢業後就分手了。」小靜說：「我跟她喝酒就是因為這個，她難過了很久。」

我們又聊了些生活瑣事，例如她那個長得像漫畫人物的日本同學、她前一陣子的尼加拉瓜大瀑布之旅、上公司法課被老師點起來回答問題的經驗等等。

「先這樣子吧，我要去上課了。」小靜將圍巾圍上，很好看的一條格紋圍巾，「晚上記得抱著禮物想我。」

「可是我找不到洞。」

「什麼洞？」小靜想了一下才意會過來，臉上一紅，笑罵說：「你小淫賊，自己左手動一動啦！」

馮二馬用落漆的節拍唱完黃明志的《漂向北方》，隨手將麥克風一丟，說：「呼、呼，有夠難唱的……楊艾倫，你找我出來，又不說話，自己一直喝……呼、呼，找我幹麼？」

「阿本為什麼沒讀訊息？」

「我怎麼知道，交女朋友了吧，現在在打炮。」

我嘆了氣，喝下一大口威士忌，說：「我很苦惱。」

「苦惱什麼？苦惱不知道該選徐千帆還是蘇心靜嗎？媽的，這有什麼好苦惱的，俗語說：『小孩子才做選擇。』……你都大人大種了，全都要不就好了嗎？」

「怎麼可能全都要啊？又不是清朝。」

「為什麼不行？」二馬說：「我們又不是在演連續劇，又沒規定故事一定要有結尾，主角一定要情歸一方。你可以一直保持這種……嗯……『量子糾纏』狀態，跟A吵架就去找B，對B膩了就找C，能拖多久就拖多久，幹麼要做選擇？」

「拜託，我又不是那種人。」

「放屁，楊艾倫，你就是那種人！你就是喜歡量子糾纏！喂，你以前就做過選擇了，那時候你也以為故事已經結局了不是嗎？現在演的又是哪一齣？侏儸紀公園二？」

「那個不是選擇！是為了我爸！」我又灌下一口酒，嘆氣說：「我現在也不知道……唉，這樣做對不對……」

二馬塞了個水餃進嘴中，口齒不清地說：「因為聽了徐千帆的故事？」

「一部分吧……我本來就有在想。」

「你和徐千帆到底上床了沒？」

「沒有！」我大聲說：「我們什麼都沒做好嗎？就是律師和客戶的關係！」

「但你很想做什麼吧？」

「也沒有啦。」

「喔，你用了『也』和『啦』！」二馬又吃了個水餃，「會用這兩字表示『不確定故意』，也就是說如果今天徐千帆要跟你怎麼樣，你不反對，對吧？」

「媽的，好險你沒當法官，要不然一定一堆冤獄。」

二馬咂著嘴說：「可是你跟徐千帆把這些話說開，感覺應該好很多吧？」

「哪一方面？」

「她嫁給菜頭學長的事啊，她沒有真的愛他，她是為了結婚而結婚。」二馬說：「你那時候不是糾結得要死？還跑來我家打我，還詛咒徐千帆『造孽』。」

「這你也知道？」

「我有什麼不知道？」二馬說：「我能理解啦，如果那時候徐千帆是嫁給一個超帥的、很強很罩的，你會覺得有個交代，比較心甘情願啦……結果是菜頭學長，當然鬱卒啊，我都懂，我過來人，張婉琪的老公你看過嗎？真人多拉a夢耶，我那時候也是悶了一個星期。」

「你又沒跟張婉琪在一起過。」

我將酒杯斟滿，發現酒不夠，按服務鈴又叫了一瓶，我看著電視上閃爍的ＭＶ畫面，聽著五月天阿信反覆嘶吼著：「我不轉彎，我不轉彎」，突然覺得心中有些東西關不住。

我說：「二馬，我說的造孽不是這個……媽的，你知道菜頭學長其實是同性戀嗎？」

六、「如果含了別人的老二，我應該也會吐出來。」

「打個比方，你在女生班，隔壁班帥哥走過教室，和那些三八一起尖叫發花痴。」

「這個還好，裝娘發花痴我OK啊。」

「那……全班一起換衣服，到處是胸罩內褲，但不能起生理反應。」

「嗯，有點難，但不被發現應該還好啦，四角褲寬一點就好了。」

「好，最後一關，一個脫衣舞男的老二在你面前晃，把它含進嘴裡，還含得很高興。」

「靠，學長，你玩那麼大啊，我連真的女生的那邊都沒看過……」

「比喻而已啦。」菜頭學長尷尬地笑了笑，說：「有一次我們高中同學慶生就請了一個脫衣舞孃，也不是真的脫光光，就是穿三點式跳舞，像電子花車那樣；跳到最後，她一個一個坐到我們腿上，把我們的臉埋到她的胸部裡面。大家都很興奮，我也裝做很興奮，但回家我就吐了，還拚命洗臉，就像連續劇裡面女人被性侵後會拚命洗澡一樣，覺得髒。」

「如果含了別人的老二，我應該也會吐出來。」

「如果還射在你嘴裡……」

「學長，不要再說了……噁，我感覺有味道了。」

這是那晚我和菜頭學長徹夜長談的片段。

菜頭學長說，他國中時就知道自己喜歡的是男生，那時他暗戀他的鄰居、外號「三重陳義信」的校隊投手。他每天下課後就在場邊看棒球隊練球，然後和陳義信一同回家——陳義信騎腳踏車，他站在後頭的火箭筒上，他的下半身會不時地挍[19]到棒球員結實的背肌，乃至他初發育的陰莖無時無刻都是勃起的。

學長說，大概是他雞雞太小了，這樣騎車騎了一整年陳義信都沒發覺異狀，而他卻將此解釋成雙方情同意合，於是大膽向對方告白，並衝動地獻上初吻。對方反應劇烈，狂吥口水，緊接著一陣拳打腳踢。

更大的衝擊是，消息透過左右鄰居傳回他家，他媽媽拿菜刀尖叫說要先殺了他這個變態，然後自殺。他哥哥拚命阻止，解釋說只是弟弟打賭棒球輸了的懲罰而已，當時嚇到尿濕褲子的他只能滴著眼淚附和。

「其實我早該想到我媽會有這樣的反應的。」學長說：「我們家的報紙都是東缺一塊、西缺一塊的，我媽看裸露一點的照片就會把那塊剪掉……你說為什麼不把報紙直接丟掉？因為她認為上進青年一定要讀報，所以我和我哥每天起床第一件事就是

19 挍，huê，不小心輕擦到。

去讀那堆殘缺不全的報紙。」

學長說他爸爸在他很小的時候便過世了，他媽媽靠賣保險將兄弟兩人拉拔長大。他印象很深的是，他哥十五歲生日時，他媽不理會他哥一直想買雙喬丹球鞋的夢想，硬是買了雙皮鞋當他哥的生日禮物。他哥幾乎沒穿過那雙皮鞋，他媽卻堅持將鞋子擺在門口，偶爾會看著那鞋子掉眼淚。學長說當時不明就裡，現在想來，他媽媽應該是感慨，「苦了這麼多年，家裡總算又有個男人了」吧。

於是菜頭學長進入了「深櫃」，他再不敢提同志話題，對誰都不提，他壓抑性取向，表現如多數青春期的男孩。

「我覺得自己身體裡藏了個怪物，被發現就要被燒死。」菜頭學長說：「但那個怪物又不安分，牠會動的，會讓你去接近某個男生，會讓你去看男男A片打手槍。那時候我真的很怕，路上有人多看我一眼，我想說他是不是已經知道了，要來燒死我了。

最可怕的還是我媽媽，我隨時準備在她面前自殺。告訴你一個比較好笑的，有次我在房間，聽見我媽大罵『不要臉』，我以為她知道了，一路跪到客廳，結果她是看到周杰倫演唱會……她覺得穿得花裡胡哨地在臺上唱歌跳舞就是不要臉，差點嚇死我。」

菜頭學長苦笑一聲，說：「一個祕密藏久了，你自己就真的變成一個怪物，說話越來越小聲，不敢和人相處，我是成績不錯，有些人考試要抄我的答案，才把我算到他們那群裡頭，脫衣舞我才有一份……嘿，這樣說對我的同學也不公平，他們可能真的把我當朋友，但我就覺得自己不配，我就會覺得，我這種怪胎，應該一個人在角落畫圈圈。」

我想到就學過程中遇過的LGBT同學們，暗自反省是不是曾對他們做過分的行為，然後我向學長問道：「學長，你已經講到高中畢業了，可是你還沒說到你那個『真誠』的人生體悟是怎麼來的。」

菜頭學長說，他是看了李安的《斷背山》後才體悟到「真誠」的重要性。

「那不是最近的片嗎？」

「對啊，我寒假才去看的。」

我做了個綜藝摔，說：「學長，我還以為你要告訴我什麼人生經驗的總結，結果只是電影心得？」

學長溫和地說：「學弟，不能這麼說喔！漸悟是悟，頓悟也是悟，不能說最近從電影中得到的體悟就沒有價值。」

而且《斷背山》是一部偉大的電影，菜頭學長說，艾尼斯與傑克受雇上斷背山放羊，結果兩人擦出火花，下山後，兩人……喔，還沒看過這部電影是吧？那就先不講劇情了，看完再討論吧。

「裡面我哭最慘的是羊死掉的那段……和主要劇情無關，但我就是感觸特別深。我覺得自己就是那頭羊，以為什麼都不說什麼都不做，混在羊群中就是安全的，結果被郊狼拖出來開膛剖腹的就是我。」

學長嘆了口氣，繼續說：「或許逃離羊群，最後還是會被狼給吃掉，但至少你逃出來了，至少在死亡的那一刻，你是自己，而不是千萬隻羊中的其中之一。」

我細細咀嚼一陣，然後真誠地說：「學長，我覺得你這體悟不大有說服力。」

「我還沒說完。」學長搭著我的手，說：「看完這部電影後，我參加了一些社團，也在網路上認識一些LGBT的朋友，大家都活得很正常很開心，我開始告訴一些人我是gay，當我這樣說的時候，就好像在悶了很多年的衣櫃中透進一點新鮮的空氣，整個人醒過來了，我看到的顏色、我聽見的聲音，都不一樣了。我開始交朋友，開始敢去喜歡別人，我甚至敢……敢向你這樣的人坦承我是同志，這就是真誠的力量，它不只改變自己，甚至改變別人。」

「學長，你該不會是要說你喜歡我吧？」

「哈哈，你是很可愛，可是我最近交男朋友了。」學長笑著說：「造船系的。我們認識一個星期，我就直接告訴他我喜歡他，問他要不要在一起，我不想再浪費時間，遇到喜歡的，單刀直入就講了。他說他也喜歡我，所以我們就在一起了。」

「你覺得我這樣跟徐千帆說可以嗎？」

「一定可以，學弟。不要害怕，我們都覺得自己不夠好，但其實……面對自己，一切都會變好的。」

「幹，這傷譀[20]了，菜頭學長是同性戀!?」二馬表情誇張地說。

「你看過《斷背山》嗎？」我說：「你有印象關於羊死掉的那段嗎？我是很後來才在電視上看這部電影的，可是我完全沒印象有這段。」

「可能被剪掉了吧。也可能你不專心，用電視看電影很容易分心。」

我點點頭，不知道同意他哪一段話。

「喂，可是這不通啊。」二馬說：「如果菜頭學長出櫃，那徐千帆是怎麼跟他結婚的？」

我搖頭說：「我不知道，我本來以為我知道，但現在我不知道。」

和小帆在一起後，我越來越少回宿舍，也比較少去關心學長的出櫃進度。直到有天他傳訊息給我，說很需要跟我談一談，我趕回宿舍房間，看見他哭得雙眼腫得跟元宵一樣。

他說那個造船仔跟他分手了，理由是他一直不願意在社群網站上放上兩人的合

20 傷譀。傷，siunn，太過；譀，hàm，誇張不實。

照，造船仔認為他不夠愛他，懷疑他外面另外有人。

「我告訴他……放上去會被我媽看見，他更生氣，說難道我們要一輩子偷偷摸摸嗎？」

「學長，你不是說要真誠的嗎？」

他說他終究還沒有面對媽媽的心理準備，而且為了防止話傳話，他也沒有向太多朋友出櫃。

「但這只是時間問題……遲早會公開的，我哥畢業工作了，也說要結婚，我媽對我出櫃的反應就不會那麼誇張吧……我跟賽門說，但他不相信，他說我每次都這樣講，他不想再等下去……」

學長哭倒在我懷裡，出乎我自己意料的，我沒有推開他，我抱住他，輕撫著他刺叢叢的平頭。

「我好羨慕你，你和小帆在一起那麼開心，你爸媽見過她了嗎？喜歡她嗎？那她爸媽見過你嗎？……真的好羨慕你，我只希望，我媽也可以祝福我和我的另一半……艾倫，今天晚上可以陪我嗎？沒有別的意思，我只是想要有人陪而已。」

那晚我們共睡一床，我從他的背後摟住他，聽他哭泣與絮語。這是我第一次與男人有如此親密的接觸，並未如原先設想般的反感，男人的皮膚粗糙，肉體缺乏柔軟彈性，但那種結實的觸感卻令擁抱更為紮實。我聞到學長身上沐浴乳的香氣，心中有股莫名的悸動；這讓我想到A片的經典橋段：女優以美好的肉體撫慰弱小、備受欺凌的男生。媽的，我竟然有這一天會投射到AV女優的視角上。

當然，我沒跟二馬講那麼多。

二馬撫著下巴說：「所以學長其實沒出櫃，還騙小帆他是直男，和她結婚？」

「我本來是這樣想的，所以我說這是造孽。」

「本來？如果不是這樣還會是怎樣？」

「可能他以前是gay，現在不是。」

「怎麼可能以前是現在不是？性取向又不會改變。」

「你有聽過什麼叫『性向流動』嗎？sexual fluidity。」

二馬搖頭。我說：「其實我也只是查了一些網路文章，大概就是：雖然大部分人的性取向一生是固定的——同性戀就同性戀，異性戀就異性戀，但研究仍顯示有些人的性取向可能改變，改變的原因可能是荷爾蒙、年紀、生活環境變化等等。有人認為，人的性取向比較像是一道連續的光譜，光譜兩端是百分之百的同性戀與異性戀，光譜正中央是雙性戀，在這之間就是不同程度的性取向。例如你可能是百分之九十異性戀，百分之十同性戀，你大部分的人生都是以異性戀的身分度過，只是因為你還沒遇見觸發你同性戀傾向的那個人而已，哪天你真遇上你的真命天子，天雷勾動地火，你就變 gay 了。」

二馬說：「嗯，這有點道理，很多唸女校的高中就在那邊愛來愛去，但畢業還是跟男生交往。」

「也有可能她們真的是 lesbian ，迫於社會壓力裝成直女。」

「太複雜了……好啦，不管這些，可是你為什麼認為菜頭現在已經『流動』成異性戀了？」

我告訴他我上回去 J.J. 開會時的觀察，菜頭學長的衣著打扮、行為舉止、說話方式都有著巨大的變化，變得……怎麼說呢……充滿所謂的「男子氣概」？

「你去參加他們的婚禮的時候，有覺得菜頭變很多嗎？」

「嗯……」二馬陷入長考，說：「他那天確實是說話滿大聲的，話也滿多的，動作是比較大，跟大家打招呼也很熱情。的確是跟以前有點不一樣……可是，我以為那只是因為那天他是新郎的關係。」

我本來還想提菜頭學長在會議上與路雨晴的親密舉動，但想想還沒啥根據，決定還是不說。

「那你接下來要怎麼做？反正徐千帆不知道同性戀這件事，菜頭現在也不是同性戀，你就當什麼都不知道？」

「我不知道，我不知道講還是不講對小帆比較好。嫁給一個 gay 和嫁給一個渣男，要怎麼選？」

「我可能會去自殺。」

「我就怕這樣。」我說著腦中靈光一現，問：「對，上次你約出來的那群女生，做基因鑑定的，對不對？」

「哪一群？」

「就蘇心靜出國那天，你約的那四個啊，什麼安娜、寶琪的……」

「喔，對啊，都是醫檢師。」

「那給我那個安娜的聯絡方式。」

「你要幹麼啊？」二馬皺眉說：「你二個都搞不定了，還想納妾啊。」

「少廢話。」我說：「我需要科學家。」

在我和二馬瞎扯的時候，吳正非與蔣恩搭乘的班機降落於桃園機場。隔天上午八點，吳正非主持記者會，公開一份由瑞士瓦萊邦環保局簽署的聲明書，聲明中表示，瑞士當局確實於今年稍早對太陽能裝置進行稽查，也處罰了若干業者，但違規名單中並無來自臺灣臺磁科技的產品，所謂「臺磁產品遭瑞士政府禁賣」的新聞全是子虛烏有。

吳正非並出示多張現場照片，顯示臺磁產品在瑞士境內仍合法運作，並沒有禁賣禁用的情況。

最終吳正非以激昂的口吻表示：臺磁科技深耕太陽能產業三十餘年，秉持最高生產標準，帶給全世界乾淨、安全、便宜的能源，任何企圖破壞或奪取臺磁的陰謀最終必告失敗，奉勸有心人士好自為知，及早收手，勿謂言之不預也。

九點，臺北股市開盤，臺磁股價跳空漲停。

蔣恩下午三點才睡眼惺忪地進辦公室，安排好同事們的伴手禮後，她泡了杯茶，跑來我辦公室，慢條斯理地敘說她的瑞士之旅。

她與吳正非第一站抵達蘇黎士，聽取徵信社的報告，幾個瑞士人輪流講了三個多小時，說他們多麼努力與那間新聞社交涉、新聞社多麼不合作、他們又用了多少手段旁敲側擊，終於查到撰寫那則新聞的記者的姓名，那記者已經離職，電郵電話都聯絡不上，只知道他的住址位在德國境內、靠近瑞士邊界的一處小村落。

蔣恩與吳正非隔天搭乘徵信社的車向德國進發，他們在南德的黑森林中繞了幾個小時，最終來到一間宛如童話中的森林小屋，一位牙齒掉光的老婆婆熱情地招呼他們喝蘑菇湯，對他們的問題一問三不知。徵信社請吳正非再等個幾天，他們的資訊專家正在努力破解那間新聞社的資料庫。

吳正非本來是要留在蘇黎士等的，蔣恩三催四請才逼得吳正非租了輛車，南下瓦萊邦首府西恩市（Sion），直接拜會瓦萊邦環保局。蔣恩說，環保局櫃檯人員只會說法文，態度惡劣，聽到吳正非講英文就叫他回去填網路上的意見申訴表，吳正非還真的摸摸鼻子就要走人，蔣恩趕緊跳出來說與米雪兒・馮・馬克女士有約，他們才沒白跑一趟。

「白人對亞洲女性都比較好。」我說。

「沙豬，是因為我講法文。」蔣恩說：「T'es con ou quoi ?[21]」

米雪兒是位優雅、幹練、英語流利的中年女士，她直截了當地告訴二人，臺磁的烏克蘭客戶確實受罰，但經查證後，那些違規裝置並未使用臺磁的產品。

米雪兒打開資料庫，與蔣恩逐條勾核上千筆太陽能裝置清單，並將核對結果列印提供給二人。第二天，米雪兒開車載他們走訪了幾個太陽能農場，指出內含臺磁產品的太陽能裝置，讓蔣恩逐一拍照存證。一天結束後，蔣恩整理資料，並拿出預擬的聲明書請米雪兒簽名。

「我猜她不肯簽，公務員最怕簽名，一定是妳用了什麼卑鄙的方法讓她簽的。」

「沒有，她馬上就簽了。」蔣恩說：「因為這些是事前就安排好的啊！」

蔣恩說，「瑞士假新聞」這種案子沒什麼學問，找到對的人就對了。她接手案子第三天便聯絡上米雪兒，接下來便是往來大量的e-mail，偶爾用電話確認細節。早在出發前往瑞士前，蔣恩便已經確認臺磁產品沒有違規的事實，聲明書內容也已徵得

21 中譯：你是白痴還是什麼的？

米雪兒的同意，出差只是去取得原始證據而已。

「你覺得我會什麼都不準備就飛去瑞士等開獎嗎？這種事情沒事先溝通好，臨時跑去敲人家的門，一定會被趕回去的。」

「那吳正非之前在幹什麼？搞幾個月搞不定？」

「我不知道。」蔣恩說：「他有時候傻萌傻萌的。」

傻萌？這是拿來形容客戶的詞嗎？

「還有一個問題……」我雙手抱在胸口計算時間：「你們這趟去十天，扣掉前後飛行是八天，妳……一、二、三、四，妳第四天把事情搞定了，那剩下四天你們在幹麼!?」

蔣恩突然滿臉通紅，結結巴巴地說：「沒有啦，還有前後一些文書作業……其他就，嗯，到處走走。」

「你們跑去玩？」

「吳正非心情不好，他說要去走走。」

「為什麼心情不好？」

「別的事吧，我沒問。」蔣恩想了想，說：「我們回蘇黎士那天，我一個人亂逛，看見他跟一個很胖很圓的白人吵架，肢體動作很誇張那種，在一間咖啡店裡，他沒發現我……那天晚上他就問我要不要去滑雪，他是笑著說的，但看得出來他心情很差。」

他心情很差，所以妳就陪他去滑雪？這邏輯是……

「他研究所在瑞士唸的嘛，所以知道很多好吃好玩的地方，我們就開車到處走走，瑞士真的好漂亮，那個山……」

「可是你們也可以先把資料傳回來吧，早幾天開記者會不是更好嗎？」

說到這邊蔣恩臉沉了下來，她嚴肅地說：「所有的資料都給吳正非了，其他我就沒問了。」

在之後會議中，臺磁老董事長著實將吳正非稱讚了一番，一旁的年輕總經理臉色十分難看；老董事長又感謝艾瑞克與蔣恩的幫忙，說假新聞一天不解決，他就一天睡不好覺。最後老董事長不忘叫美國人去吃屎，想用幾十億就吞掉他幾十年的心血，吃屎比較快！

我注意到會議中大部分時間裡，蔣恩與吳正非總是看向彼此的方向，對到眼神時便會心一笑，是背景有小花的那種笑法。我還注意吳正非發言時，提到艾瑞克稱「張律師」，提到蔣恩就直接叫「蔣恩」。

會議的另一個重點是如何處理盧森堡基金的私募案。年輕總經理認為，現在被併購的風險大減，沒有引入新的股東的必要，應該停止私募。吳正非立刻大聲說，那個基金是他賣人情求來的，人家在我們最危急的時候願意仗義相助，錢也都準備好了，現在我們好了就把人家拒於門外，這樣以後他怎麼再去見歐洲的朋友？臺磁這塊招牌怎麼在國際上立足？

最後依舊是老董事長出來打圓場。董事長說，是我們主動求人家幫忙，現在跟人家說不要，實在沒道義，做人不是這樣做的。只是啊……和現在漲回來的股價相比，當初談的私募價太低了，就算吳家沒有意見，其他股東也未必同意，畢竟是幾十億的真金白銀啊。

吳正非最後同意再去談談看，但他說他沒把握，最好能請蔣恩一起幫忙。又是「蔣恩」。

會議結束後，蔣恩與臺磁的人一同離開——正確點說是與吳正非肩併肩、有說有笑地走了，只差手沒牽起來而已。

我回到座位上，覺得胸口悶悶的，彷彿肺泡沾到口香糖，怎麼喘氣咳嗽都清不乾淨。我試著轉移注意力，開始草擬公平會聽證的講稿，但寫沒兩句便發現自己語無倫次，字裡行間竟然出現「孤男寡女」、「瑞士」、「上床」等字眼，真的是心魔深重。我苦笑告訴自己人家去瑞士怎樣關你什麼事，但那口香糖還是在那兒，隨著呼吸一脹一縮。

那天下班後，我與蘇心靜的爸媽去看「內湖山莊」的房子。三房兩廳，五年新的大樓，二十五層中的第二十一層，權狀坪數五十六，室內實坪三十五，開價每坪八十萬，房仲直說價格還可以再談。

我安靜地跟在二老身後繞著房子走，聽房仲口沫橫飛地介紹：「屋主本來是買來給小孩住的，結果小孩被派去上海了，屋主雖然捨不得，但還是拿出來賣看看。開放式廚房是屋主要求建商改的，很適合年輕人……客廳方位調整過啦，本來是面向大門的，現在一看出去就是山景，搭配這個鄉村風格，是不是很有大自然的感覺？……主臥也改過，更衣間是隔出來的，你看，整個空間的感覺很好，收納也方便……咦？不知道要住的是？……」

蘇媽媽相當熱烈地參與討論，不時讚嘆：「屋主的裝潢很有品味啊」、「你看這風景，多綠啊，心靜一定喜歡」、「開放式廚房太好了，煮菜的時候可以看得到小孩」、「要是可以砍到六十五萬就太完美了」。

直到參觀結束，她才回頭問我：「艾倫，你覺得這間怎麼樣？」

我其實沒什麼感覺，只是她過於熱切的態度讓我覺得受到侵犯。我告訴她，開放式廚房不適合熱炒，主臥的更衣間讓房間變得太小太「齷齪[22]」，「鄉村風格」的裝潢簡直是災難，我們下班是要回家，不是要去主題餐廳。

22 齷齪，ak-tsak，心情鬱悶、煩躁。

最後我說：應該避免改動太多的房子，結構變動會影響住屋安全，尤其是這麼高的大樓，很多法院爭訟就是這麼來的。

我每說一句，房仲與蘇媽媽的臉上就青一陣，最後我們一起下樓，在金碧輝煌的大廳中送走房仲，蘇媽媽問我要不要一起吃晚餐，我推說還得回辦公室趕案子；蘇媽媽又問說什麼時候可以跟我爸媽碰個面，大家一起吃個飯聊一聊，我只說再看看吧。

我走到捷運站時才發現忘記雨傘，折返大樓警衛室，只見蘇媽媽正與管理室主任聊天，她用悄悄話的語氣、但以全世界都聽得到的聲量說：「就是啊，都不知道現在年輕人在想什麼……做太多被嫌煩，可是什麼都不管，就看他們在那邊拖拖拉拉……我女兒啊，以前交一個，當法官的，也交很久啊，本來以為會成，結果突然就分手了，我什麼都不敢問咧……現在這個是當律師的啦，看起來就是比較不穩定一點，可是也交了一年了，唉，也不知道會不會成……」

蘇爸爸看到我，用手肘推了推老婆，蘇媽媽像做錯事的小孩一樣滿臉漲得通紅，我拿了傘，笑說最近工作忙，記性越來越差。

走回捷運站的路上，我告訴自己要慢，腳步卻不自覺越走越快，突然胸口燒起一把火，我將雨傘砸在路樹上，罵了幾句髒話。

這些老人到底在想什麼，媽的，我們都三十多歲人，還把我們當小孩子一樣看待。要真住在內湖，每天回家大概都得看見她媽像尊大佛一樣坐在沙發上吧……學長，學長那麼好，叫他把你們女兒領回去啊！

我敲訊息給二馬與阿本，但兩人都沒有讀；我想著要找蔣恩，隨即想到她和吳正非眉來眼去的樣子；找小帆嗎？不，我不想和小帆討論小靜的事情。

我搭捷運回家，洗完澡才想到今天還沒吃晚餐，於是下樓出門，沿著河畔步道走了一小段，來到一間藏在大樓之間的便利商店，裡頭一小畦正對河景的座位區在假日非常熱門，現在時間晚了，只有稀稀落落的客人。

我買了關東煮、啤酒與八卦雜誌邊吃邊讀，雜誌大半篇幅是前陣子發生的火車出軌意外，其他是選舉與公投的新聞，另外有篇關於豪門婚姻糾葛的報導，無非是情牽多年、反目成仇、涉及數百億接班問題等陳腔濫調。我心想搞不好之後會在雜誌封面上看到蔣恩，希望她被拍到時打扮得漂亮一點。

十一點左右，我將垃圾與八卦雜誌一併丟進垃圾桶，和店員打個招呼，慢步走出商店，外頭的風有點涼，我拉上外套拉鍊，順勢向店裡看了一眼。

我看到路雨晴坐在那兒，抬起頭與我四目相望。

七、「你沒有聽過職場上的墨菲定律嗎？只要一喊沒事幹，接著讓你忙到幹。」

「最近突然閒下來了。」

「在辦公室裡切忌說這種話。」

「是真的沒事。臺磁的公開收購延期了，徐千帆的案子對方又一直不給回覆，我現在每天進來都在看選舉新聞。」

「你沒有聽過職場上的墨菲定律嗎？只要一喊沒事幹，接著讓你忙到幹。所以有事的時候要高調，沒事的時候就低調；有事，準時下班；沒事，晚個十五分鐘下班，變化莫測，安能辨我是雄雌。」

「你真是個機車的員工。」

「就算沒事忙，電腦也要維持在工作畫面，寫詩抄歌詞，切忌出現社群網站；跟你無關的 e-mail 加減回個『敬悉』，副本給老闆，反正老闆也不會點進去，看到你一直出現在他收件匣裡他就心滿意足。你不是資深律師嗎？這些還要我教你。」

「君子坦蕩蕩，我不會幹這種事。」

「喂，君子，艾瑪朝這邊過來了。」廖培西拍拍我的肩膀。「你就好好坦蕩蕩吧。」

律師的工作較少所謂「例行性事務」，大多是任務導向，例如完成一筆交易、打完一場官司。案件什麼時候出現沒個準頭，有多少案件也很難預料，案件時程雖然可以預估，但經常有意外，三個小時的小事「開花」成三百個小時的大案也是尋常。因此事務所分工很難真正有什麼「科學管理」，idle 與過勞同時存在是普遍現象，老闆的想法當然是寧可過勞，底下的人則是要避免被看出正在 idle。

因此當艾瑪來敲我的門的時候，我正聚精會神地讀著最高法院的判決，她問我可不可以幫忙能源局的研究計畫，我面帶為難地說我最近真的很忙。

艾瑪算是事務所的三號的老闆，是位身段優雅、衣香鬢影的中年女性。她是德國哥廷根大學的法學博士，曾在某國立大學執教，後來辭了教職進入業界，專長是國際商務仲裁。

大概因為出身學界，艾瑪有一部分的業務來自於政府發包的研究計畫，剛進事務所的小朋友經常被她抓去當研究助理。我以前也被抓過，不過原則上她不會找年資較深的律師，因此這回她主動找上門來，我的頭頂立刻警鈴大響。

「我們要幫能源局辦一場研討會，主題是氣候變遷與能源政策，這是研究計畫的一部分。」

艾瑪語調柔和，充滿學者風範。她解釋道，根據計畫需求，這場研討會的講者必須涵蓋產、官、學界，還要有「新興世代的研究者」參加。艾瑪說，她找講者不難，但「新興世代」的她就沒認識幾個，她聽艾瑞克說我認識的人多，所以想請我找年輕一輩的學者或業界人士。

氣候變遷與能源政策？我腦中浮現幾個人選。「我是有一些朋友，等一下把他們的聯絡方式寄給妳？」

艾瑪說：「我想請你來當這場研討會的主辦人。」

「我真的很願意幫忙，但是我最近真的忙翻了。」我苦笑說：「案子都在轉，我怕會把這麼重要的研討會搞砸。」

「艾瑞克說你的案子延期了。」

媽的，被出賣了。「呃……是啦，我還有做湯瑪士的案子，妳知道，訴訟案……」

「湯瑪士說對造都沒有回覆。」

媽的，這些老闆都不值得信任。

艾瑪柔聲說：「艾倫，研討會的架構都確定了，你只要幫忙處理『人』的部分就好，沒有意願也沒關係，我們不勉強，只是我覺得……這場研討會很重要，經濟部長、次長、能源局長都會出席，你還年輕，多接觸不同層面的人對你的未來很有幫助……不急，你想想再告訴我。」

這場研討會原先應該辦在明年三月，但因種種官僚理由提前到今年底舉辦，原本承辦的年輕律師布魯諾突然離職，乃至於我接手的根本是一團漿糊；艾瑪所說的「架構確定」就只有一個主題，研討會的議程、講者、場地、報名、宣傳通通八字沒半撇。我與原先參與的兩名實習律師開完會後只覺得一陣天旋地轉，當機立斷抓了一名祕書與一名助理進入團隊，連夜定好分工與時程表，要求按表操課，隔日開會檢討進度。

我打電話給小帆，她手機不通。我傳訊息給她，請她擔任講者，她回訊說原則可以，但她這週在日本參訪，等她回國再跟我確認。她又問我菜頭那邊的回應，我說目前仍無回音，我會再催一下。

那天我們開會開到晚上十點，總算敲定了研討會的議程與場地，我讓小朋友們先下班，自己留下來整理細節，寫了個進度報告給艾瑪。辦公室已經空了，我關燈關空調上保全系統，搭上計程車後思索片刻才說出目的地。

我到家後洗澡更衣，然後下樓出門，再度走向那間河畔的便利商店，但沒見到熟悉的臉孔。我同樣買了關東煮、啤酒與雜誌，找位置坐下，才翻沒兩頁，便看見路雨晴背著包包從廁所出來，她看到我先是略顯驚訝，接著微笑打招呼說：「嗨，學長，好幾天沒看到你了。」

第一次與路雨晴的巧遇像是做夢，在便利商店門外驚鴻一瞥，我只是揮了揮手，她微笑點頭，我便轉身走了，邊走才邊後悔為什麼不走進去說幾句話。我不好意思隔天便跑回去，於是再間隔一天，我才又以居家裝束出現，但沒見著她。我回家對自己當初不夠明快果決哀聲嘆氣一番，最後決定再試一次，隔天晚上我又造訪那間便利商店，只見路雨晴坐在角落，面前堆著書本。

我裝作若無其事地上前打招呼，她從書本中抬頭，訝異地說：「學長，又遇到你了，你也住這附近嗎？」

我說出那棟大樓的名字，她說：「哇，我就住你對面耶，舊公寓那棟。」

「妳一個人住？」

「對啊，我是中部人。」

我們花了幾分鐘聊一些附近美食之類乾澀而安全的話題；我瞥見攤開在她桌上的民法的參考書，上頭寫滿花花綠綠的筆記，有個字跡感覺頗為眼熟。我沒有多說多問，只表示不打擾她讀書，便坐到座位區的另外一端去，不過想當然耳，我沒有辦法專注於眼前食物與雜誌，眼神總不由自主地飄向她美麗的側臉，游移在那誘人的頸部線條上；就這樣過了一個小時，總覺得再看下去就太變態，我於是收拾桌面，上前瀟灑地說一聲「先走了，晚安」，便大步走出便利商店，直到回家才發現垃圾還在手上。

昨天我又來過一次，但沒碰著人，原本以為今天也要落空，卻意外捕獲正要離開的她。

我以為她會道聲再見便走，想不到她卻在我旁邊坐下來，將包包擱在高桌上，說：「學長，你這幾天都比較晚喔？」

「工作忙啊，而且我也不是每天會來。」

她輕輕「嗯」了一聲便沒再說話，只是看著窗外的河景，這是我與她距離最近的一次，那側臉的輪廓、聲音、氣味，乃至想像中傳來的體溫，都讓我心跳加速。

「學長你人真的很好。」她突然說。

「為什麼？」

「你都不會問我考試的事情。」她說：「所有的人都會問：『妳在讀什麼？』然後接著一句『我以為妳已經考上了耶！』，那感覺就像……就像……」

「像妳已經跌了一跤，正要爬起來，又被人家從後面踹一腳。」

「呵，學長，你很會形容。」

「畢竟我也考了三次。」

「今年我考第四次了。」她的下巴枕在交疊的雙手上，嘆氣說：「連第一試都考不過，我覺得我有點……不知道怎麼走下去。」

現在的律師考試制度和之前大不相同，以前一試定生死，現在則層層篩選。第一試純考選擇題，先刷掉一批考生，第二試考申論題，及格了便能當律師，若想當神一般的司法官還得經過第三試面試。現在似乎還有選考科目並分組別，但這些細節我沒有研究，畢竟考試的不是我。

「我那時候也很痛苦。」我喝了口啤酒說：「好像走迷宮，朋友都走出去，而且越走越遠，只有我一個人還在裡面繞，繞著那些無聊的法條團團轉，玩也沒玩到，生活也沒生活好，考也沒考過，只會花家裡的錢，像個廢物一樣。我爸還會一直漏我的氣，叫我別考，考上也沒用，媽的，後來我根本不想回家。」

路雨晴沒說話，一滴眼淚突然滑下來，我將啤酒推到她面前，她灌下一大口，然後靠在我的肩膀上哭了起來。

我從沒想過，落榜兩年的心路歷程竟能換來美女倚肩一哭，這就是「塞翁失馬焉知非福」嗎？

我等她收住淚，又去拿兩罐啤酒與一包面紙。我問她哭完以後有沒有好一點，她說好多了，她好久沒有這樣哭過了。我說是因為沒有朋友了嗎？她點點頭。

「國考恐怖的不是沒考上，是比較，你會恨自己，恨身旁的人。」我說。我想起這其實是她頂頭上司說過的話，有種時空錯亂的感覺。

然後我們一邊喝著啤酒，一邊聽她敘述自己的學思歷程。

她說她是真的喜歡法律才來唸法律系的，她在學校中的成績很好，是書卷獎常客，在大事務所暑期實習中也得到很高的評價，因此她很早便以律師自詡。我插嘴說我那時回學校分享職涯心得，最積極提問的就是她，而且問題都很深入，例如如何平衡客戶間的利益、如何管理案件等，一般大學生不會問這種問題。她不好意思地說那時候不知天高地厚，人小鬼大。

抱著絕對的信心與雄心壯志參加國考，她卻落榜了，離及格標準差了三分。那次落榜她整整哭了三天三夜，哭到瘦了三公斤。這是她從小到大考試第一次碰壁，還是這麼重要的考試。

她唸研究所，兼了幾個研究助理的差賺錢，其他時間全部用在準備考試上，但奇怪的是，越考成績越差，第二次差及格標準六分，第三次差了十分。學姊建議她換個環境，於是她辦理休學，應徵進了J.J. 臺灣。

「一邊工作一邊準備考試不會更辛苦嗎？」我問。

「可是一直唸書真的好煩。」她嘆口氣說：「我覺得學姊說得對，我應該要換個環境……而且，我也得賺錢啊，不能一直拿家裡的。」

我想到小靜說過路雨晴家境不好的事，便默默地點了點頭，她似乎看出什麼，解釋說：「我家也沒有怎麼樣，我爸比較早退休，我還有一個弟弟和一個妹妹在唸書，所以我得想辦法賺點錢。」

我微微一笑，沒有說話。

她又嘆了口氣，說：「可是這次連第一試都沒過，我真覺得……真覺得有點沒辦法繼續了，好想放棄，可是又覺得……都花那麼多時間了，不考過去真的對不起自己。學長，你覺得我應該怎麼辦？」

「妳問錯人了，我只是矇到才考上的。」我拍拍她的背，說：「我那時候是賭一口氣，覺得一定要考上。我現在只能說，得找到正確的節奏，不太快也不太慢，讓妳可以繼續準備考試，又不會拖垮現在的生活，然後就過日子，反正那一天來的時候——考上或是放棄——妳總要面對。」

「希望有這個節奏。」

「男朋友呢？」

她搖搖頭說：「分手了，他去新竹工作就跟別人跑了，他說我只顧著國考，不關心他。」她說著又要哭，即時灌下啤酒止住眼淚。

「我和我前女友也是這樣分手的。」我說：「我考太久了，她就把我從她的人生計畫中踢出去了。」

我們沉默了一陣，喝酒、吃零食。我決定換個話題。

「妳老闆最近怎麼樣？」

「我老闆？你說麥可？」她說：「還好。原來你們很熟。」

「我都叫他菜頭學長，妳叫麥可我不大習慣。」

「下次我也這樣叫他。」

「妳跟他很好？」

她笑著說：「他腦筋很好，我這種笨的跟他壓力比較大，可是他是真不錯啊，他還幫我……嗯，他還說要培養我當公司的發言人，我說我怎麼可能當發言人，他就跟我說了一大堆相信自己、自我成長的話，害我都不知道怎麼回答。」

「妳知道他是ㄍ……」我緊急打住，改口說：「他說這些話的時候，態度、神情是怎麼樣的？」

「什麼意思？」

「就是口氣啊、說話速度等等……」我發現很難具體描述我的問題，畢竟路雨晴沒見過以前的菜頭學長。「跟我們開會那次相比吧，他私下說話的方式有沒有很不一樣？」

她搖頭說：「我還是不懂，學長你是不是醉了？」

我笑了笑，說：「算了，當我沒說。」

「他真的要離婚嗎？」

「我們過幾天會談這件事。」我說：「他有跟妳說什麼嗎？」

「沒有，我只知道他找了律師，好像也是我們學校的，叫他學長。」

「知道名字嗎？」

路雨晴搖搖頭，又說：「聽說他老婆你也認識？」

「對，是我前女友。」

這話一說出口我便知道不對，果然路雨晴精神一振，湊上來要問問題，我將啤酒一飲而盡，站起來說：「下次再說，今天太晚了，我陪妳走回去吧。」

路雨晴果然乖巧地不再追問。我們沿著河畔慢慢走著，她拿出無線耳機，自己掛上一支，將另一支遞給我。耳機裡頭播放的是一首英文慢歌，主唱反覆呢喃著：「Jinji don't you cry. This world out of time。」我問她這是誰唱的，她說這是一個臺灣樂團，叫「落日飛車」，成員都是臺灣人，但寫的都是英文歌。我笑說「Jinji」聽起來有點像日文的「ちんちん（chinchin）」，就是小雞雞的意思，她看了我一眼說即使改成這個意思，這首歌還是很美。

我們在紅綠燈前分手，我目送她過馬路，看她推開舊公寓紅色的鐵門，回身向我揮了揮手。我計算她的腳步，視線隨之上移，然後看到頂樓加蓋那層亮起燈光，隨後熄滅。

我在原地駐足了好一陣子，才慢慢踢著腳步回家。

第二天我起得特別早，想著在捷運站再遇到路雨晴，結果撲了個空。但這並不影響我的好心情，一進辦公室，祕書劈頭就問我是不是有什麼好事情，午休的時候布蘭達也問了同樣的問題；我驚覺情緒過於外顯，設法收斂，但成效不彰，下午開會時，艾瑞克看著我說出「好事」兩個字，使我出了一身冷汗。那天晚上我不敢接小靜的視訊來電，我推說要跟國外客戶開會，只交換了「晚安」訊息了事。

晚上十點，我準時造訪便利商店，但等了一小時卻不見路雨晴出現。我發現我不大能掌握她出現的頻率，我拿出手機想著要傳訊息，但思考片刻還是放棄了。

再隔一天，路雨晴依然沒出現。

接著職場墨菲定律靈動，先前哭鬧的現世報，所有案件在同時間動了起來。公平會通知臺磁案的聽證訂在二週之後（我什麼都還沒準備）；菜頭學長也回了信，約後天談離婚的事；研討會更是意外連連，某位講者臨時通知不能出席，主辦單位嫌場地太寒酸，要求換地點。

那天我一直到午夜過後才到家，燈沒開便倒在地板上，感覺全身如烈火灼燒過般地無力。

直到身體有點發冷了，我才撐著牆爬起來，踉蹌地爬進浴室中，邊咒罵邊脫衣服，打開熱水後發現沒沐浴乳，只好又邊咒罵邊去拿備用品。這時我瞥見窗外一輛黑色休旅車停在對面舊公寓前，車上走下一人，正是路雨晴。

當下我也不管全身一絲不掛，趴在玻璃上猛往外看，只見路雨晴下車後並沒有馬上進公寓，而是手扶車門，與開車的人聊天，臉上還帶著笑容。

我盡可能地瞇起眼，但距離太遠車裡太暗，無法看清駕駛的模樣。我當機立斷，套上短褲運動衣便衝出門，搭電梯向下到停車場，用最快的速度將車子開出大樓，只見路雨晴已經不在那裡，而那輛休旅車正緩緩滑離人行道。我踩下油門，在前方路口做大迴轉，同時閃過一輛臨停路邊的小車，總算來得及闖過前方路口的紅綠燈，跟上那休旅車的車尾燈。

我稍稍鬆口氣，才發現上衣穿反了，標籤刮得我喉結發癢。我沒有跟監的經驗，大概就學好萊塢電影裡的技巧，謹記休旅車車尾特徵，盡可能地維持在它右後方二個車身左右的位置，若有其他車輛可做遮掩，便調整車前燈的照射角度，混淆視聽。

我跟著休旅車開進省道，左轉上高速公路，再下信義快速道路，在松仁路右轉，然後再右轉進入某條巷子中，這裡是全臺灣最高檔的住宅地段，寬敞的人行道旁是高門深院的豪宅大廈，每棟豪宅入口都站了制服筆挺的警衛。當下夜已深沉，街上無人，大廈燈火也黯淡許多，來往車輛顯得格外醒目。

我放慢車速，盡可能地拉開距離，幾次在轉角處失去那輛休旅車的蹤影，總算在幾個街區後，見到休旅車打方向燈，緩緩駛入一棟大樓的地下停車場。

我保持速度駛過大樓前華麗的巴洛克式噴水池，只覺得停在街角的那輛豐田 Yaris 似曾相識。

八、「就算有驗傷單，離婚也不一定告得成。」

「就算有驗傷單，告離婚也不一定告得成。」

「不是『不堪同居之虐待』？」

「因為出手可能是基於『一時忿激』。」

「什麼大便、雞雞的？」

「『忿忿不平』的『忿』，『激動』的『激』。簡單說，如果丈夫是因為妻子行為不檢、一時激動而動的手，那就不構成民法上所謂的『不堪同居之虐待』……最高法院二十三年上字第四五五四號判例，這個判例你不知道，你說你有多認真我很難相信。」

「媽的，民國二十三年的判例，都快一百年前了，最高法院還在南京吧？拿明朝的劍斬清朝的官。」

「這點你是對的，最高法院已經宣告不再援用這則判例了……但是！聽我說，但是……類似的概念還是在，假設婚姻失敗，夫妻雙方都有責任，只有『有責』程度比較低的那一方才能請求離婚，所以如果妻子挨揍，但法官認為妻子要對離婚負比較大的責任，妻子不會贏得離婚訴訟。」
「這個我知道，民法第一零五二條第二項，可是你的解釋我覺得太……」
「既然你知道，怎麼會沒想到，你自己就是這起離婚案中最大的弱點？」
「我？你又要說我不專業，我可是……」
「不是專不專業的問題，楊艾倫，你有沒有想過，是你導致他們夫妻失和的？」
「我？不是，我是……」
「可能徐千帆一回臺灣就與你重燃舊情，你們打得火熱，你幫她辦離婚，你們就可以遠走高飛。」
阿本用輕描淡寫的口氣，說著我有生以來聽過最惡毒誣控。我拍桌大聲說：「媽的，張本正，你摸著良心再說一次？你明明知道我和小帆幾年沒聯絡了，你不當我是朋友，你還當不當徐千帆是你的朋友？」
阿本面不改色，淡淡地說：「我只是讓你知道最壞的情況。找前男友打離婚案這種事不是每天都會遇到的，你要怎麼讓法官相信你們沒有什麼？想想看，如果剛剛我那句話，是在法庭上突然丟出來，你又是這種反應，法官會怎麼想？」
那天上午，我一進辦公室便看見張阿本在會議室等我，他出示委任書，表示代理蔡得祿先生來和我談話。我想我當下發愣超過三十秒，然後我摔上會議室的門，痛罵阿本吃裡扒外、背信忘義、違背律師倫理。

阿本用一貫平靜的語氣解釋說：「徐千帆是朋友，菜頭學長也是朋友，哪裡『吃裡扒外』？而且我和小帆又沒有什麼『律師—當事人』之間的信賴關係，和你也沒有，自從你喝得爛醉那天晚上之後，我就沒有再和你討論過她的事了，對吧？那時候我只知道她要離婚而已。」

他微微一笑，又說：「而且從那之後，我就沒讀你的訊息了，你沒發現嗎？」

我知道阿本說得都對，但心裡就是氣不過。我大步走出會議室，責備助理怎麼客人來沒開空調又沒泡咖啡，年輕的助理妹妹一臉無辜正要辯解，我冷冷一句「還不快去」，她便嚇得小跑步進茶水間了。

我調整情緒，回到會議桌前坐定，用我能想像最冷酷的表情說：「要談就來談吧！」

阿本說，菜頭學長願意離婚，這是個好消息。

菜頭學長同意將他個人名下的「婚後財產」——包括現金、J.J. 配股、其他財務投資等等——分一半給女方，另外每個月支付女方新臺幣八萬元的贍養費；條件是女方放棄所有的刑、民事訴訟，並且由兩人共同擁有艾登的監護權。

「大約四百萬吧，我說的是要分給徐千帆的部分。」阿本說：「嚇一跳嗎？他才進那間公司幾年就存那麼多錢，果然外商還是比較大方吧。」

阿本略做停頓，給我時間消化資訊，然後說：「坦白說，艾倫，這是最好的條件了，上法庭也不會拿到更多。菜頭本來還有點猶豫，是我跟他說，既然要離就別在乎那點錢，好聚好散、快刀斬亂麻比較重要。」

「道歉呢？」我說。

「嗯？」

「我們這邊之前提的要求：菜頭和他的小三登報道歉。」

阿本收起笑容，沉默一陣，然後說：「艾倫，道歉到底有什麼意義？事情都發生了，大家就是往前看，簽字拿錢，以後各走各的路，幹麼要一直糾結在過去的事情上面？爭到你對我錯又能怎麼樣？抓去浸豬籠？」

「所以到底要不要道歉？」

阿本嘆了口氣，說：「菜頭可以道歉。」

「第三者呢？」

阿本沒有說話，我笑了。

「所以是要保護那個外遇對象？那麼重情重義。」

「我不能評論我的當事人的動機，但他本人願意道歉，我想這已經夠了，這案子送進法院，法官不會這樣判的。」

「你知道那個第三者是誰嗎？」

「不知道。」阿本說：「真的不知道，菜頭說不關這案子的事。」

我看著阿本的眼睛，他的眼神平穩，不像說謊的樣子。我想到昨天半夜的跟車風雲，小帆是不是說過，J.J. 幫菜頭學長租的豪華公寓在信義計畫區裡？那同性戀呢？真的是性別流動？我決定不提這件事，菜頭學長都沒跟他的律師說了，我不必雞婆。

阿本喝了口茶，緩緩地說：「艾倫，我說實話，小帆要離，菜頭也同意，各退一步事情就成了，在道不道歉這種事情上打轉，實在不是聰明的人會做的事，你勸勸小帆……」

「因為婚姻是承諾。」我說：「你的當事人和那個第三者破壞了這項承諾，所以他們必須道歉。」

「你相信這套？」

「我信不信不重要，我只是傳達我當事人的意思。」

阿本笑著說：「這是談判，艾倫，大家可以再想一想，我說了，真的上法庭，你們也不是穩贏的。」

「那兩個保險套你知道。」

「那不叫證據。」阿本說：「那是自慰留下來的。」

「你會戴套子打手槍？」

「在法庭上我會說我會。」阿本說：「你要怎麼反駁？『報告庭上，根據我和對造律師一起打手槍的經驗，對造律師其實不會戴保險套打手槍』？」

「我們還有驗傷單。」

「那也沒有用。」阿本說：「你知道即便丈夫出手打人，太太告離婚也不一定告得成嗎？」

離開前，阿本說：「楊艾倫，大家都是朋友，我雖然是對造，但我不會害小帆的。你好好想一想我今天說的，不要那麼意氣用事，這種事情越拖只會越痛苦，速戰速決，大家才能回復正常生活，對她好，對小孩也好。她會聽你的，如果她願意見我，我也可以直接跟她談。」

回到自己的房間，我盤算著怎麼向小帆報告今天開會的情形。上法庭有可能會輸？我直覺阿本只是裝腔作勢，但因為他是張阿本，我不敢掉以輕心。

阿本是我們同儕中最早具備律師架式的，他的身材挺拔，口齒清晰，說話有條有理，學生時代便征戰國內外大小辯論賽而無往不利。

出社會一段時間後，我才發現能像阿本那樣說話的人並不多，這與智商高低無關，大多數的人智商都差不多，有些人甚至更聰明些，但他們都沒有辦法精準地以語言傳達想法。提綱挈領、由淺入深、解釋來龍去脈、切割事實與意見這幾個基本的說話技巧少有人具備（包括大部分的記者、政客與律師），我也是經由工作才慢慢建立起自己的說話能力，而阿本幾乎是從十八歲起便掌握了這項技能。

一個說話有條理的律師可怕之處，在於他能更快地使對方「聽懂」因而進入他的論理脈絡中。這時即便塞進零星荒謬的說詞也不會顯得突兀，聽話者會照單全收，是非黑白就在這點滴之間被扭曲了。

以前在學校時，我做報告最喜歡與阿本分到同一組，這樣上臺報告便無庸煩惱，即便內容差點也保證高分。現在那麼厲害的人站在我的對立面，我感到戒慎恐懼。

我想到上次去J.J. 開會時，菜頭學長把玩著那枝刻有「L&F」的鋼筆，那是個暗示嗎？他們會說那就是小帆與我餘情未了的證據；菜頭因為妻子長期心靈出軌，因此一時糊塗向外尋求慰藉。

這說法很瞎，但，他媽的，如果是張阿本，他一定可以讓這個論點飛起來，另外挖出十個類似甚至更強的論點。

我跑去找我的「訴訟師父」廖培西，但他不在辦公室；我又去找湯瑪士，發現他也不在，祕書說他們兩個下高雄去開庭了，明天才會回來。

蔣恩也不在，祕書說她和人約了吃飯，我知道是吳正非。最近蔣恩每天總是兩點後才滿臉紅撲撲地回辦公室。

這時小帆打電話來，我只好如實告訴她對方開出的條件，她聽完後似乎有點沮喪，靜了一陣子，問我下午有沒有空，可否去學校和她當面談。

我很快地將手上的工作處理一番，收拾東西出門。我搭車來到學校，依慣例先買杯「青蛙撞奶」，邊走邊喝，邊整理腦中的思緒。

我在想那個第三者的問題。

菜頭學長寧可自己道歉，也不願意讓那個小三曝光，甚至不願意透露小三的身分給律師，這是在保護那個小三？有什麼理由要保護到這種程度？

介入他人婚姻當然不是件光彩的事，但在現在社會也未必稀罕，當立委助理可能變小三，請廚師幫忙開導家庭問題也會變小三，連在佛羅里達和臺灣棒球員唱個KTV都會變小三。感覺在人與人交流頻繁的社會裡，介入人家的婚姻似乎只是或然率問題，未必就是什麼十惡不赦的事。

換個角度想，那個小三總不能一輩子當菜頭學長的地下情人，如果他們未來想名正言順地在一起，身分最終還是得公開，那為什麼不趁現在，公開道個歉，讓菜頭與小帆斷乾淨，對外還可以宣稱「已經得到元配的諒解」呢？

我想來想去只有一種可能，那個第三者並不是像你、我、菜頭學長或小帆這樣的人，而是一個需要特別保護的人。

不知道為什麼，第一個閃進我腦中的是路雨晴。

家境不好、剛出社會、勤奮向上的小女生，恐怕是扛不起小三這個十字架的；如果我是菜頭，而且我對這女孩是認真的，我確實可能會選擇保護她。

這個「特別保護」的理論也適用在小三是同志身上，他是個「深櫃」同志，可能還是男版的路雨晴（年輕、職涯剛起步），更禁不起「出櫃」與「出軌」的雙重折磨，因此需要菜頭學長的特別保護。

路雨晴與男版路雨晴哪個機率比較大呢？我現在沒辦法判斷。

我大步走著，大口吸著飲料。

所謂「青蛙撞奶」就是鮮奶加上黑糖煮過的粉圓，現在很多手搖店都有同樣的飲品，但不知是真有特別配方還是純粹懷舊美化效果，總覺得還是那間三角通小店面賣的特別好喝，我每次經過就要買一杯。

如果小帆知道她丈夫其實是同性戀會有什麼樣的反應呢？我總有個印象是，女性對男同志都抱有某程度的好感，覺得他們是不具威脅性的「姊妹」，之前也聽過妻子發現丈夫與男人外遇的故事，妻子的反應似乎都是無奈大於憤怒，不像發現丈夫與女人外遇時反應那麼激烈。

最近似乎有部國片就在講這個主題，或許我該找時間去看看。

所以如果菜頭學長向小帆坦承他是同性戀，坦承他深櫃的苦衷，小帆會諒解吧。

不，或許這個印象根本是錯的，站在小帆的立場，這根本是場騙局，騙妳進入一場「自始客觀不能」的婚姻，浪費妳十年的人生、感情與對幸福的追求，然後要求妳放手、諒解、讓他走。太天真了。

這樣說起來，訴訟似乎無可避免，這又繞回阿本今早所說的，若上法庭，我和小帆這邊有幾分勝算？我們的關係會被拿出來做文章嗎？我們的關係又是什麼？

我腦中播放著那天在公寓中，她為我整理衣領的情景，我去吻她，她將我擋開，如果我再進一步呢？又或者那晚我們去吃飯，我開車她坐副駕，如果當時我衝動一點，直接開進……

媽的，我在想什麼，我已經有小靜了，再這樣亂想下去會出事。好，我必須跟她坦白我遇到徐千帆的事，下個星期講，這幾天她忙報告，我們的通話都非常短促，也還沒聊到那天去「內湖山莊」看房子的事。

想到房子我便不由得煩躁起來，我確實愛著小靜，也希望與她長長久久地走下去，但為什麼有那麼多阻礙呢？為什麼要逼我決定？我只是愛一個女人，為什麼那麼難呢？

那蔣……

我被手機簡訊音喚醒，才發現我的思路與腳步一樣，早不知走到哪裡去了。我掏出手機，傳訊息來的是RainySunny，「雨晴」。

RainySunny：嗨，學長，好幾天沒見到你了，最近很忙嗎？

AllenY：對啊，忙一點，我昨天有去，但沒看到妳。

RainySunny：喔，我昨天公司有事，回家比較晚（流汗表情）。

是公司有事還是老闆有事？我打了幾個字想想不妥，改成「辛苦了，最近大家都忙」。

這是我與路雨晴第一次簡訊聊天，而且是她先傳給我的，我打字的手指頭不禁有點發顫。

RainySunny：那天要學長聽我吐苦水，真的謝謝你。

AllenY：我也沒做什麼，只是請妳喝一罐啤酒而已。

RainySunny：改天我請你啊。

AllenY：不用啦，妳開心我就很開心了。

正當我思考要不要打上一個愛心符號的時候，手機突然跳出「心靜請求視訊通話」的畫面，嚇得我差點沒將手機摔到地上，我幾乎忘記蘇心靜與路雨晴是認識的，為什麼會在這個時候打來？是約好兩面夾攻嗎？路雨晴跟她說了什麼？我應該還沒做出任何越軌的舉動吧？

就這一瞬間的胡思亂想，我本想拒接電話，卻反而觸及綠色按鈕，小靜的臉一下子占據了整個螢幕。

「喂，有吵到你嗎？……咦？你在哪裡啊？學校福利社？」

我快速管理面部表情，說：「喔，對啊，來圖書館印文章……沒有，就是要開聽證會，要查些論文當附證。」

「是嗎？」小靜挑了挑眉毛說：「你平常都叫祕書去印，怎麼今天自己去……很可疑喔？」

雖然被質疑，但我心裡安定了些，看小靜的反應，路雨晴應該沒有亂說話。

「出來透透氣，今天天氣很好。」

「左右照一下，有沒有別的女人？」

我拿著手機繞了一圈，笑說：「有很多學妹，可惜都沒坐在我身邊，只有青蛙撞奶陪我。」

「算你乖的。」

我呼了口氣，危機解除……才怪，這時手機改跳出「RainySunny 請求通話插播」的畫面。我又是一陣手忙腳亂，總算成功拒絕來電，而且隨意亂點螢幕之下，我竟然將與小靜的視訊轉成子畫面，母畫面則顯示與 RainySunny 的對話串，我還是第一次知道有這樣的功能！

RainySunny：學長，我可以打個電話給你嗎？

RainySunny：不知道有沒有空一起吃個飯。

RainySunny：學長還在嗎？

我回覆訊息說正在開會，不方便說話，同時開口對小靜說：「妳那邊很晚了吧？

怎麼這時候打來？」

「緊急報備，明天感恩節我們要去邁阿密玩……本來要留在紐約衝Black Friday的，可是剛剛日本人說搶到了十五塊錢的機票。」

「報告寫完啦？有誰要去？」

「就我們那群，日本人、義大利人、巴西人，可能墨西哥人也會來；日本人搶到便宜機票。」

「日本人是長得像魚住那個？」

小靜笑了出來，說：「你才像赤木咧，說人家像魚住！」

我說話的同時繼續打字，這很困難，為了避免眼神飄移，我不能看鍵盤，因此打字非常慢。

AllenY：吃飯可以啊，吃三角飯團？

RainySunny：沒有啦，是真的吃飯，好的餐廳，我請客。

AllenY：為什麼要請客？應該我請妳才對。

RainySunny：就說要謝謝學長那天聽我倒了那麼多垃圾嘛。

我告訴小靜研討會籌備的慘事，小靜取笑說讓楊律師辦研討會真是大炮打小鳥，打到剩一堆骨頭。然後她才說：「喂，那天跟我爸媽去看房子怎麼樣？都還沒聽你說。」

來興師問罪了。」

「別這樣，我聽我媽唸到耳朵都快長繭了。」小靜說：「不用擔心啦，我支持你，我也不想拿他們太多錢。」

「我真的以後很怕每天回家一開門就看到妳媽坐在沙發上。」

小靜笑說：「我比你更怕，所以我搬出來跟你住。好啦，我會跟他們講的，我們又不是不會賺錢，賺夠了我們自己買，喜歡住哪就買在哪。現在我們可以繼續租房子，反正也不生小孩。」

RainySunny：今天晚上吃飯可以嗎？

AllenY：今天不行耶，晚上可能有事，下星期好嗎？

RainySunny：那明天呢？

AllenY：明天不生小孩嗎？

我一傳出這訊息就知道不對，趕緊更正說「我在跟我同事討論要不要『生』書狀啦。明天晚上可以。」

RainySunny 傳來一個尷尬的表情。然後說：那明天六點半，我來訂餐廳，學長有沒有什麼想吃的？

「怎麼不說話？」小靜說。

「沒有，我只是在想小孩的事……我記得我們是說再看看？」

「那是你說的，我都告訴你我不想生。」
「我什麼都吃。」我咬了一下舌頭，說：「喔，不是，我是說……我們可以再討論看看吧，房子呢，有好的物件我還是會去看，但不要給我那麼大的壓力。」
小靜皺眉說：「你在跟人家傳訊息嗎？」
「沒……客戶寄 e-mail 來，跳出通知，分心一下。」
RainySunny：學長，你不回答的話，我就自己訂囉？
AllenY：喔，對不起，我都可以，妳隨便訂吧。
RainySunny：日本料理好嗎？
「那麼場地你有去看了嗎？」
「日本料理好……不是，我、我會找時間去看。」
AllenY：可是為什麼不生小孩。
小靜搖頭說：「到底在說什麼，你忙你的吧，我再打給你。」
RainySunny：學長你又傳錯了喔，你很忙喔？那你先忙，我再傳餐廳地址給你。
我關掉兩個視窗，只覺得頭昏眼花。原來手口分離那麼困難，這樣想起來，當年蘇心靜一邊跟我聊天一邊回法官學長簡訊，也是相當了不起的才藝了。
「原來可以一邊視訊一邊傳訊息啊。」徐千帆的聲音從我背後傳來，我急忙轉身，只見她的臉幾乎貼到我的臉上，表情似笑非笑。「我打擾到你了嗎？楊大律師？」

我和小帆邊走邊聊，我以為她會馬上問離婚的事，結果她卻先提日本之行，她說那是中研院的活動，她們參訪了幾間大學，進行幾場座談，她還發表了一篇paper。她說這是她第一次去日本，她才明白臺灣人為什麼那麼喜歡往日本跑，環境舒適，食物好吃，而且沒想像的貴，下回她會認真觀光。

她又提到東京迪士尼，她說艾登年紀太小，很多都不能玩，最後只能重複玩「小小世界」，玩到後來艾登連日文版的小小世界歌都會唱了。

「研討會的報告我也寫得差不多了。」小帆說：「有誰會參加？」

我告訴她目前確定的講者名單，還有最近一堆狗屁倒灶的事，她說那個臨時不來的講者是慣犯了，學術圈很多這種會做學問不會做事情的蛋頭。

我們兩個不自覺地走到池塘邊。那池塘變了很多，連形狀看上去都有些不一樣，池邊的泥土地上鋪設了木棧板，陶瓷護欄也改成木製的，看上去清爽許多；唯一不變的是三三兩兩散落於池畔的學生們，滑手機、看書、聊天、打羽毛球、餵鴨子——除了滑手機外，都和我們之前沒有不同。

「你覺得我們應該怎麼做？」小帆問。

「我覺得我們應該先把張阿本打一頓。」

小帆意思意思笑了一聲，手肘支在欄杆上，緩緩地說：「離婚真的很痛苦。」

我沒答話。她看著遠方的天空說：「有一個聲音一直告訴我：妳根本沒有準備好，妳沒有想過怎麼一個人帶小孩，妳不知道這個社會是怎麼看單親媽媽的，妳努力不夠，妳自私，妳脆弱……」

我說：「這種事情再怎麼準備也不會準備好的。」

「對，這是第二個聲音說的：都什麼年代了，還在怕離婚單親？他都外遇了還想怎麼樣？抱殘守缺讓自己的尊嚴被踐踏？很多比妳條件更差的女人都離了，妳怕什麼？……然後第三個聲音就會說：都是妳白痴選擇了這個男人，男人不管帥的醜的都會外遇，妳偏偏去選一個最醜的，自以為多聰明、多會看人，選到變成棄婦，妳就是丟臉、活該。然後第一個聲音又回來：妳會這樣想表示妳沒準備好，妳害怕被嘲笑，害怕被歧視，為什麼不能再想一想呢？……每天就這樣反覆重播，我腦袋都要炸掉了。」

她拭過眼角，說：「對不起，艾倫，我很討厭一提到這件事就哭哭啼啼的，可是我只能跟你講，我沒有其他人可以說這件事，我爸媽不行，艾登當然也不行。我真的很痛苦，我不明白他們做了壞事，還不願意讓我好過一點，我真的不懂……」

我輕拍著她的背脊，想了很久，才說：「或許妳可以想想阿本說的話，『這種事情拖越久越痛苦』；我想至少在這點上他是對的，我們可以考慮……」

「對，你說得對，很痛苦很煎熬，」小帆說：「這種痛苦不應該只有我承受，你是想說這個嗎？」

我無法回答，只能愣愣地看進她布滿血絲的雙眼。

「是他們把我的人生給搞砸的，他們必須負責。」小帆用帶著哭腔的聲音說：「跟他們說，這是最後一次機會，我不要錢，我要他們兩個人——是兩個人，缺一不可——我要他們兩個人道歉。否則，道歉或身敗名裂，他們自己選一個。」

九、「那天回去以後，我聽了落日飛車所有的歌。」

「那天回去以後，我聽了落日飛車所有的歌。」

「哦？你喜歡嗎？」

「很有趣，很難想像是臺灣的樂團，而且是年輕的樂團。有點像五、六〇年代的音樂，為什麼妳一個年輕女生會喜歡這樣的樂團？」

「因為……因為他們老派得很溫柔吧，就像上次我們聽《My Jinji》那首，每次聽我就覺得好像被一雙溫柔的大手捧著，有人告訴我：乖、乖，妳做得很棒了，休息一下吧，不要給自己那麼大的壓力，聽一聽會想哭。」

「我以為那首是情歌。」

「情歌也可以很療癒吧。」

「我覺得他們有些歌滿有趣的。」我喝了口清酒，說：「例如那首《Little Monkey Rides on the Little Donkey》。」

「你竟然會對這首印象深刻？一般人比較會有印象的應該是《I Know You Know I love You》或是《Bomb of Love》。」

「歌名就很有趣，不是嗎？歌詞說 monkey sees nothing from your eyes because something is changed，但 donkey sees something from your eyes because nothing is changed。我其實不大懂他們想說什麼，但就 monkey、donkey、something、nothing 這樣的排比滿有趣的，旋律也很吸引人，好像有點哀傷地在胡說八道一樣。」

「哀傷的胡說八道。」

「怎麼了？我說錯什麼嗎？」

「沒有，沒有什麼。」路雨晴抬起頭，臉上堆笑，「這首歌真的很有意思，只是很少人會聽。」

那天同樣忙碌，祕書搞不定研討會的場地問題，我只好親自跑一趟政府單位與主辦人溝通；回辦公室後，又為了公平會聽證講稿的諸多細節與布蘭達爭論不休；偏偏此時泰倫的人又打電話來索取先前交易案的細節，我只能花時間從已封存的幾百封電子郵件中撈取資訊。

六點左右，我收拾東西，手拎著西裝外套向同事們道歉，說晚上有約我得先走，大家都叫我不用擔心，事情他們會處理，叫我快點走。我想這就是廖培西所說的「有事，準時下班」的真諦。

路雨晴與我約在一間位在國父紀念館附近、主打「壽司＋水果」的日本料理餐廳。餐廳裝潢走的是現代簡約風格，灰黑主題的色調，大片落地窗加上大片吧檯，較像是酒吧而非日式餐廳。我抵達的時候離約定時間還有十分鐘，我進洗手間稍微整理儀容，然後喝著熱茶讀菜單，晚間套餐價格一千元起跳，還稱不上真正的高檔，但我不覺得這是路雨晴平時會來消費的地方。

我不自覺地又想起前天深夜。我也搞不懂為何當時我要去跟蹤那輛休旅車，事實上，那場跟蹤並未導出任何結論，事後查證，菜頭學長確實是住在那棟豪宅內，但 J.J. 在那裡還租了另外四戶給他們的高層經理人，因此那天我跟的可能是任何一個人，甚至是他們家屬。我也試著去查菜頭學長的車牌，但尚無所獲。

退步言之，就算那天開車的真的是菜頭學長，也沒辦法說明什麼，可能就單純加班太晚，上司好心送年輕下屬回家。雖然這種完全不順路的接送是職場八卦的好題材，但距離我所想像的兩人關係還有一大段的距離。

我又想到那輛停在豪宅旁的豐田 Yaris。車子熄火熄燈，但車內隱約有人影。那是我在開始跟車前、迴轉時差點撞到的那輛車嗎？我怎麼感覺在跟車的過程中也有看到那輛車呢？不過豐田 Yaris 在臺灣算是菜市場車款，我又沒記車牌，似乎也不能說明什麼。

當路雨晴抵達的時候，我已經喝了三杯茶並上過一次廁所。她為遲到頻頻道歉，我笑著說沒關係。她依然是上班的穿著，但妝髮明顯新整理過，脣色鮮豔，香氛迷人。我起身協助她脫去外套，外套底下是白色削肩羊毛背心，露出一雙光滑細緻的手臂，上圍曲線也在毛衣的烘托下顯得特別突出。

她坐下後又道歉了一次：「學長不好意思，我在辦公室弄得太晚了，還讓你等。」

「沒關係，你們平常會加班到很晚嗎？」

「看情況了，忙的話八、九點吧。」

「會常應酬嗎？」

「不會啊，幾乎沒有。」她微笑說：「我就是因為這樣才來這間公司的，我需要時間唸書。」

她問我想點什麼菜，我說我是第一次來這間餐廳，一切依她，她於是點了兩份二千元的套餐。她又問我有沒有開車，要不要點酒，我掃過酒單，點了一杯獺祭的大吟釀，她則點了杯梅子調酒；服務生好意提醒說這款調酒是用燒酎當基酒，所以酒精濃度較高，她微笑說沒關係。

「所以妳酒量不錯？」我問。

「普普通通。」她用毛巾擦手，一邊說：「平常也沒什麼機會喝，想說喝喝看。」

「至少妳啤酒喝得不錯。」

「別人請的都喝得不錯囉。」

大概是場合不同，今天的路雨晴與在便利商店中相較顯得明豔而靈動，像在純奶油蛋糕上添加了鮮紅的草莓，亮眼而且令人垂涎。

我們又聊了些天氣、音樂的話題，服務生開始上菜，冷盤是明蝦、火腿、漬物、白柚的拼盤，我說我沒見過這樣的組合，她說這間餐廳最特別的就是以水果入菜，而且是日本料理。

「妳常來這邊吃嗎？」我問。

「公司的人偶爾會來這邊聚餐，我都是被請的，要不然我哪裡吃得起。」她笑著說，並啜了口梅酒，說：「真的滿烈的，學長你要喝喝看嗎？」

我接過杯子，避開她的唇印，小試一口，然後將酒杯還給她說：「大概是整杯燒酒放一顆梅子吧。剛剛那個服務生一定覺得我心懷不軌，騙妳點這種『約會失身』的調酒。」

她笑開了，這讓我心臟快速地跳了幾下。

「學長你很常用這種方式把女生灌醉嗎？」

「從來沒有，通常我是被灌醉的那個。」

「你真的很愛開玩笑耶。」

「我說真的，有一次我跟我前女友去夜店，結果是我醉翻了，她開車載我回去，在路邊停下來讓我吐，還被警察盤查，懷疑她給我吃了什麼藥。」

「這也太糗了吧，結果呢？」

「我不知道，我醉死了。」

「你前女友一定覺得很嘔，要酒後代駕，還要被懷疑約會強暴。」她喝了口酒，說：「你這個前女友就是麥可的太太嗎？」

我咀嚼著食物，緩緩地點頭。

「你上次說要告訴我你們的故事的。」

我用口布擦了擦嘴角，苦笑說：「其實也沒什麼，她是我大學時候的女朋友，畢業後我們分手了，她後來跟菜頭——就你們家麥可——結婚，現在鬧離婚，找我幫忙。」

「她也是法律系的嗎？」

我點頭。

「為什麼要找你？找前任告現任離婚，我覺得很怪。」

我笑著說：「這要問她……我們還是朋友，她覺得我會盡心盡力幫她吧。」

「你還喜歡她？」雨晴壓低聲音，偷偷摸摸探聽的表情很可愛。

「這什麼問題……妳還喜歡妳前男友？」

她愣了一下，臉上表情逐漸收斂，說：「不喜歡吧，可是，學長你會嗎？偶爾就是……是會想起他，有時候我還會覺得是我沒做好，是我不夠關心他，他才去找別人的，是不是很犯賤？都是因為初戀又在一起太久的關係。」

「時間過去就會好的。」
「你那個前女友是你的初戀嗎？」
「算吧。」
她搖搖頭說：「那你怎麼可能跟她當朋友？」
接著上來的是幾道熱前菜，胡麻豆腐、和牛熱沙拉、炸牡蠣、水果細卷，每道都是擺盤精緻，份量不多。
我看著路雨晴咬下一口牡蠣，湯汁沿著嘴角流下，她尷尬地笑了笑，拿口布擦去。我突然想到一件事。
「喂，我剛剛跟妳講的那些事，妳不要……」
「不要跟小靜學姊說，我知道。」她給了我一個意味深長的眼神，說：「她有問我後來有沒有再遇到你，我說，我們就工作場合見到而已。」
「這是工作場合沒錯。」
路雨晴笑了笑，將剩下一半的牡蠣放入嘴中。
「妳怎麼認識蘇心靜的？」我問。
「之前學姊來帶我們讀書會。」
「她屆數跟妳差那麼多，怎麼會回去帶妳的讀書會？」
「喔，本來是一個博班的學長帶，可是他法官工作太忙了，就請小靜學姊來幫忙。」

路雨晴吃了一口豆腐，說：「小靜學姊很漂亮人又好，她請我吃過幾次飯，也是她建議我先出來工作的。」

我總覺得時間序上有些怪怪的，腦袋中還在計算，路雨晴又說：「對了，學姊還有雙鞋在我那邊，下次拿給你。」

主菜是握壽司：海膽、星鰻、黃雞魚、軟絲、紅甘、鮪魚和比目魚緣側，同樣是份量不大，但相當美味，尤其比目魚，入口即化，食者銷魂。

「學長，有件事想跟你討論一下。」路雨晴說，表情與口氣顯然不同。「就是那個……能源局月底的研討會，聽說你是主辦人。」

我咀嚼著食物，含糊地說：「能源局是主辦人，我打雜而已。」

「那麼……是這樣子，我們的公司也有研究部門，也針對電業法規、太陽能普及率、溫室氣體減排這些題目有研究，我有支援政策法律分析部分。呃，我們覺得這些研究與你的這場研討會的主題有關，所以……我們知道有點慢了，但不知道有沒有這個可能，安排J.J. 參與其中一個場次？」

我還沒答話，她又補充說：「我們有贊助的預算，看是晚宴或是其他周邊活動都可以。」

「所以今天真的是工作晚餐，妳急著找我出來是為了這個。」

她笑著說：「我本來就想找學長吃飯啊，謝謝你那天借我哭，聽我說那麼多。只是剛好分到這個工作，打去能源局問，他們給我你的聯絡方式。」

我沒有立刻回答。我將壽司放進口中，緩緩咀嚼，又喝了口茶，才說：「如果安排J.J.當講者，會是妳上臺發表嗎？」

「應該不會吧，我那麼junior。」

「如果是妳發表的話，我就給你們公司一個講者的位置。」

路雨晴用一種「開什麼玩笑」的表情看著我，確定我是認真的，才半撒嬌地說：「學長，你開這種條件，我要怎麼跟公司講啦？」

「妳照實說啊。」

「怎麼可能？他們會以為我圖利自己。」

「那我就不知道了。」我舉起酒杯，說：「妳那麼聰明妳一定想得到好的說法，我會先把議程做好的。敬妳。」

晚餐結束後，我提議一起搭計程車回去，她卻說得回辦公室一趟，我沒有多問，只是陪她走一小段路。天空飄著雨，我為她撐傘，她的肩膀會隨著腳步不時地碰觸我的胸口，像是提醒什麼。抵達捷運站時，她轉身向我，酡紅色的臉上帶著微笑，我以為她會給我一個吻，但她只是向我道謝，然後轉身離開。是我想多了，但光是這樣想就很愉快了。

我站在原地，看著她的身影消失在車廂中，腦中依然模擬著她剛剛上前一步我將如何回應的場景，突然間，我感到頸後寒毛豎起，有種被人從身後窺視的感覺。我回頭，只見一個黑色的人影以不自然的速度爬上手扶梯，往車站外走，我轉身撥開人群，試著追上，來到車站外，卻已不見那人蹤影，只有小雨中人行道上熙來攘往的人潮，忠孝東路上車輛川流不息。

公平會「美國J.J.太陽能與我國臺磁光電公司結合案」的聽證進行了一整天，J.J方面由臺灣子公司的副執行長領軍，外部律師團主導發言，菜頭學長與路雨晴都沒有出席。臺磁這邊則由主管業務、財務的兩名副總壓陣，布蘭達carry全場，我則是就幾個重要爭點做學理與數據上的論述。雙方各提出數名專家證人，另外有幾個獨立的公民團體請求發言。

聽證結束後，我們借公平會外頭的騎樓簡單開了個會，兩名副總很滿意今天的表現，認為此戰必勝。布蘭達則坦白告訴他們勝算不大，癥結在於：當初說要垂直整合的是臺磁，現在說結合有害市場競爭的也是臺磁，這說穿了就是經營權的問題，公平會並不關心經營權誰屬。

回辦公室的計程車上，布蘭達顯得相當疲倦，雙手交抱胸前，閉目不語。直到計程車上了堵塞的市民高架，布蘭達才突然說：「聽說你最近在跟艾瑪・吳做事。」

我說：「就弄個研討會的事。」

布蘭達說：「小心弄太多那種不三不四的事，做案子的感覺會跑掉。」

我心中竊笑。辦公室鬥爭就是這樣，自己深陷其中時覺得煩，置身事外則顯得特別有趣。「簡單幫個忙，反正這場聽證後暫時也沒太多事情。」

布蘭達點點頭，隔了一會兒又說：「你知道布魯諾怎麼走的嗎？」

布魯諾是年初進來的一個年輕律師，待不到一年就離職了。我說：「不知道，我也嚇一跳，我以為他待得不錯。」

「艾瑪・吳叫他去礦務局 second。」

「為什麼是礦務局？」

「我哪知道？」布蘭達說：「人家是來學怎麼當律師的，硬要叫人家去當公務員，一去還一整年，要是我我也走了。」

「second」是「secondment」的口語簡稱，「派遣」、「臨時借調」的意思，有時候事務所會派律師去客戶企業中長駐，暫充內部法務，這就是法律圈裡的「secondment」。我知道有些政府發包的研究計畫也會要求執行單位派員駐點，就近解決日常業務所生的法律問題。去政府中當派遣律師的優劣好壞當然見仁見智，但布魯諾遇到的狀況確實比較難吞下去。

「後來誰去啊？」

「好像艾瑪・吳自己去外面找人。」布蘭達說：「你小心她叫你去能源局。」

「能源局還好，不要被派去蒙藏委員會就好。」我開玩笑地說，布蘭達難得地笑了笑。

「你遠距離戀情現在談得怎麼樣？」布蘭達說。

「還好啦，也沒有真的很遠，上網就可以見到面。」我說。

「跟距離遠近沒有關係，重點是兩個人是不是互相信任。」布蘭達說：「我以前一任男朋友，被派去廈門……廈門夠近了吧，沒半年就吹了，他跟他那個東北來的『小祕』在一起。」

「阿姊，妳第一次跟我講妳前男朋友的事，我一直以為妳前男友只有艾瑞克。」

布蘭達做出打人的姿勢，說：「不要亂說，人家小孩都多大了。」

「他太太人很好，會理解的啦。」

「他太太喔……」布蘭達說著冷笑一聲，就沒再說下去了。

隔了一陣子，布蘭達又扯回艾瑪，說：「跟艾瑪・吳做事還是要小心點，她沒有我那麼好說話。」

「我應該只會幫她做這個案子，我又不是研究生。」

「明年他們會想要再升一個合夥人，」布蘭達看著前方，淡淡地說：「你如果有這想法，自己要留意，各方面都留意點。」

我這才聽懂她前前後後的這些話的意思，我心下感激，說：「謝謝阿姊，我跟艾瑪可以啦……不會讓妳失望。」

「你不要太有把握，有些事情很難說，當 partner 要扛業績，他們對這點會審得比較嚴。」

我說：「臺磁應該算我的 credit 吧？當初是我把這個客戶抓進來的，我不知道最後艾瑞克跟他們怎麼談的，但現在做那麼多事，應該算不少收入吧？」

布蘭達看向我，說：「當初是你和臺磁那個年輕的法務長熟，把案子帶進來，可是……現在誰和那個法務長比較熟呢？如果你是艾瑞克，想要留住臺磁這個客戶，你要升誰呢？喂，這我自己隨便想的，你不要想太多……喔，到了，計程車我來付吧。」

那天晚上我在轉角的便當店吃了個排骨便當，然後跑去公園籃球場與一群陌生歐吉桑打了四個小時的球。球場關燈後，我在場邊又坐了一陣子，喝水，讓夜風冷卻過熱的身體與情緒。

我拿出手機，發現有通未接來電，是個不認識的市內電話號碼，我沒去理會。一個穿著黑色皮衣的中年男人過來搭話，說他很喜歡看我打球，問我要不要去喝一杯，我禮貌地請他滾遠一點。

第二天中午我和廖培西去吃飯，他說我們兩個好像很久沒碰面了。我說真的是墨菲定律，上次我跟他哭閒之後工作量就爆炸了，他說他也沒哭閒怎麼也爆炸了，真是「火燒厝，燒過間」。

我們東拉西扯，他說他的當事人開庭開到一半情緒失控，下跪痛哭，法官還冷言冷語說律師教得好、很會演，害他差點衝上去揍法官。我則告訴他那天與張阿本開會的情形，哭訴說徒弟不才、被人嗆說是案件的「弱點」還不知道怎麼嗆回去。

廖培西露出「朽木不可雕也」的表情說：「你就說，如果他敢這樣說，就傳他做證人。」

「證人？可以傳對造律師當證人嗎？」

「當然可以，只要能夠對自己『親自見聞』提供證詞的人，都可以當證人。」

「他可以拒絕證詞吧？」

「就受委任事項才可以，你或徐千帆又沒有委任他。」

我苦苦思索，說：「可是……有關聯性嗎？張本正和離婚案沒有關係啊。」

「張本正和『蔡得祿有沒有外遇或家暴』當然沒有關聯，也不能作證，但是他與『徐千帆與楊艾倫是否有姦情』這件事就有關聯了，他跟你那麼麻吉，他可以作證說明你和徐千帆有沒有聯繫嘛。」

廖培西拆開免洗筷，繼續說：「如果他不提你和徐千帆的事，他就是個無關第三人，沒有證人資格；但只要他敢提，你就把他放到證人席上，看他具結以後還多會講。」

我看著廖培西一口喝乾餐廳附的冬瓜湯，感覺他背後閃耀著光芒。

「可是，你這個案子還是不要上法庭比較好啦。」廖培西咂咂嘴，說：「又不是什麼大事，兩邊都有意願離，字簽一簽就好啦，鬧到法庭上，法官也是勸和解。」

我告訴他現在的困境：小帆堅持要第三者道歉，菜頭學長不讓，那天談判後我和張阿本又談過幾次，雙方立場都沒有改變，事情就卡在這邊。

「菜頭也不聰明，都被抓到了，讓那個女人出來道歉就算了。」廖培西一邊啃著雞腿一邊說：「他現在還要袒護那個女人，徐千帆只會更氣而已，一直拖下去，到時候就有人做出傻事。」

「什麼傻事？」

「自殺、自殘、傷人、潑油漆之類的。」廖培西說：「你不要說不可能，你現在也知道離婚過程是很折磨人的，一般做這種案子，百分之七十的精力要花在處理客戶的情緒上，剩下的三十才是處理法律；你要教會你的客戶：法律只能幫他們爭取財產，但不能拯救他們的婚姻。如果教不會，案子沒辦法解決是一回事，當事人心裡的痛苦沒辦法發洩，就會想要傷害對方。」

我想到小帆之前在學校池塘邊講的那番話，心裡感到一陣寒意。「小帆和菜頭學長應該不會啦，都是法律人了，最壞就是上法庭互罵吧。」

「你讀法律的，你還不是會闖紅燈？」廖培西啃了一口排骨，說：「讀法律不會讓你變成神，只會讓你變成比較奇怪的人而已。」

十、「有錢沒權，就是替人顧錢財。」

「若是給你選：權力和有錢，你會選哪一項？」

「有錢。」

「我就知影[23]，唉，憨囝沒救囉。」

「為什麼？有錢才會當買物仔享受啊，權力敢會當[24]孝孤[25]？」

「憨仔，錢就親像鏡中花水中月，看著痴迷，矙[26]一個目就走到無聲無息。權力才是千年蟹穴萬年龍脈，保庇你代代富貴。這攏[27]看不出來，無彩[28]給你讀遐爾懸[29]。」

「沒錢是按怎[30]食飯？按怎買厝、買車？」

23 知影，tsai-iánn，知道。
24 會當，ē-tàng，可以、能夠、做得到。
25 孝孤，hàu-koo，粗俗地叫人拿去吃。
26 矙，nih，眨。
27 攏，lóng，都、皆、全部。
28 無彩，bô-tshái，可惜。
29 懸，kuân，高。
30 按怎，án-tsuánn，怎麼、怎樣。

「總統食飯敢自己出錢？敢自己駛車？有權力的人，開查某[31]都是別人出錢，閣像你咧，奅姼仔[32]還要用恁[33]爸的錢。」

「但是總統逐天予人罵咧，一點錢都要報帳，予人批評，安呢不是足鬱卒？自己賺的才是自己的，要按怎開就按怎開，較有自由。」

「你這是羊仔煩惱虎不食草，驚虎餓著。面頂的人喊的不自由，都比咱這款人自由濟[34]，免你操心！」

我爸說著灌下一口威士忌，朝嘴裡丟兩粒花生，邊咀嚼邊說：「你要記著，有錢沒權，就是替人顧錢財。你要做專業律師、賺大錢當然嘛好，但是加減熟識一些人，揀一些權力本，對你以後是有幫助。有閒嘛是隨我四界走走，莫逐日興[35]到痟交女朋友。」

前面說過，我一直不知道如何正確描述我爸的職業。我只知道他認識很多人，每天在外面跑，回到家也是電話不停，有些地方上的爭執會選擇在我家飯桌而非法院

31 開查某，khai-tsa-bóo，嫖妓。
32 奅姼仔。奅，phānn，結交異性朋友。；tshit-á，女朋友、馬子。戲謔的稱呼。
33 恁，lín，你的。
34 濟，tsē，多。
35 興，hìng，愛好、嗜好。

中解決，逢年過節，送進來與送出去的禮讓我家宛如一個小型的物流中心。選舉更是我們家的「旺季」，我從小就被各路議員、立委、縣市長候選人摸頭稱讚可愛。高中時，有回我補習完回家，看見三輛黑頭車駛離，我問我爸那是誰，他說就那個矮鼓矮鼓[36]的總統來喝杯茶而已。

在他的喪禮上，我從別人的悼詞中第一次學會「地方鄉紳」這四個字，起初我為這個歷史課本名詞出現在現實生活中感到好笑，但轉念一想，我們人生中每過去的一秒皆是歷史，而我父親的那一頁則已經翻過，再回不來。那一瞬間我突然悲從中來，在靈前下跪痛哭不能自已。

而又必須到我承辦了這場研討會，才稍微認同我爸「權比錢重要」的哲學。在這幾個星期內，我接到大量能源、電力、環境工程公司的電話，大家都說得客氣：關切這個議題，希望能對研討會有點貢獻，有個十到十五分鐘的發表機會最好，要不然當個評論者或是參與 roundtable 討論也不錯。有些公司強調他們的總經理或董事長會出席，有些則與 J.J. 一樣願意提供贊助。

這裡頭很多公司我都拜會過，當時我得打上幾回電話，才能與法務經理聊上幾分鐘，還得被拗著提供許多免費的法律服務。現在業者們的熱忱與我的法律專業私毫無關，他們相準的是政府「能源轉型」的大餅，而我只是一早拉開餅店鐵捲門的工讀

36 矮鼓，é-kóo，身材矮小。

生而已。

經過幾週奮戰，我的團隊總算將研討會進度送上軌道。我們敲定一張橫跨產官學又平衡老中青世代的名單，並成功地將地點由原本的大學會議室移至某五星級飯店的展演中心。我們透過網路、學校、媒體廣為宣傳，並謹慎地登記每位報名者的資訊，事前寄送會議資料；另外，我們也為經濟部長安排了會後的晚宴，並且親身試吃一頓。

這段期間小靜忙於期末考，她說她的課都是線上開書考試：學校系統在特定時間公布考題，學生有二十四、四十八、七十二小時不等的時間作答，可以參考任何資料，但不許與同學討論，答案直接 key 入系統頁面，時間一到自動「收考卷」。我問這樣不是很容易大家互抄答案嗎？她說不會，美國法學院學生的成績直接影響就業，競爭激烈，不可能互相掩護；而且那些題目都不是抄一抄可以回答的，每一題的份量約相當於實務上律師得處理半年的案件，七十二小時雖然看起來很多，但有時候不眠不休還寫不完。

小靜要我這兩個星期不要吵她，我也請她告訴她媽媽不要吵我，我得全心全力投入研討會的籌備上。

研討會當天早上七點我便到了飯店，拉著經理再次確認場地細節。我最擔心的是投影片的播放，這間飯店所提供的並非筆記型電腦、投影機與布幕（講者於筆電中播放投影片，筆電外連投影機將畫面投放於布幕上）。這飯店配備的是一體成型的播放系統，主機在會場後方的音控室中，投影片則於會場前方超大型拼接液晶螢幕上顯示，大概就是科技產品發表會用的那樣。經理保證他們的系統絕對穩定，不會有電腦讀不到檔案或是螢幕「秀斗」[37]的狀況。

「可是如果一個環節出問題就完蛋了，對不對？以前我們換臺筆電或換臺投影機還可以繼續進行。」我問。

「楊律師，絕對不會出問題，」經理拍著他的光頭說：「如果出問題，你就來這邊把總電源關掉，然後我們一起在舞臺上切腹自殺。」

八點左右，與會者陸續抵達，我和艾瑪在接待桌前招呼簽到。J.J. 的大隊人馬來得很早，印度裔CEO、印尼裔財務長、副執行長等人全部正裝出席，我們客套地聊了一下，艾瑪感謝 J.J. 同仁的熱情參與，CEO則稱讚場地選得很好。

路雨晴排在隊伍的最後面，等所有同事都進入會場後才過來跟我說話，我問她最後怎麼說服公司讓她上臺做報告的，她說她就只是提議，然後所有人都說好。

「其實除了CEO以外，根本就沒人想上臺，大家都只想來 social 而已。」她笑著說。

37　秀斗，電線短路。比喻人行事反常。日文ショート的音譯，英文為short。

這時我看見菜頭學長從電梯入口處走來。這是自從上次開會後我第二次見到他，他同樣衣裝筆挺，背脊挺直，腳步敏捷，胸肌爆炸，有股不怒自威的氣勢。他與我握手，同時拍拍我的手臂說：「恭喜啊，接這麼大的project，辦得很像樣啊。」

我回了一句「謝謝」，正想再說什麼，他搶先道：「其他事以後再聊，今天專心開會。芮妮，我們的位置在哪裡？」

我看著他們的背影，兩人之間的距離似乎確實比安全距離近一些，但又不是近到會出事的那種程度。

接著來的是吳正非與蔣恩。吳正非穿著全套的晚宴服，還打了粉紅色的領結；蔣恩則是一襲黑色長禮服，全妝髮、垂墜式耳環，禮服還是低胸。我從小到大沒見過蔣恩這樣的打扮，當她姊的伴娘時也沒那麼華麗，這讓我呆愣了好一會兒才醒過來。我說：「你們兩個今天是來領金馬獎的嗎？」

吳正非說：「這種場合還好吧？而且晚上還要跟部長吃飯，要穿正式點。」

蔣恩說：「而且我今天休假，純粹來賓。」

「所以現在是完全公開？」

「可以開記者會了。」

我們又閒聊了一陣，來賓越來越多，我分身招呼，蔣恩才挽著吳正非的手進會場去了。

小帆來得稍晚，她穿了一襲裸粉色的套裝，在一眾非黑即白的與會者中顯得格外亮眼。她本來跟著隊伍排隊等簽到，我將她拉到一旁，直接給她名牌與會議資料，以及一杯預備的咖啡。她問是每位講者簽到都由主辦人親手遞上咖啡嗎，我說其他人只有咖啡糖而已。

我介紹小帆給艾瑪認識，接著我帶著她四處繞繞認識人。「國立大學助理教授」的招牌果然響亮，無論公務員或業者見到小帆均十分恭維，有人說徐教授那麼年輕就有那麼高的學術成就實屬不易，有人則說若在教室中看到徐教授，還分不清楚誰是老師誰是學生呢。

那一刻終究無法避免。我們走到會場右後方角落時，只見菜頭學長與幾個 J.J. 的人正在那兒聊天，我本來要避開那個區域，小帆卻勾住我的手，直直往那角落走過去，並向其中一人高聲招呼，那人也顯得很尷尬，一邊客套一邊瞥向菜頭學長。小帆大方地與其他人交換名片，自我介紹是「徐千帆，我在 J.J. 應該很有名，之前麥可租房子租車的補貼單據都是我簽的名」，同時將我勾得更緊一點。

我只能被迫加入小帆與 J.J. 同仁的「尬聊」中，我側眼看向菜頭，只見他面色鐵青，看過來的眼神中卻不是憤怒而是……是害怕嗎？或是有點難過呢？他在那兒又站了一會兒，然後慢慢地向會場門口走去，小帆止住交談，看著她丈夫的背影，我以為她會喊他，甚至上前打他，但她卻什麼也沒做，直到菜頭走出會場，她才在我的耳邊輕聲說：「帶我到我的位置去。」她仍勾著我的手，從側面看去，可以看見她咀嚼肌鼓動著。

研討會八點五十分準時開始，首先是能源局長與一位資深國際學者的致詞，接下來是上午兩個場次的討論。每個場次約一小時四十五分鐘，由主持人開場，二到三名講者依序發表，然後由評論者就發表內容為評論，接著開放現場問答。下午則有三個場次的討論，部長預計下午三點半抵達會場，由部長做閉幕致詞。

小帆是第二場次的第一位講者，講題是「巴黎氣候協定後電業管制政策的重組——以荷蘭與日本為例」，講述內容百分之九十我聽不懂，但顯然引起行內人士很大的興趣，來自電力公司研究機構的評論者針對「徐教授」的發表內容提出數點批評，現場也有幾名聽眾指名徐教授發問。小帆不疾不徐地提出反駁與答覆，柔和而堅定的態度相當迷人，至少我是頻頻點頭，還有起立鼓掌的衝動。

兩個場次都稍微超時，不過還算是順利結束。午餐時間，我們為講者、主持人、政府部門長官等貴賓準備了一間ＶＩＰ室，由飯店提供buffet，當然有些ＶＩＰ另外約了餐敘，例如路雨晴便得跟老闆們去應酬。我將ＶＩＰ室中的一切打點妥當，與徐千帆、艾瑪打過招呼後便逕行告退。我去廁所撒了一泡長長的尿，調整領帶角度，告訴鏡子裡的自己：只剩下半場。

這時我的手機響了，是個不認識的號碼，接起來一個女聲說：「結果出來了，跟你猜得一樣。」
我一頭霧水，說：「不好意思，請問妳是……？」
「我是醫檢師安娜！」她爽朗地說：「你竟然沒有把我設定為聯絡人，我太傷心了。」
我笑著說：「對不起，安娜，最近太忙了！妳說檢驗結果出來了？」
「對，兩個不一樣，跟你之前猜得一樣，我等一下把報告傳給你。」
我感覺心上一塊大石落了地，說：「謝謝。我再請妳吃飯。」
「但這樣的結果代表什麼意思？」
「很重要的意思。」我說：「這個之後再說。」
我掛了電話原本想直接衝回ＶＩＰ室，但轉念一想，這又不是急在一時的事情，研討會為重，會後再處理也不遲。
我回到工作人員休息室，赫然見到吳正非與蔣恩在裡頭，正與實習律師、祕書們聊他們的瑞士之旅。我笑說他們穿得如此人模人樣竟窩在這裡看我們吃便當真是委屈了。吳正非說這間飯店的便當是有名的，外面賣一個三百元。
「這樣要三百元？」我說。
「折算瑞士法郎十元，便宜啦。」吳正非拍了拍蔣恩的肩膀說：「你知道我們第一天到蘇黎士，賈斯提斯的人帶我們去吃的那頓中國菜多少錢嗎？三百瑞郎！折合一萬塊臺幣，四個人吃一萬，麻婆豆腐還是甜的！」

「你就是待過瑞士所以價值觀偏差。」蔣恩笑著說。

眾人開始你一言我一語地討論瑞士的物價。我無心參與，找個位置坐下，打開便當盒，九宮格的配菜精緻：雞串、鯖魚、炸蝦、牛肉丸、明太子，加上煮得鬆軟的白飯，確實有貴的價值。我一口氣將飯菜吃光，默默感謝那個光頭經理，畢竟這是他給的一點小「回扣」。

下午議程繼續，依舊順利而無聊，除了部長抵達時現場秩序稍微混亂以外，並沒有其他亂流。

最後一個場次由路雨晴擔任第一位講者，在確認各方面都沒有問題後，我在吳正非身旁的空位坐下，他低聲說：「快結束了，辛苦啦。」

「我再也不幹這種事了。」我說：「這比開庭還要累。」

最後一個場次的主持人開始引言並介紹講者，路雨晴微笑地向大家揮手。

「這個好正。」吳正非說：「J.J. 是看臉在請人的嗎？」

「沒有吧，要不然菜頭怎麼會是法務長。」我說著看向 J.J. 的座位區，但沒看到菜頭學長，我又看向會場前方貴賓席，只見小帆端坐，緊盯著著臺上，臉上表情緊繃。

我感覺有什麼事情不對。

這時主持人引言結束，路雨晴起身走向一旁的演講臺。

我起了一身冷顫，一定有什麼不對，媽的，到底是什麼？
我突然想到一件事，低聲問吳正非說：「你今天中午講到『賈斯提斯』對不對？那是什麼東西？」
吳正非說：「『賈斯提斯』？徵信社啊，我們之前請他們調查那個假新聞。」
「臺灣的徵信社？」
「美國的，很多國家都有辦公室，我們是跟臺灣的賈斯提斯接洽，他們再和他們瑞士的辦公室合作。」吳正非說：「瑞士那間沒用，臺灣的就很賊，還說他們有網軍可以反擊假新聞……以毒攻毒就是了。」
路雨晴站定位，液晶螢幕顯示「太陽能穿透率與碳排放之實證研究」的簡報檔，檔案左上角「J.J.Solar」的3D商標格外顯眼。
在那一瞬間，我腦中閃過上回與路雨晴晚餐後，那個疾奔出捷運站的黑衣人。還有從新店跟蹤黑色休旅車回信義區時，兩次出現的豐田Yaris。
我又想起那天在小帆公寓中無意看見的簡訊，是「賈斯提斯」傳來的，那時不明就裡，只記得幾個無意義的辭彙，現在前因後果貫串，簡訊內容竟完整地浮現出來：「本公司將針對目標路ms蒐集材料，並依顧客指示的投放範圍，進行最大的打擊。」
我起身往講臺跑去，大喊道：「不要放！」

然而已經太遲，螢幕上的簡報檔突然轉成影片，一輛黑色的休旅車在畫面中行駛，車內一男一女背影明顯。現場一片譁然。

「快關掉！」我吼著，只見路雨晴慌亂地按著遙控器，影片卻仍繼續播放。

我回頭往會場後方跑，衝進音控室，只見光頭經理與技術人員正手忙腳亂地操作系統。

「這是駭進來的，停不下來。」技術人員說。

「關掉螢幕。」我說。

「沒有辦法只關螢幕啊。」技術人員說。

影片中休旅車靠路邊停下，駕駛下車，鏡頭拉近，是菜頭學長。

接下來就是路雨晴了，而她正站在臺上持續按著遙控器，一副要哭出來的樣子。

「經理，總開關！」我大吼，光頭經理這才大夢初醒，手指向電箱，我一個箭步上前，打開電箱，扳下開關，會場頓時陷入一陣黑暗，尖叫聲此起彼落。

我長長呼了口氣，問：「可以再打開了嗎？」

「應該可以，系統關機了。」技術人員說。我將開關上推，液晶螢幕電源恢復，但呈關機狀態；會場中燈光陸續點亮，所有人均是表情錯愕，部長周圍圍繞了一圈幕僚。

我略略調整呼吸，對著麥克風說：「各位來賓，由於場地系統遭駭客入侵，我們剛剛切斷電源，造成各位驚嚇相當抱歉。目前場地需要時間調整系統，我們先暫時休息，等系統修復後立即開始，造成各位不便，我們相當抱歉。」

我說話同時，瞥見徐千帆起身，帶著包包快步離開會場，我放下麥克風追出音控室卻不見人影，我快步走過走廊轉角，只見裸粉色的衣裙消失在關上的電梯門後；我走逃生出口向下，來到一樓大廳仍沒見著她，我回頭繼續爬樓梯下到地下二樓停車場，只見那粉紅色的身影正走在空蕩蕩的車道上。

「徐千帆！」

她停下腳步，回頭，表情淡然，然後繼續往前走。

「妳知道妳在做什麼嗎？」我追上去，大聲說：「妳有沒有想過那影片放出來會害死多少人？妳要他們以後怎麼工作？尤其那個女孩子，她才幾歲，才開始工作，妳這樣搞，是要逼人上絕路，妳知不知道？」

「我給他們機會了。」她冷冷地說：「我給他們警告了，我說我會毀了他們，我說到做到。」

「妳可以跟菜頭要錢，要幾千萬，甚至幾億，把他搞到破產，我都幫妳打！但不能用這種方法，妳把他們逼死也不能挽回妳的婚姻啊，也不能彌補妳受到的傷害！」

「對，但是能讓我心裡比較爽！」她突然向我吼道：「我就是要毀掉他們，我就是要看到那對狗男女痛苦的樣子，這樣會讓我開心！明白嗎？對，我就是人格扭曲！

我就是變態！這樣你滿意了嗎？」

她的臉部表情扭曲，雙眼因激動而布滿血絲，我從沒見過這樣的徐千帆，我不自覺地退了一步，說：「那妳有想過我嗎？我花了多少的心力在這場研討會上，我好心請妳來當講者，妳把這裡當成復仇舞臺？妳知道這場研討會砸了對我影響多大嗎？」

「反正你也和那個女的有一腿，不是嗎？」徐千帆說著，我起了一身的雞皮疙瘩。

「你為什麼不把那部影片放完呢？你就會看見你自己了。」

我倏地抬起右手。

我並沒有下手，我看著小帆緊閉雙眼，嘴唇緊抿而顫抖，剎那間，那個十八歲、在池塘畔問我和她在一起的少女的影子與她重疊，是那個純真、快樂、善於交朋友、如伍寶笙一般溫暖的徐千帆。我心底湧出一股巨大的悲哀，吞沒了我與她，吞沒這停車場中的幾百輛車，乃至吞沒這三十層樓高的豪華飯店。我伸手捧住她的臉，帶著悲傷吻上她的脣。

「你瘋了！」她將我推開，一巴掌打在我的臉上。

我撫著臉頰退後，苦笑說：「妳知道嗎，徐千帆，妳搞錯了……完全搞錯。那個女孩子不是妳要找的人，她不是你們婚姻的第三者，菜頭學長是個同性戀。」

「什麼？」

「菜頭學長是同性戀。對，妳的丈夫是同性戀。」

小帆搖頭說：「你要混淆焦點。蔡得祿不會是同性戀，我們結婚那麼多年了，還有小孩，他……他不會是……」

我拿出手機，顯示安娜傳來的檢驗報告。

「我請人家做了那兩個保險套裡面精液的DNA檢驗，兩個DNA不一樣，其中一個和菜頭學長的DNA相符，另一個則是別人的，而別人的那個保險套外層殘留有菜頭學長的DNA。」

我收回手機，說：「簡單來說，那天妳不在家的時候，有兩個男人射精，其中一個人曾戴著保險套進入另一個人的身體裡面。」

小帆仍處於震驚狀態，沒有說話。

我繼續說：「小帆，大學的時候他就告訴我他是gay了，他也說過，因為家裡的壓力，所以不能出櫃，只是我沒想到你們會結婚。我聽到你們結婚的消息的時候，感覺整個世界都崩塌了，我覺得是我的錯，是我逼走了妳，是我讓妳認識菜頭，是我促成了你們錯誤的婚姻。所以當妳來找我說要離婚時候，我覺得我有義務要幫忙，不只是因為……因為我對妳的感情，也是為了菜頭學長，我有義務更正我所造成的錯誤。」

「你為什麼不告訴我？」小帆說，聲音顫抖。

我告訴她我所觀察到菜頭學長的改變以及「性別流動」理論。

「我真的不確定，我真的以為他變了，我甚至跟妳一樣，懷疑那個女生是第三者，所以我才去接近她。妳和他結婚那麼久，妳也沒對他的性向產生過懷疑吧？我和他十年沒見了，再見到的是一個這麼不一樣的菜頭，而且還有小孩，我……我也不知道怎麼辦，所以才瞞著妳，更何況我不……」

「我不知道妳會做出這樣的事」，我將這句話硬生生地嚥了下去。

小帆手扶額頭，大力地喘著氣，我上前一步，擔心她會突然昏過去。

「但那個女的是怎麼一回事？他們一個星期至少三個晚上待在那個房子裡，而且待到很晚……」

「我只能用猜的。」我說：「菜頭幫她補習，那女孩在準備國考。我看過她的參考書，上面有兩種字跡，一個是那女生的，另一個很像是菜頭學長的。」

「我不相信。」

「但我相信。」我說：「其實菜頭學長一直都沒變過，J.J. 法務長『麥可』只是他在社會上行走時必要的偽裝，他依舊是那個溫柔、善感、富有同情心的『菜頭』，他遇見一個勤奮上進、卻不斷受挫折的年輕女孩，他會願意去幫忙。不是我們這種直男帶有不良企圖的幫忙，可能比較像姊姊對妹妹的照顧吧。」

小帆沒有說話。

我扶住小帆的手臂，輕聲說：「小帆，不管之前怎麼樣，現在是個機會。我幫妳跟他們好好談，然後我們重新開始。小帆，我相信菜頭學長和妳結婚是有他不得已的苦衷，他曾經告訴過我『深櫃』的痛苦，你只能獨自扛著祕密，久而久之你就會變成一個變態，所以我想他會這樣，也是掙扎過的吧，只要放過彼此，你們都可以重新開始。最近我去看了一部電影，邱澤和謝盈萱演的，有點像你們的情況，或許你可以去看看，可能感覺會……」

「怎麼重新開始？」小帆用力甩開我的手，大聲說：「不關你的事，你才會說得那麼輕鬆！楊艾倫，你覺得我在演電影嗎？導演喊『cut』就重來？你有沒有想過，我已經放了多少東西在這段婚姻裡面？七年的時間……是七年啊，怎麼重新開始？我能夠假裝我還是二十五歲的徐千帆嗎？我能假裝我沒結過婚、假裝我家庭沒有破裂？艾登呢？我是不是要告訴他，他爸爸是個同性戀，他其實是個謊言的產物？」

她提到孩子，我只能閉嘴。那些大人的事情或許可以抹去，但孩子不行。

「我需要想一想。」小帆呼了口氣，說：「我需要時間想一想。喔，有一件事我現在就可以做決定……你不是我的律師了。」

我站在原地，看著紅色本田緩緩消失在車道的彼方，感覺像是心頭卸下一塊大石，隨即又壓上另一塊一般。

我回頭走過停車場的轉角，只見路雨晴站在那兒，雙頰蒼白。

十一、「妳為什麼一直交不到男朋友？因為『FP dilemma』。」

「妳知道妳為什麼一直交不到男朋友嗎？」

「因為我不想交。」

「因為『FP dilemma』。」

「就說了我不想交啊！什LP的？」

「『FP dilemma』，全稱『Female Professional Dilemma』，『女性專業人士困局』。」

「……這哪國的研究？」

「臺灣的，精確來說是我的研究。」

「我不想聽。」

「根據我多年實證研究，女性專業人士——簡稱FP，之所以很難找到對象，有以下三個原因：

第一，所謂『專業』就是違背『常識』的東西，『專業人士』就是腦袋塞滿『反常識』的怪胎，所以FP們經常沒有辦法和正常男人進行正常的互動。例如一個男生跟妳說他訂了峇里島五天四夜遊，正常的女生會尖叫然後舌吻，女律師就會問說有沒有讀清楚違約金條款、怎麼會笨到簽名放棄契約審閱期等等……遇到這種，火馬上熄一半。

第二，ＦＰ們收入高，見多識廣，眼界也高，擇偶的pool就小。例如，長相個性都很好的國小男老師……妳要不要？根據我的調查，幾乎所有的ＦＰ都會露出為難的表情。國小老師明明就是很好的工作，收入穩定、工時穩定、工作環境單純還有寒暑假，為什麼ＦＰ就是不考慮和男老師在一起？

第三，為了端出專業人士的架子，ＦＰ大多很矜[38]；害怕投入感情而顯得笨，害怕感情挫折而顯得脆弱，ＦＰ會盡量保護自己，掩飾好感，你不追我，我就是冷冰冰的，你來追我……我還是冷的，因為你追得不夠用力啊。問題是，妳又不是諸葛亮，非要三顧茅廬，其他妹仔一顧就出山，妳只好在山上等到天荒地老了……

而妳就是ＦＰ的經典款，ＦＰ指數破萬，所以註定要單身。我說得準不準？」

「你就是沙豬啊！還準不準……你也是專業人士啊，你是ＭＰ啊，還不是一樣腦袋不正常。」

「不一樣。ＭＰ和ＮＭＰ沒有太大的差別，都是只要年輕奶大的就好。」

「沙豬中的神豬。」蔣恩拿筷子射向馮二馬。

38 矜，king，保守、矜持。

元旦連假的最後一天，我們約在吳正非位於大直的家中吃晚餐，身為「準」女主人的蔣恩掌杓，準備幾道下飯菜：燒酒雞、三杯中卷、櫻花蝦高麗菜、乾煎虱目魚肚；我從臺中帶了「臺中肉員」；馮二馬準備了起司、烏魚子拼盤當前菜；張阿本與安娜則帶了安娜自己做的檸檬塔當甜點。

是的，就是醫檢師安娜，我後來才知道她與張阿本已經偷偷交往了好幾個月，她是個個頭嬌小、打扮日系、說話卻很豪爽的女孩。她說張阿本追她的方式就是陪她去做瑜伽，明明是初學者硬要上進階班課程，搞到自己全身酸痛，再撒嬌要安娜幫他按摩。我們都說這招很高明，張阿本則努力辯護自己的核心其實很強，實在是那個瑜伽老師要求太高。

「那你們是怎麼認識的？」蔣恩問。

「二馬約唱歌認識的。」安娜說著指向我：「艾倫也在啊。」

蔣恩投來犀利的眼神，我馬上說：「我只是去助興，他們兩個才是主角啦。」

然後話題轉到吳正非與蔣恩身上，安娜得悉他們大學時就認識、直到最近才交往後，露出誇張的表情，吳正非說：「其實我們以前不熟啦，只是知道有這一個學妹而已。」

「而且學長那時候根本不缺女朋友，蔣恩是交不到男朋友。」馮二馬補充說。

然後蔣恩和馮二馬就吵了起來，馮二馬說蔣恩是「ＦＰ」，蔣恩罵馮二馬「沙豬」、「物化女性」、「多會喇妹還不是交不到女朋友」。

吳正非牽起蔣恩的手，笑著說：「這次我和蔣恩去瑞士出差，一路上我們聊了很多，我才發現，有這麼好的女孩子一直在身邊，我卻沒有發現……我決定這次要好好把握，不會再讓她溜走了。」

「是不是？寶貝你最好了。」蔣恩笑得心花怒放。

「那麼，是哪一個『點』讓你覺得，蔣恩就是你的天命真女呢？」安娜問。

「哪一個『點』嗎？」吳正非想了一下，說：「應該是她說她曾經差點為了蟲去殺人吧。」

「蟲？什麼蟲？」

「精蟲。」馮二馬說。

「甲蟲啦，白痴。」

我看安娜一臉迷惑的樣子，便解釋說：蔣恩從小到大的嗜好就是「養蟲」。以前她的衣櫃打開可是會嚇死人的，裡頭全是一盒盒的兜蟲、鍬形蟲、金龜子甚至還有蜈蚣，她差點就去唸昆蟲系。隨著年紀漸長工作漸忙，蔣恩沒辦法再照顧那麼龐大的蟲蟲大軍，只能養幾隻好養的姬兜或扁鍬做伴，我之前還會在她出差時去充當蟲蟲保母。

「都送人了。」蔣恩說：「實在沒時間照顧牠們。」

「但為什麼學長你會因為蔣恩說為蟲殺人就愛上她？」張阿本問。

「因為我也有一樣的經驗啊。」吳正非說：「我爸一直討厭我養蟲，覺得晦氣，我媽媽就覺得，都是因為我養蟲，我爸才不和她結婚的。我高中的時候，有一天，我媽不知道受到什麼刺激，把我的蟲全扔進香爐燒了……那時候我差點把我媽掐死。」

吳正非看我們所有人都不說話，馬上笑著說：「你們不要這樣子，我媽是第三者這件事八卦雜誌早報導到爛了，我也沒在忌諱的。他們上一輩恩恩怨怨我是管不著，但動到我的蟲上面，我就真的受不了。」

「所以學長，你現在還有養嗎？」

「有啊，要看嗎？」

吳正非帶我們來到二樓後頭的房間，三面牆上釘了鐵架，擺滿了玻璃缸、飼育盒與菌絲瓶。吳正非指著其中一個玻璃缸，驕傲地說：「這隻是我家的鎮山之寶，赫克力斯長戟大兜蟲，體長十七公分。」

我不養蟲，也算不上甲蟲愛好者，只是從小到大跟著蔣恩抓蟲，也算有些常識。我知道「赫克力斯」是世界上最大的甲蟲，但要養到十七公分也絕非易事，從上一代育種選擇、幼蟲照顧、蛹期、蟄伏期每一階段的管理，都得花上大量時間心力，才有機會養出這麼大、這麼漂亮的成蟲，更何況這間「蟲室」裡頭大概不下一百隻蟲吧，我很難相信一間上市公司的法務長有那麼多時間花在這休閒嗜好上。

吳正非陸續展示了幾隻得意之作，像奇異果的毛象大兜、有著獨特大顎的長頸鹿鋸鍬、五彩斑斕的彩虹鍬等等，每一隻都讓馮二馬與安娜嘖嘖稱奇。張阿本說：「學長，我們以前只知道你會打球，從來不知道你那麼會養蟲。」

吳正非將手上的兜蟲放回飼育盒中，笑說：「有過我媽發瘋的經驗，我幾乎不讓人家知道我有養蟲，蔣恩也是吧？只有你們這些好朋友知道，要是我知道她也喜歡蟲，搞不好我們大學就在一起了。」

吳正非將飼育盒小心地放回架子上，繼續說：「人生不就是這樣嗎？你得熬過一個階段，才能光明正大地做自己想要做的事。我也是買了這間房子之後，才能這樣大張旗鼓地養蟲，這些設備、耗材、冰箱、全天候的空調、溼度機，以前哪敢想，能有個地方藏幼蟲就不錯了。所以，蔣恩說『為蟲殺人』才會讓我感觸很深啊，我們都是委屈過的，現在我們終於可以走出來、做自己了。」

蔣恩從頭到尾都沒說話，只是微笑地看吳正非，一副傳統賢內助的模樣，我不禁點名問她說：「喂，蔣恩，那這臺是什麼？做腐植土的機器嗎？」

「喔，那只是臺洗衣機啦。」吳正非說：「建商配的，這間本來是洗衣房嘛，只是我拿來堆耗材而已。」

我們回到一樓繼續吃喝，話題轉到那天研討會的「意外」上，我維持一貫說法：

就是駭客入侵，系統修復後，研討會便繼續舉行，部長的閉幕致詞與晚宴都很順利。

「但為什麼那個影片中的人是菜頭學長呢？」蔣恩問。

「可能那個駭客勒索的對象是菜頭學長或 J.J. 啊，『不付錢就把你的私密影片公諸於世』。」我說。

「不對。」蔣恩搖頭說：「那個影片又不是什麼自拍影片，很明顯是跟拍的，哪個駭客那麼勤奮還去跟拍？……而且，那個影片放出來後，徐千帆就走了，應該不單純喔。」

「妳可以直接問小帆啊。」

「我有問她今天要不要來，她說要帶小孩出去。」蔣恩說：「我猜是她找人跟拍菜頭，拍到他和小三親密的畫面，然後再找駭客入侵飯店系統，在研討會上播出來，做為對丈夫外遇的報復，我猜得對不對？」

我聳肩說：「我不知道，我只能說他們在談離婚，就這樣子。」

「那她為什麼把你 fire 掉了？」蔣恩窮追猛打。

「我又不是第一次被她 fire。」我自嘲地說：「客戶 fire 律師需要什麼原因嗎？徐千帆 fire 楊艾倫更不用原因吧？」

「那那個女的是誰？」蔣恩改將問題拋向眾人：「我覺得也是跟那場研討會有關的人吧，這樣在研討會上播放影片才能達成最大的傷害效果啊。」

「妳確定是女的嗎？」馮二馬突然插嘴：「菜頭學長不是同性戀嗎？」

「菜頭學長是同性戀？」

「他大學時候跟我說他是同性戀。」我說：「現在是不是我不知道。」

「到底是不是？」蔣恩看向阿本，阿本微笑說：「可能是也可能不是，我不能多說什麼。」

同時間安娜看向我，我報以微笑。

「煩死了，什麼都不講，請你們來幹麼。」蔣恩抱怨道。

「能講的都講了啊。」阿本舉杯說：「來，祝各位新年快樂！」

「新年快樂！」

我趁大家酒酣耳熱之際，找了一個安靜的角落，傳訊息給小靜祝她新年快樂，她回給我一張巴哈馬海灘的照片，碧海藍天，陽光耀眼，她穿著巴西森巴風格的比基尼，頸上掛著浮潛蛙鏡，跪坐在海中，雙手交錯在頭頂，健美的曲線畢露，古銅色的肌膚像是會發光一樣。

我打了一行字，問這照片是誰拍的，但想想又刪掉。

這時候我的手機響了，是市內電話號碼，我依稀在哪裡見過這個號碼，但一時想不起來。我接起來喂了一聲，對方沒有說話，只是輕微地呼吸著，那呼吸節奏有些急促，還帶著一種柔細、宛如嬰兒般的喉音。

「喂，是誰？路雨晴嗎？」

我只說了這麼一句，對方便掛斷了電話。

我盯著手機盯了半天，打開通訊軟體，傳了個新年快樂的貼圖給路雨晴，她已讀未回，我又傳了「新年快樂，最近好嗎？」的訊息給她，同樣已讀未回。

新年假期後，所有財經媒體的頭版標題都是：「美國J.J.光電宣布對臺磁收購案達標！」

這消息當然對臺磁團隊造成相當大的衝擊。先前我們釐清了假新聞，臺磁股價大漲一波，J.J.的公開收購理論上達不到門檻。不過J.J.是吃了秤錘鐵了心，不僅延長收購期限，還將收購價格提高三分之一；據臺磁的人說，J.J.的這個決定讓原本氣場超強的臺磁老董事長都說不出話來，一種「遇到痟仔」的恐懼感抓住了每一個管理層，使經營會議處於極低的氣壓中。董事長下了甲級動員令，每一個主管都要去遊說可以接觸得到的股東，董事長自己也飛了一趟新加坡與阿布達比，拜會幾間最大的機構投資人，強調美國人根本就不懂製造業。

經此一番努力後，年底封關前的評估是「審慎樂觀」，殊不知「理想如此豐滿，現實如此骨感」。

稍後投審會核准了J.J. 的投資案，公平會也宣布不禁止J.J. 併購臺磁。換言之，公開收購期限屆滿、股權交割後，J.J. 便將持有臺磁三分之一的股權，成為臺磁第一大股東。

在後續臺磁的因應策略會議中，大半時間都花在找戰犯（美其名為「檢討」）上，副總指責協理沒聯絡某位股東，協理反擊副總沒讓對方感受到臺磁的誠意，一片烏煙瘴氣；這時吳正非一拍桌，怒吼道：「媽的，敵人都拿刀架在脖子上了，你們還在這邊窩裡鬥，你們是國民黨是不是？」

我認識吳正非這麼多年，這大概是我第一次覺得他「帥氣」而不只是「帥」。現場先是一片沉默，然後老董事長有點惱羞成怒地斥責吳正非沒規矩，有應對策略再講話，不要只會大小聲。吳正非冷冷地說：「修正的私募計畫上個月就呈上去了，我們還在等管理層做決定。」

假新聞事件解決後，吳正非與蔣恩受命與盧森堡的基金重談私募條件，經過一番往返，最終對方同意以「加價百分之十，減購百分之五股份，指名兩席董事」的條件續行私募，不過方案定好，臺磁高層卻始終沒拍板，照蔣恩的說法，就是「嘴上說道義，錢包卻很誠實」。

事到如今，也由不得老董事長首鼠兩端了。上市公司私募並不是跑個銀行就能完成的事，必須先由董事會做出決議，再提交股東會，由三分之二的股東投票通過。

董事會與股東會也不是說開就開，召集、通知、表決每一個環節都有嚴格的法令規定，一個差錯就可能使決議無效，幾個月臺磁保衛戰的努力毀於一旦。

我和蔣恩日以繼夜地工作，總算順利使董事會決議通過，並將臨時股東會排在農曆年後，股份交割期限剛好卡在J.J. 的公開收購期限前，確保J.J. 公開收購中取得的股份，無法參與股東會的表決。

J.J. 當然不會善罷甘休，他們以臨時股東會損害J.J. 新股份權利為由，具狀向法院聲請假處分，禁止該臨時股東會的召開；我們這邊則表示股東會召開完全合法。

大大小小的事情讓整個一月像熱鍋上的爆米花，嗶嗶剝剝地爆個沒完。我和蔣恩一路忙到大年除夕下午三點，才將手上的工作做個打包，開車往臺中去，高速公路上塞得一塌糊塗，我們買了麥當勞，邊吃邊聊，開了三個小時才到湖口。我交換著踩踏煞車與油門，同時痛罵我國公司法治落後、立法者怠惰、執法者顢頇，身旁卻沒了聲音，轉頭只見蔣恩蜷曲在副駕駛座上，睡得像個小女孩似的。

到家的時候已經超過晚上九點，桌上的年夜飯還是熱的，我媽媽迫不及待地向我展示剛布置好的新房還有那臺星空投影器，開心地說明年這個時候，我們家過年就多一個人了。

大年初二，我照例去蔣恩家吃午飯。她家是四代同堂的大家族，初二嫁出去的三姑六婆全回娘家，更是聲勢浩大，在三合院的稻埕中擺了八桌，佛跳牆、紅蟳米糕、龍蝦等大菜川流不息地自廚房中送出來，庄頭大醮辦桌都不見得有那麼豐沛[39]。

飯吃到一半，蔣恩去上廁所，她的爸媽公嬤叔伯姑嬸全湊上來，探聽他們家蔣恩交往的對象，我說是大學學長，大我們兩屆，大家就一陣「哦～這樣學歷不錯喔。」我給他們看吳正非的照片，大家又一陣「哦～一表人材，緣投[40]喔。」

然後我跟他們說吳正非是上市公司第二代，現場就有雜音了：「富二代這樣好嗎」、「跟我們家會不會不配啊」、「做生意的都比較奸巧啦」；然後又有人說：「咱蔣恩眼光不錯啦」、「新聞面頂有看過這個名，應該是正派的啦」，最後的結論就是：「有艾倫替咱看著，免驚啦！」

放長假前我們依例會設定電子郵件的自動答覆功能，告訴那些白目的外國人與超白目的本國人：老子正在休假，你寫信來我也不會看！不過事實上很少有律師可以做得像自動答覆說的那樣煞氣，至少我不能，我總還是會拿起手機，跟親友們道聲失禮，閃到一邊將信給回了。

今年過年這種白目的來信暴增，讓我幾頓飯吃得食不知味。但這也有個好處，那就是長輩總算將我當成年人看待，不會再叫我拿紅包說吉祥話，我大伯就說：「咱艾

---

39 豐沛，phong-phài，菜餚豐盛。

40 緣投，iân-tâu，英俊。形容男子長相好看。

倫是真正有像要成家的查埔人，過年閣嘛在拚事業！唉，看艾倫麼遐爾拚勢[41]，阿星走也放心了。」

阿星是我爸的名字。

大年初四一大早我動身回臺北，蔣恩說想多陪她姊兩天，於是我一個人開車先走。原以為提早北上可以避開車潮，想不到一上高速公路車速馬上掉到二十公里以下，導航畫面上一片紅通通，誠是可喜可賀。我自作聰明地下交流道改走省道，結果發現省道更塞，只好又拉回高速公路，就這樣來來回回，最後我被迫得走一號國道進入臺北市，下建國高架橋時已經是晚上七點了。

我在路邊輕鬆地找到停車位，只見路上人煙稀少，連轉角的便當店都沒開，不禁懷疑高速公路上那麼多車子都跑到哪兒去了。我在背包底層找到大門鑰匙，開門，拾級上三樓，脫鞋時瞥見門縫裡透出燈光，如果不是我上回離開時忘記關燈，那便表示門後有個天大的問題。

我小心翼翼地打開門，躡著腳走進去，很多餘，蘇心靜便坐在沙發上，面前擺著一杯茶，腿上橫著發熱抱枕，面如寒霜。

「嗨，你回來啦。」她冷冷地說：「你為什麼沒有告訴我徐千帆的事？」

41 拚勢，piànn-sè，做事情很努力。

十二、「紅杏出牆，事所恆有，果熟自落，亦僅平常。」

「紅杏出牆，事所恆有，果熟自落，亦僅平常。」

「學姊，這是妳寫的詩嗎？」

「不是，這是鄭玉波老師給民法第七百九十八條『果實自落鄰地』的解說，這妳知道吧？物之所有權及於物之孳息，所以你擁有一棵果樹，也就擁有樹上長出來的果實，可是如果果實自然地掉落到鄰居的土地上，果實就歸鄰居所有了，你不能說這是我樹上長出來的，要人家還給你……重點是要『自然』掉落喔，人為弄掉的不算，自然掉落的就是別人的。」

「學姊，妳是要說……妳和妳現在的男朋友在一起，就是『果實自落鄰地』吧？」

「原本我以為我和他就是玩玩，『澎湖限定』，我以為我玩得起。結果他先上飛機，我在馬公機場哭到動彈不得，最後是航空公司的人把我扶上飛機的，丟臉死了！那時候我就知道：完了，根本不是暈船，這是沉船了。」

「好難想像妳那麼理性的人會突然愛成這樣，他有那麼好嗎？」

「不是好不好的問題，我也不知道怎麼形容——其實沒人有辦法描述這種感覺吧，都是抽象的形容：化學效應、被電到、前輩子欠他的……勉勉強強啦，都沒辦法真的呈現那種，『好想要、好想得到他』的衝動。」

據路雨晴說，蘇心靜說這些話時笑得很開心。

「以前我也很潔癖，會罵人家是婊子、破麻，現在不敢了，走過一次才知道，什麼叫感情來了，為什麼橫刀奪愛是真愛，紅杏出牆，果實自落，都是很平常的事，不是嗎？」

臺磁臨時股東會會前氣氛緊繃，我們這邊在假處分官司上先贏一道，法院認定臨時股東會召開並無不法或不妥之處，駁回 J.J. 聲請。J.J. 隨即宣布以一般股東身分參加股東會，並將就私募案與公司方面「慎重討論」，市場傳言，J.J. 已經串聯了幾個大股東要杯葛私募案，但公司派人接觸後，這些股東又信誓旦旦地保證會支持現在的管理團隊，誠是爾虞我詐，諜影重重。

結果股東會進行得比我們想像得要順利許多，除了 J.J. 的代表唸了一篇官樣文章外，並沒有其他的股東反對私募案。最終私募案便以出席股東七成的贊成比例通過，當老董事長宣布會議結束時，我們所有人都鬆了一大口氣。

菜頭學長與路雨晴並沒有出席股東會，J.J. 的代表是個年輕的男生，在之前的會議與能源局的研討會上都有見過，但我不記得他的名字，股東會結束後他很快地收拾東西離開，轉進男廁中。我心念一動，小跑步進男廁，只見他正站在小便斗前。
我在他隔壁的小便斗就定位，拉開拉鍊，說：「嗨，今天辛苦了。」
他似乎嚇了一跳，看了我一眼，說：「你是臺磁的律師？」
「是啊，我們交換過名片吧，但不好意思，我忘記你的名字。」
「叫我傑瑞就好，我是法務，等一下再補張名片給你。」
聽到「法務」我眼睛一亮，說：「你們麥可今天怎麼不自己來？」
「麥可？」他抖了抖老二，說：「他離職了。」
「離職？什麼時候的事？」
「一月初。」傑瑞拉好拉鍊，說：「很突然，我們都不知道為什麼，有人說是去年能源局研討會上那支影片，說駭客是針對麥可來的，他為了不連累公司，所以就辭了。」
我愣在當場，一滴尿都沒有，我聽見傑瑞開水龍頭洗手的聲音，趕緊又問：「那路雨晴呢？她也離職了嗎？」
「芮妮嗎？沒有，她沒有離職。」傑瑞說：「她把麥可的事都扛下來做了，滿有一套的，長得又漂亮，公司還說要培養她當發言人呢。」
那天晚上我去河邊的便利商店，但沒見到路雨晴，隔天我又去，依然沒見到她人。我打開通訊軟體，我們之間的對話停留在一月一日、我那則已讀未回的「新年快樂，最近好嗎？」訊息上。我傳了個「在嗎？」，大約等了一分多鐘，訊息轉成已讀，但並沒有回覆，我又等了一會兒，起身收拾東西離開，這時手機傳來簡訊音，是路雨晴，她傳來一張照片，是張貼在牆上的「微笑牛頭」貼紙。

我上網以圖找圖，發現那是某間連鎖漫畫店的標誌，我再用網路地圖蒐尋，發現附近街上便有一間店面，標榜二十四小時營業，並且有包廂。我來到漫畫店，在開放閱讀區沒看到路雨晴，我推開第一間包廂的門，兩名穿高中制服的男女正在做愛，我道聲失禮，來到第二間包廂，只見路雨晴盤腿坐在沙發上，面前擺著法律教科書。她瞪了我一眼，背過身去繼續唸書。

我在她旁邊坐下，將滷味與飲料擱在桌上，說：「我聽過人家去咖啡廳唸書，去廟裡面唸書，可是在漫畫店唸書的，我還是第一次見到。」

她沒說話。

我又說：「隔壁那麼吵妳還唸得下去喔，妳沒聽到那個聲音？碰碰碰碰，很有規律。」

「那什麼聲音？」她說。

「做愛的聲音啊。」我說，她用力推了我一下，又轉過頭去。

我沒說什麼，起身去外頭架上借了最新的鬼滅之刃單行本，回包廂配著啤酒看，看到會旋轉的房間時我不禁移動了一下身子，路雨晴轉頭罵說：「你不要一直動來動去啦，你到底來這邊幹什麼？我又沒找你來。」

「關心妳啊，我傳訊息給妳妳都不回。」

「關心什麼？關心我是不是跟我老闆搞在一起嗎？你就是為了這件事才接近我的，不是嗎？大律師大偵探！」

她說這話時口氣凶狠，嘟著嘴的樣子又透著委屈。我朝她移了移身子，說：「我總得說給她聽吧，她是我的客戶耶。」

「那我怎麼知道你現在是不是只是說給我聽的？」

「喂，我算是救了妳吧，妳不謝謝我就算了，還這樣對我？我可是差點連自己都賠下去了……妳有聽到吧，她說那影片裡面也有我。」

這句話發生了效果，路雨晴的眼神瞬間柔和了，她朝椅背一躺，雙手交抱胸前，喊說：「好煩喔，你到底來找我幹什麼啦？」

「蘇心靜上個禮拜回來，」我喝了口啤酒，說：「她問我為什麼沒告訴她徐千帆的事。」

路雨晴愣了一下，說：「你覺得是我跟她講的，所以你今天是來找我算帳的？」

「不是，我知道不是妳。」我說：「這世界有多小妳知道嗎？我們事務所去年走了一個年輕律師，結果他跑去紐約唸語言學校，然後就遇到了蘇心靜，然後不知為什麼就聊到我，然後他就跟蘇心靜說我前女友跑來找我打離婚官司的事。」
「他知道你跟小靜學姊在一起嗎？」
「不知道，我跟他沒那麼熟。」我說：「小靜也沒跟他說。」
「哈，所以學姊就殺回來，教訓你這個負心漢。」
「那天我從臺中回來，一開門就看見她坐在那裡，殺得我措手不及。」
「所以呢？你們分手了嗎？你是要告訴我這個？」
「不，我們沒事。」我打開一包洋芋片，說：「我那個前同事告訴她我把案子給推掉了。」
「可是你又沒有。」
「我曾經推過。」我說：「然後我那個同事就離職了，沒機會更新到下半場。」

現在回想起那晚的那個瞬間依然餘悸猶存，你以為遠在天邊的女朋友突然出現在家中，質問你和你前女友的來往，我想當年凱撒在元老院見到布魯圖斯、織田信長在本能寺見到明智光秀不外如是。

然而當我聞到電熱抱枕散發出來的香氣時，我立刻下了判斷：一個大老遠跑來抓姦、談分手的女人，不會有心情去使用這種催情香氛的，若非q則非p，她回來一定不是為了抓姦、談分手。

基於這個判斷，我（自以為）神色自若地告訴小靜：徐千帆確實來找過我，但我不是她的律師，我跟我的老闆說我不能做這個案子。

小靜聽完沉默許久，這期間我幾次差點跪下來，將另外一半事實和盤托出，最後她嘴角一揚，笑說：「算你老實。」

然後她告訴我她遇到布魯諾的事。她稱布魯諾是「可憐的小帥哥」，想當訴訟律師卻一直被抓去做研究計畫，還差點被送去當公務機關的祕書，只好落荒逃來紐約。他們在紐約臺灣人的聚會上認識，她以朋友的身分詢問楊艾倫律師，得到的答覆是：沒一起工作過所以不熟，只知道楊律師前陣子為前女友的離婚案困擾。

「為前女友打離婚官司」的話題當然引起一些注意，有些人有聽過楊艾倫，有些人有聽過徐千帆，也有人知道蔡得祿，大家七嘴八舌交換了一堆似是而非的八卦，結論就是「貴圈真亂」。布魯諾補充說明，楊律師人很正派，他並不想接這個案子，是老闆死要錢，硬逼他接。

我想起布魯諾的位置就在湯瑪士的門口，老天保佑事務所安排的好位置。

「如果不是因為你的事情，小靜學姊回來幹什麼？」路雨晴問。

「她爸年初二的時候突然昏倒。」我說：「醫生說是小中風。」

「那還好嗎？中風聽起來很可怕。」

「只是小中風啦，微血管阻塞。」我說：「怎麼說好不好呢？在醫院躺了三天，手腳說話都正常，只是醫生說他血壓還是高，要多留意。」
「唉，學姊一定很擔心。」路雨晴嘆了口氣，問：「所以學姊還在臺灣嗎？」
「沒有，她回美國了，她就回來三天而已。」
那三天大多數的時間裡，我都和小靜待在醫院中，不過不只陪病，我們還做了很多事。
小靜告訴她爸媽我們暫時還不想買房子的事情，她媽抿著嘴脣沒說話，顯然心情不大好，她爸躺在病床上還替我們打圓場，說艾倫小靜都當律師了，本來就不需要別人操心嘛！又說他們手上這筆錢本來就是閒著的，以後有需要再動用，沒需要就留給孫子輩囉。
小靜開口，我以為她要講不生小孩的事，想不到她竟說：雖然現在沒有要買，但「內湖山莊」的環境她滿喜歡的，如果可以的話，可以先租下來，以後再做打算。
聽女兒這樣一說，蘇媽媽眉開眼笑，手機拿起來便打給房仲，請他去問屋主的意思，掛了電話後又頻頻說以她對屋主的瞭解，成交的機會滿大的，現在市況不好要賣很難，先租出來不無小補。
接著他們一家三口嘰嘰喳喳地討論著以後上班怎麼通勤、下班去哪個公園運動、媽媽下課可以順路幫忙洗衣服準備晚餐之類，我一句話都插不上。
稍後我找了個兩人獨處的機會質問小靜為什麼要這樣說，她說這是她想很久才想到兩全其美的方法，不用花大錢買房，又能滿足她爸媽「有新房、離家近」的要求。我說重點不是這個，重點是她沒跟我討論就直接跟她爸媽說，她沉默片刻，說現在她爸都這樣子了，不是討論這件事的時候。

「真的莫名其妙，」我打開另一罐啤酒，說：「說過多少次我就是不想住在她爸媽附近了，她完全沒聽進去，媽的。」

「學姊是因為爸爸生病吧，她不想讓她爸媽難過。」路雨晴說。

「所以犧牲我沒關係？」

「也不算犧牲吧。」路雨晴想了一下，說：「我不大懂你在意的地方，學長，你說你不想住離學姊的爸媽太近？可是臺北就那麼大，住哪裡有差那麼多嗎？除非你躲到石碇山上去，要不然去哪裡還不都是一個小時的車程？」

我一時不知道怎麼回應，半晌才說：「我當然知道，但至少要尊重一下我的感受嘛，我好歹是個男人，還是個律師，不要把我當小孩子一樣擺布……想住哪裡我自己會選。」

路雨晴說：「這就是男人的自尊嗎？」

「對，怎麼樣？」

「沒有。」她笑了笑，說：「還可以啦。」

什麼東西還可以？就是這有點調皮又神祕的笑容讓人無法抗拒。

她挑了顆雞心放進嘴裡，邊吃邊說：「所以你找我就是要抱怨你的未婚妻？」

「當然不是，我是關心妳。」

「少來……那你前女友呢？那個……徐教授？」

「我不知道，研討會之後就沒她的消息了。」

路雨晴又挑了個鴿子蛋，她先咬一小口，看我盯著她，便將剩下的一半塞進嘴中。

「我覺得，你應該跟小靜學姊分手。」她說。

「為什麼？」

「因為我知道小靜學姊真的非常愛你。」

「那為什麼我們要分手呢？」

「如果你不愛她，就應該快點跟她分手。」路雨晴說：「因為她是真的、真的非常愛你的。」

路雨晴告訴我之前她和小靜的那段聊天。她說那回本來是小靜要安慰分手的她，結果兩人酒喝多了，便掏心掏肺地聊了一整夜。

「學姊那時候和浩然學長分手是下了很大的決心的。」路雨晴說：「他們在一起那麼久，所有場合都出雙入對，雙方家長都吃過好幾次飯了，浩然學長又那麼優秀，學姊主動提分手是頂著天大的壓力吧，學姊說，連司法院祕書長都打電話給她。這些你知道嗎？」

我點點頭。我還知道後來那個法官學長（就是路雨晴口中的浩然學長）行止大變，在院裡與同仁衝突，還涉嫌與當事人有不當利益往來，最後辭掉高院法官職位，跑去越南做生意，司法界為之震驚。現在偶爾還會聽到有人提起這位曾經的法界明日之星，嘆息過於早慧、人生沒遇過挫折也不是好事。

「而且學姊還不能說出真正原因，她只說在一起太久了、她想要一個人試看看，別人都當她腦袋壞掉，浩然學長還一直要帶她去看精神科。她為你扛下所有的壓力，因為她真的非常愛妳。」

我又點了點頭。我想起和小靜剛在一起的半年，她經常在做愛後，裸著身子，一語不發，清醒至天明。她從不哭，但孤獨的背影令人心疼，我為她按摩肩頸，告訴她我有多愛她，那是我僅能支撐她的方式。

「就是因為她那麼愛你，如果你不愛她，你應該快點放她走。」路雨晴說：「需索人家的感情，我覺得很糟糕。」

我又打開一罐啤酒，苦笑說：「我當然知道蘇心靜是愛我的，我也愛她，只是我不懂，為什麼有那麼多煩人的雜事會跑來干擾我們的愛情？房子、她爸媽……為什麼我們就不能安安靜靜、簡簡單單地在一起，單純地愛著對方？」

路雨晴說：「如果你真的愛她，你就不應該再跟你的前女友糾纏不清。」

「我說過了，我跟她只是客戶關係，沒有什麼糾纏……」

「而且你也不應該再來找我。」

我愣了一下，只見路雨晴眼眶紅了。

「跟你聊天很有趣，但我不想在你的故事中扮演那樣的角色。」她說：「你不應該一直來找我。」

「但妳也在找我不是嗎？新年假期的時候，妳打電話給我。」

她搖頭說：「我從來沒有打過電話給你。」

「這支電話……七四二八結尾的號碼，不是妳家的電話？」

「我住的地方根本沒有裝市內電話。」她說。

她看著我。她的臉頰雪白，右眼的眼眶下方透出一絲青色的血管，有種令人著迷又心疼的魔力。

「小靜學姊對我真的非常好，我落榜、失戀的時候都是她在安慰我的，她還幫我找工作、幫我練習面試、借我鞋子和化妝品，我一直想要有個姊姊，真的很幸運能夠遇到她。」

路雨晴說著露出一種若有所思的微笑，她搖搖頭，又說：「她跟我說了你很多的事，說你很溫柔，說你會逗她開心，說要介紹我跟你認識……所以我不能，真的不能這個樣子，學長，真的，我覺得很不好。」

「你不應該再來找我了。」她說著深吸口氣，然後似下定決心地又說了一次：「你不應該再來找我了。」

我離開漫畫店時，天空下起細雨，寒風吹得徹骨生疼，我感覺心頭被撕開一道淺淺的口子，隨著腳步一拉一扯疼痛著。

我回到家，什麼也沒做只在窗邊坐下，凝視著對面的老舊公寓。許久，我看見路雨晴單薄的身影迎著雨水走來，推門進入公寓，頂樓加蓋的燈光亮了，不久又熄了。我想那鐵皮屋頂抵擋不了寒流，不知道她有沒有電暖器或至少除溼機之類的。

我嘆口氣，起身脫去又冰又溼的衣服，這時我的電話響了，是那個市內電話、七四二八結尾的那個。

我接起電話，對方一樣不說話，只是細細地喘著氣。

「你是誰？」我說，只聽到對方嚥下口水的聲音，但仍沒有回應。

「你到底是誰？你如果再不說，我就要報警了。」

「我……我……」電話傳來稚嫩的童音，「我是艾登，你可以帶我去找我爸爸嗎？」

十三、「只有愛情的婚姻是走不下去的；沒有愛情的婚姻也是走不下去的。」

「我那時候是真的打算和徐千帆走一輩子的，我以為我可以。她個性很好相處，外向、喜歡往外面跑交朋友，我比較內斂一點，可以幫她處理家務；我們都想要有個家，都想要有小孩，都打算在美國留一陣子然後回臺灣。重點是，我們都不那麼愛對方，也不會要求對方為你付出太多，就是一對伴侶基本的陪伴，建立社會上的門面，其他空間就是自己的。嘿，那時我覺得我們簡直是天作之合，但後來我發現太天真了，婚姻比我想像的難太多了。」

菜頭學長為茶壺中注入熱水，緩緩地說：「以前幾任分手經驗讓我覺得，婚姻要面對的現實困難實在太多了，所以只有愛情的婚姻是無法長久的；但與小帆走過這一回，我也了解，也正因為婚姻要面對太多現實的困難，沒有愛情的婚姻，也是走不下去的。學弟，學長十年來的人生體悟。」

當我告訴二馬與阿本我的「劫孩見父」計畫時，兩人都露出不可思議的表情。「這犯法吧？」二馬說：「和誘或略誘？」

「沒有吧，我沒有引誘，是他來找我的。」

「綁架？兒少法？反正我覺得不大對啦！」二馬說：「為什麼要為一個小孩子以身試法？」

「因為我欠他一份冰淇淋。」

「什麼鬼？」

我告訴他們我之前在攀岩場遇到艾登，給他名片，答應請他吃冰淇淋的事。

「那就請他吃冰淇淋啊？幹麼要做那麼危險的事？」

「因為這是男人的承諾。」我說：「不是啦，一個六歲小孩半夜打電話給你，哭著說要找爸爸，你捨得跟人家說不要嗎？」

「媽的，對女人心軟，對女人的小孩也心軟，為你點首『心太軟』好了。」二馬說。

我看向阿本。「怎麼樣？要不要加入，跟你當事人利益應該沒有衝突吧。」

阿本想了一下，說：「但是怎麼做得到？我誠實說啦，菜頭學長之前有試過去找他小孩，但都沒有辦法，徐千帆防得密不透風。你要怎麼把一個六歲小孩帶走但不讓他媽媽知道？」

「只有我們三個臭皮匠當然做不到，」我說：「我們需要特別的幫手。」

「什麼特別幫手？」

我清了清喉嚨，高聲說：「Ladies and Gentleman，歡迎特別來賓，鄭水澄小姐！」

包廂門推開，穿著長大衣的鄭小姐踩著貓步走進來，在螢幕前站定，食指自額間往上一揮，然後向前劃個小弧度落下，向包廂內眾人說：「感謝您。」

我覺得一陣尷尬，我跟她說我可以用正常方式介紹她給二馬阿本認識的，她堅持要學鳳飛飛。

「這位是……？」

「徐千帆的媽媽。」

「原來是徐媽媽！」馮二馬用誇張的聲調說：「太年輕了啦，難怪都認不出來。」

徐媽媽開心得眉開眼笑，直拍著二馬說：「你就是彼个[42]二馬嘛，遐爾勢[43]講話！若是艾倫嘛像你嘴遐甜，當初就袂[44]給阮家千帆走去了。」

徐媽媽是個充滿反差感的女士，不說話的時候是位低調氣質貴婦，衣著樸實、妝髮平淡，只有銀質細鍊上那顆鑽石標誌她「百億鄭家長公主」的地位，不過她一說話就是個搞笑諧星，還是很老派的那種。

那天我和艾登講到一半電話就被徐媽媽搶過去，弄清楚我的身分後，她便對我大

42 彼个，hit ê，那個。
43 勢 gâu，能幹。
44 袂，bē，不可。

吐苦水，說艾登每天想爸爸，又不敢跟媽媽說，只有來阿公阿嬤家住時才敢偷偷跟阿嬤哭，只是沒想到他還會偷偷打電話找外援。

「恁攏遐爾大漢[45]矣，阮老歲仔也不使講啥。查某囝[46]交男朋友，當然嘛好；分手，沒關係啦，閣揣[47]就有；想欲結婚，好啊，管待[48]是啥人；這馬[49]講欲離婚，當然嘛支持，閣講彼个菜頭是愛查埔[50]的……我就想沒，共同性戀結婚哪會生囝，敢講艾登其實不是……唉，我老啊，鼓井水雞[51]啦。」

「徐媽媽，食藥仔就會使啦。」

「閣有這招，啊你是有在吃喔？」

「沒啦，我勇耶，那有需要食藥仔？」

徐媽媽喝了口威士忌，嘆氣說：「恁大人舞就舞[52]，苦攏是[53]苦到囡仔……唉，阮看

---

45 大漢，tuā-hàn，長大。

46 查某囝，tsa-bóo-kiánn，女兒。

47 閣揣。閣，koh，再；揣，tshuē，得到。

48 管待，kuán-thāi。理會。理睬、答理。

49 這馬，tsit-má，現在。

50 查埔，tsa-poo，男人。

51 鼓井水雞，kóo-tsénn tsuí-ke，井底之蛙。

52 舞，bú，忙著做某件事，瞎弄。

53 攏是，lóng sī，都是。

阮艾登是愈看愈毋甘[54]，遐爾細漢[55]閣遐爾捌代誌[56]，想爸爸不敢講，自己目屎[57]吞落腹內，阮這做阿嬤的，唉，心痛啊！」

阿本問：「徐媽媽，妳為什麼不自己帶小孩去找他爸爸啊？」

「呃……阮會驚[58]啦！」

「驚徐千帆喔？」

「對啊，恁嘛知影徐千帆那個性，做母的也會驚。」

根據徐媽媽提供的情報，小帆並沒有請保母或陪玩姊姊，艾登每天幼稚園下課，小帆親自去接，帶他去上攀岩、畫畫之類的才藝課，之後便回家，隔天再親自送他去幼稚園；週末小帆則會帶艾登去動物園、博物館。簡單來說，除了上學時間外，小帆與艾登總是形影不離。

至於幼稚園呢？艾登上學的時間是週一到週五每天上午八點半到下午四點半。那是間高檔的私立幼稚園，門禁森嚴，憑證件接送，而且因為人數少，老師都認得家長。

---

54 毋甘，m̄-kam，不忍心。

55 細漢，sè-hàn，年紀小。

56 捌代誌。捌，bat，知曉。代誌tāi-tsì，事情。

57 目屎，bak-sái，眼淚。

58 驚，kiann，怕。

阿本補充說，菜頭學長之前就有試著去幼稚園想見艾登，但被園方擋了回來，說是媽媽特別交代的。

這樣看來，確實如阿本所說，想趁小帆不知不覺將艾登帶走幾個小時，似乎是絕無可能的任務。

「但是喔，囡仔顧久也是會疲勞啦。」徐媽媽說。

小帆照顧艾登雖然力求親力親為，但她總是有工作的人，時間沒有辦法永遠安排得剛剛好，先前一個月大概有幾天，小帆會因為其他事情請徐媽媽去接艾登下課，至於留艾登在阿公阿嬤家過夜則是極少數的例外（艾登就是趁那幾個晚上打電話給我的）。這個月開始，每隔週星期四晚上五點到八點，小帆要去ＥＭＢＡ上課，因此將由徐媽媽去接艾登下課，大概晚上八、九點左右再送艾登回小帆家。

「阮也講艾登會使在阮家睏啊，伊嘛會當稍休一下，伊就毋愛[59]，講隔天還要上幼稚園，一定愛轉去[60]厝裡。」徐媽媽說。

因此現在艾登可以去見爸爸的時間，就只有週四下午四點半到七點半、大約三個小時而已。

最簡單的方法就是請菜頭學長到幼稚園附近，徐媽媽先將艾登接出來，送去給爸

59　毋愛，m̄-ài，不想要。

60　轉去，tńg--khì，回去。

爸，他們父子倆就可以享受三小時的兩人時光。

「不行，這樣會違反保護令。」阿本說。

阿本說，大概是受到菜頭擅自去幼稚園找艾登的刺激，小帆拿先前的驗傷單跑去申請了暫時保護令，正式命令還要等法院決定。根據保護令內容，菜頭學長不得接近艾登的住所與幼稚園，也不能與艾登為「非必要之聯絡」。

因此菜頭學長不能出現在幼稚園方圓一百公尺以內，就算在禁制範圍外，只要菜頭學長出現的目的是為了要和艾登見面，也可能被認為違反保護令。

阿本說，菜頭學長唯一合法見兒子的方法，就是艾登主動去找他，而菜頭學長在事前不知情的情況下與兒子「巧遇」。身為菜頭學長的律師，阿本能做的最多就是在行動當時幫我們確定菜頭學長的所在地點而已，再多做都會陷菜頭學長於不法。

經過三瓶威士忌的討論，「劫孩見父」的行動綱領總算成形。行動當天由二馬開車，停在一條街以外的黃線區，避免引起園方注意；我則等在幼稚園圍牆轉角處，避開接送室視線。徐媽媽接出艾登後，帶到轉角交給我，我再帶艾登上二馬的車，這時阿本傳來菜頭學長所在的地點，我們就可以帶艾登去看爸爸了。

我們又討論了很多突發狀況，例如下大雨、突然要跑步、二馬車拋錨之類，討論到徐媽媽都說難怪我們會是律師，要是用我們這種方法做生意，大概一顆螺絲都賣不出去。

行動當天我特地請了半天的假，提早來到幼稚園附近熟悉地形，只見二馬那輛BMW大七已經停在黃線上，二馬坐在裡頭啃著熱狗堡。我隔著車窗跟他指了指頭頂的藍天，比了個大拇指；他讓引擎空轉幾聲，回我一個大拇指。

下午四點十五分，我在圍牆轉角處就定位，看見徐媽媽下計程車，與我交換個大拇指後便往接送室方向走去。我在原地耐心等待，但直到了四點四十分仍不見徐媽媽與艾登過來。我開始焦慮，心想是不是出什麼意外。我又等了五分鐘，終於忍不住，將身體偷偷探出牆角，只見徐媽媽牽著艾登，一旁跟著顯然是幼稚園老師的女人，正有說有笑地朝我的方向走過來。

我心裡吶喊，計畫不是這樣的啊！老師要是懷疑我是爸爸而聯絡小帆怎麼辦？我正要縮回牆角，卻見吳正非大步地從幼稚園大門方向走來，他超過徐媽媽與艾登，與我正好打個照面。吳正非滿臉意外與尷尬（我猜我也是），頓了一下才向我打招呼說：「艾倫，真巧，你也來接小孩啊？」

吳正非這一招呼，事情就毀了，艾登看到我立刻向我跑來，邊跑邊說：「要去找爸爸嗎？」我打手勢要他小聲已經來不及，我看到那位老師一臉懷疑地看向我這兒，然後不理會一旁拚命解釋的徐媽媽，拿起手機便打。

「艾登，我們走！」我拉起艾登的手便走，身後卻響起老師高聲呼叫保全的聲音，我回頭一看，只見一名一百九十公分、肩寬至少六十公分、身穿黑皮衣、臉戴黑墨鏡的彪形大漢從幼稚園中衝出，直線向我跑來。我二話不說抱起艾登便往前跑，心中慶幸之前有沙盤推演到「跑步」的環節，所以我現在穿的是輕便的運動服運動鞋。

我沒命地往前跑，跨過一個路口，二馬的車已近在眼前，我大喊要他發動，同時間也感覺後方追兵的手指已經碰到我的背。我身體往前挺，再加快腳步，但畢竟手上扛了個二十多公斤的孩子，加速有限，才沒兩步，那保全的大手已經搭上我的肩，一個粗豪的聲音說：「不要跑！」

就在我感到絕望的時候，那手鬆開了，粗豪的聲音喊著：「喂……妳在幹什麼……放開我。」我回頭一看，只見徐媽媽整個人跳到保全身上，雙手遮住他的墨鏡，同時用一種電影慢動作的表情喊著：「緊──走──」

我沒有停下腳步，甚至沒有半分猶疑，我抱著艾登跳上車，在二馬踩下油門之際，關上車門。我掙扎地爬起身，看向後車窗，對著被保全扣住雙手的徐媽媽做了個鳳飛飛「感謝您」的敬禮。

車子鑽進車流中，我們二大一小仍驚魂未甫，二馬驚恐地問剛剛那個是誰，我說是幼稚園保全，他問為什麼幼稚園要請個魔鬼終結者來當保全。

我叫二馬廢話少說，問他阿本有沒有確認菜頭學長的所在地，他說有，在北投的某個公園，阿本還說他叫菜頭學長別問原因，在原地至少停留三十分鐘，這是阿本能做的極限了。

「三十分鐘夠嗎？」我說。

「都夠我們吃頓下午茶了。」二馬說著油門一踩，車子如子彈般射出，在新生高架上一馬絕塵。

我稍稍放下了心，癱在椅背上重重地喘著氣，艾登遞給我他的手帕和水壺，霎時間我覺得為這孩子上刀山下油鍋都值得。

這時我的手機響了，是小帆打來的，我二話不說直接掛掉，她又打來一次，我依然拒絕接聽。過了一會兒，手機又響了，是蔣恩打來的，我接起來。聽見蔣恩用高八度的聲音喊：「楊艾倫你是不是把徐千帆的小孩帶走了？你是有什麼毛病啊？綁架人家小孩幹麼？小帆嚇死了，她問我你是不是戀童癖，還說你是要報復她把你解除委任。」

「我只是要帶小孩子去見他爸爸。」

「蔡得祿叫你弄的？」

「不是，是小孩子找我的。」

「放屁，找爸爸不會跟他媽媽說就好了？」

「說得通就不是徐千帆了！」

我們很快地來到溫泉旅館林立的北投區，根據導航，離目的地公園只剩下五分鐘車程。然而就在這個時候，一輛警車在我們車後拉響警笛，並用擴音器唸出車號，要我們靠邊停車。

「哇，是警察車耶！」艾登趴在座位上興奮地說。

二馬顯然更興奮。「這樣就被警察嚇倒，要怎麼當律師？全部給我坐好！」

車子陡然轉彎，我和艾登隨慣性向左邊倒，然後向右邊倒，再向左邊倒，再向左邊倒得更低一點。

「好了，甩掉了。」二馬說：「想追上我『蟾蜍山的藤原拓海』，警察還早得很咧！」

「叔叔好厲害，好會開車，我爸爸都開得慢慢的。」艾登開心地說。

我只能說小孩確實是複雜的生物，溫良恭儉讓的艾登對於我們的「玩命關頭」情節顯然樂在其中。

「喂，二馬，還是小心一點啦，我們又不是重大要犯，不要搞得……」

「又來了，媽的，坐穩！」

一陣貼背感，然後又是如雲霄飛車般地左搖右晃，二馬顯然是豁出去了，開著大七在北投街頭喋血飆速，但這回警笛聲並未消失，更糟的是還多了另一輛警車。

「沒辦法了，出絕招。」二馬方向盤一轉，車子駛進一條較小的街道，我的身子還沒回正，又是一個急轉彎，車子已開進一條狹窄的暗巷中，並且貼著牆邊停下。二馬快速地關燈熄火，並要我們趴下。我聽見警笛聲掠過巷口，慢慢遠離。

「從成龍電影中學的，帥吧？」
「叔叔超帥的！」
二馬又自吹自擂一番，然後重新發動引擎，緩緩往巷口駛去。
此時，一輛警車堵在巷口，扭開遠光燈。
雖然是現實生活，但我想我和二馬當時的心中都響起了「登、登」的音效。
二馬切動排檔，沿巷子倒車，但另一端巷口也出現警車，並同樣以遠光燈鎖定我們。
兩輛警車自兩端慢慢逼近，二馬前前後後試探幾回後，下決心似地拉起手煞車，指著一旁陰暗的防火巷，以悲壯的語氣說：「這條巷子走到底就是公園了，你們快走，這邊我來扛！」
我將車門推開一條細縫，與艾登盡可能壓低身子下了車，並往暗巷內沒命地跑。我偶然回頭，只見二馬高舉雙手下車，臉上帶著平靜的微笑，一名警察衝上來將他壓制在車上，進行盤查。
我沒有停下腳步，唯有以更快的步伐，向光榮犧牲的戰友致上最高的敬意。
我和艾登沿著防火巷中跑著，他的速度比我所想像的六歲男孩要快許多，我幾乎是要全力奔跑才跟得上他。防火巷不僅陰暗，而且堆放雜物，我們得停下來搬開擋路的餿水桶才能繼續前進。就這樣跑了一陣子，前方天空漸漸開闊，天光灑下，蟲鳥漸聞，人聲漸響，然後就是……媽的一道二公尺多的磚牆封住防火巷口。

而後頭警察追趕的吆喝聲正快速逼近中。

我跳起來試著攀上牆頭，但跳了兩次都不成功，只好去將剛剛那個擋路的餿水桶拖過來，一抬頭只見艾登已經蹲在牆頭上，我問他怎麼上去的，他說他會攀岩，又說警察追過來，要我快一點。我趕緊將餿水桶推至牆邊，站上餿水桶，雙手剛攀上牆，左腳已經被人抓住。

「快跳！」我向艾登大吼，同時兩腳亂踢，趁著警察鬆手，我一鼓作氣攀上牆，然後縱身一跳，在柔軟的公園草地上打了個滾，正要起身，只感覺背上一陣沉重的壓力，左手被人抓住往後一扭，巨大的疼痛與絕望令我慘叫出聲。

「爸爸！」

「艾登！」

我從土壤與草叢中掙扎著抬起頭，只見艾登與菜頭學長抱在一起，一旁站著J.J.那個高高瘦瘦的CFO。

「我那時候是真的打算和徐千帆走一輩子的，我以為我可以。」菜頭學長苦笑著說，同時將第一泡茶水倒掉。

現在的菜頭學長已恢復成當年我所認識的那個菜頭學長，原本堅硬的肌肉線條全鬆軟了下來，語氣也回到原先的溫柔和緩，雙眼水汪汪地，似乎隨時含著淚。他慢條斯理地沏茶，印尼裔CFO阿瑪德則在一旁將鳳眼糕盛入小盤分送給大家，一切是如此寧靜與和諧，好像今天下午的一場鬧劇從未發生過一樣。

「婚姻中有太多的現實困難，只有愛情的婚姻是走不下去的。」

「婚姻中有太多的現實困難，沒有愛情的婚姻是走不下去的。」

菜頭學長飲下第一杯茶，長長地呼了口氣，如吟唱俳句般做出他的人生體悟總結。

我們所在的是間老舊的平房，斑駁的木門開向一條車子開不進來的蜿蜒小巷，庭院窄仄，只容得下幾株山茶，外牆磁磚剝落，鐵窗鏽蝕，室內倒收拾得窗明几淨，一塵不染，老舊的木製家具在細心磨洗後映出溫暖的光澤，果然是菜頭學長的風格。

我們一群男人坐在開向庭院的和室中，外頭庭院飄起山邊特有的細雨，空氣中混合著濡溼泥土與榻榻米的氣味，矮几上開水咕嘟咕嘟滾著，艾登則躺在房間一角，早累的睡著了。

「我到美國的第二年就和阿瑪德在一起了。」菜頭學長為艾登加了件毯子，說：「他讀管理學院，我們是滑雪認識的。本來我們住在一起，後來因為他全家人從西岸搬來明尼蘇達，我就搬出去了，所以才會找徐千帆分租公寓。」

「所以你和小帆結婚的時候，你和阿瑪德還在一起。」我說：「你這樣根本就是……」

「沒有，那時候我們已經分手了。」菜頭學長說：「其實早在我要和徐千帆交往的時候，我們就分手了。我並沒有欺騙徐千帆，就像我剛剛說的，那時候我是真的想和她走一輩子的。」

「那你們後來又為什麼會搞……會在一起？」

「因為愛。」菜頭學長看著阿瑪德，微笑地說，那笑並不是開玩笑或莫可奈何的意思，是洋溢幸福的笑容。

「當初會分手是因為我們各自家庭的阻力實在太大了，阿瑪德家是保守的穆斯林家族，而我……這麼多年還是因為我媽。」菜頭學長看著我說：「我哥過世了，車禍意外走的。走的時候他才剛結婚，在科學園區工作幾年，計畫生小孩，我原本打算他生小孩後就跟我媽坦白的，結果一個酒駕的混蛋就這樣帶走了他。」

學長低頭擤了擤鼻子，說：「我幫我哥守靈的時候一直痛罵自己，我發現……我比較難過的竟然不是我哥走了，而是我這輩子再也沒有出櫃的機會了。很丟臉吧，艾倫，那時候我還跟你說什麼要真誠面對自己，結果那麼多年過去，我還在指望我哥生小孩、讓我出櫃，我真的很沒用。

那時候我告訴自己：我要自立自強，我靠我哥一輩子了，不能再靠別人了，我要成為一個真正的男人。」

水滾了，學長緩緩地注水、沏茶、出湯、斟茶，同時向阿瑪德用英文翻譯他剛剛說的話，阿瑪德溫柔地摩娑學長的手臂，像是安慰他的喪兄之痛。

「回美國之後，我就和阿瑪德分手了……God，相當痛苦的經驗，我差點想殺了自己。」學長說：「那時候我只是學著當一個有『男子氣概』的男人而已，我和不同的女生約會，最後會跟徐千帆在一起，就像我剛剛說的，就是客觀條件符合做的理性決定而已。

剛開始一切都很好，我和徐千帆處得不錯，艾登出生，我很高興，我們彼此都有事忙，就沒太多時間去想東想西，反而是小孩慢慢長大，我們開始需要真正地面對彼此，才發現我們之間的隔閡比想像的還要難跨越，那時候我又在公司裡遇到阿瑪德……一切就是這樣了。」

「你和阿瑪德是計畫好一起回來臺灣的？」阿本問。

「對，我們一起請調回來的，那時候覺得perfect，隔著太平洋大家就可以互不打擾，『我老婆帶著小孩在美國』，超完美的擋箭牌，只是我沒想到徐千帆也找了臺灣的工作，嘿，世事難料，早知道應該去馬達加斯加的。」他將最後這句話翻給阿瑪德聽，阿瑪德笑了笑。

我在心中比較著菜頭學長與小帆說法，怎麼說呢？像兩個人共乘一艘原本就破了底的船，只是比誰先跳船而已。

「學長，」二馬突然說：「楊艾倫說你在工作的時候很機車，他上次開會差點要揍你，有這回事嗎？」

我抗議說：「我沒有說要揍人。」

學長笑著說：「真的嗎？其實我是學你的耶，艾倫，我比較熟悉的直男就是你，所以……其實我是有意識地學你說話走路的方式，學你挖苦別人的口氣，還有你那個笑起來很囂張的樣子……不像嗎？」

「我？我講話哪裡有那麼油？」

二馬說：「你就是那麼油。」

阿本說：「有時候更油。」

學長繼續說：「我以為我學得還不錯哩，我一直覺得……徐千帆會接近我，是因為在我身上感覺到你的影子。她沒有跟我提起過你，但我知道她心中一直有你。」

「你怎麼知道？」

「Gay 的第六感吧……喔，還有這個……」學長從一旁的包包中拿出一枝鋼筆擺在桌上，是上面刻有「L&F」的那枝。

「這是你和徐千帆的對筆，對吧？其實我完全可以理解徐千帆今天的憤怒，因為當我發現她將這枝筆送去維修的時候，我也非常生氣。那間店離我們家一百多公里，她來回跑了兩趟，一趟還下著大雪——平常下雪她幾乎是不出門的。那時候艾登才幾個月，她騙我說是去跟教授meeting，結果是一整天去修理這枝臺幣幾千元的鋼筆。」

菜頭學長在指間轉動著鋼筆，繼續說：「我是在垃圾堆中翻到收據才知道這件事，當時我非常火大，火大到……我做了很幼稚的事。我假裝在她的書桌上發現這枝筆，驚喜這是她要送給我的禮物，上面還刻了我們名字的縮寫！我看她一臉心虛，想解釋又不敢解釋的樣子，就覺得自己贏了！……蠢吧？我覺得蠢透了，根本不知道在氣什麼，也不知道贏在哪裡。那時候我自己也搞不懂，我和徐千帆又不是『那種關係』，她心裡有別人我沒理由生氣，或是說……我有什麼資格生氣。

一直到那天阿本告訴我，你跟他說：婚姻是承諾，我才豁然開朗。」他搖搖頭，苦笑說：「所以這麼多年，我其實根本沒把這段婚姻當一回事，是我對不起徐千帆，她要從我這邊討走什麼，我都無話可說。」

「但你還是不同意公開道歉。」

「我可以公開道歉。」學長說：「我會想辦法安撫我媽媽，雖然我還沒想好什麼方法，但總會有方法的。阿瑪德需要時間，他的家族太龐大了，只要一點時間就好，我們會盡力滿足徐千帆的要求。」

「男人。」

一個女聲從我背後傳來，我轉身，只見徐千帆拉開和室拉門走了進來，她身後跟著蔣恩。

「幹，這房間裡關係超亂的。」二馬低聲說，我笑不出來。

小帆沒有理會起身相迎的菜頭學長，她直接跪坐在艾登身邊，仔細端詳孩子的睡顏，然後像鬆了口氣般地笑了笑，親親孩子的額頭。

「對不起，帆，是我叫他們把艾登帶來……」菜頭學長說。

「不要亂道歉，這樣會讓道歉變得很廉價。」徐千帆抬頭說：「我媽都跟我說了，如果艾登真怎麼樣，要殺我也是殺楊艾倫。」

我抖了一下，只差沒磕頭大叫「娘娘饒命」。

「這是阿瑪德……妳見過，他……他就是妳一直要找的第三者。」菜頭學長說：「我們……我們對不起你。」

「Sorry。」阿瑪德低頭說道。

小帆站起身，肩膀發顫，臉部表情痛苦，我看得出來她有意思毆打眼前這兩個男人，但不知道怎麼下手。許久，她才用一種勉強平穩的聲調說：「這房子哪裡找的啊？」

「租屋網站。」菜頭學長說：「空很多年了，租金很便宜。」

「怎麼會找這種地方？我們剛剛找了半天都找不到門口。」

「比較清靜吧。」學長說：「現在這種老房子也不多，很寶貴的。」

「你應該要幫艾登包尿布，他尿床會毀了你的榻榻米。」
「他不是早就不包了嗎？去年就戒掉了。」
「對，可是最近又開始尿床，可能是因為壓力太大。」說到這裡小帆突然哇的一聲哭了出來，菜頭想去抱她，她將菜頭推開，癱坐在地上，越哭越大聲。
「帆，對不起，一切都是我的錯，我一定會盡全力彌補妳……」菜頭學長跪在小帆身邊拚命道歉，但卻止不住她的崩潰，她趴在地上，哭到全身抽搐。菜頭學長著急地看向我，二馬與阿本也看向我，甚至連蔣恩也看向我。

我走上前去，輕聲說……

「媽媽不要哭。」

艾登不知道什麼時候醒來，他爬過來，抱住小帆的頭，說：「媽媽，對不起，我不應該自己跑出來的，害妳擔心，對不起。我只是很想很想爸爸，艾倫叔叔有保護我，我們很安全的。媽媽，爸爸喜歡阿瑪德叔叔，他們在一起很快樂，妳不要生他的氣啦，妳也可以跟喜歡的人在一起啊，像……妳可以跟二馬叔叔結婚啊，他開車很厲害耶，我想再坐他的車……媽媽，不管妳跟誰結婚，我都不會離開妳的，我會一直跟妳在一起，我真的很愛妳。」

小帆抬起頭來，抱著艾登又哭了一會兒，然後說：「謝謝你，艾登，可是可以不要是馮二馬嗎？他車開得超爛的。」

那天我們留到很晚，將離婚協議書簽妥。一群律師一起擬一份離婚協議書超沒效率，七嘴八舌，連要簽名還是蓋印章都有不同意見。最終小帆與菜頭簽了名，二馬與蔣恩則簽了見證人。之後還得去戶政事務所辦登記，那是後話了。

小帆離開的時候，在我面前停下腳步，輕輕說了聲「謝謝」，我以為她會給我一個擁抱——友情的或愛情的，但她沒有，她跨進駕駛座，和大家再說一次再見，紅色本田發動引擎，兩盞車尾燈緩緩地消失在雨霧之中。

我想，我以後大概不大有機會再見到小帆吧。

第二天天氣晴朗，上班尖峰時刻車潮洶湧，行人腳步匆促，都市生活一樣忙碌而平凡，昨天的冒險好像只是夢一場。

我進辦公室，財務人員跑來找我，說收到一筆二十萬的匯款，匯款人是徐千帆，註記我的名字，問這筆錢是什麼原因。我告訴他案件編號，然後將關於這個案子的文書、電子檔整理一番，連同銀行匯入匯款通知轉寄給湯瑪士、廖培西與祕書，表示案子結束，可以辦理結案。

廖培西三分鐘不到就跑來我辦公室，關上門問案子怎麼結的。我將來龍去脈告訴他，聽得他驚呼連連，直說我們膽大包天，他又問警察那邊怎麼擺平，我說哪有什麼方法，當然是排成一排拚命道歉，徐千帆又在電話裡面說不追究才沒事……其實有事啦，二馬超速、蛇行被罰了七千元。

湯瑪士接近中午的時候才回了個「good job」，也不知是good job 什麼。

湯瑪士的回信倒讓我想到升合夥人的事。依慣例，事務所調整人事的時間固定在五月左右，如果今年真的要升一個受雇律師上去，那現在應該要有動作，至少知道候選人有誰，甚至候選人應該已經面談過了，但目前連個風聲都沒有。

我藉著拿文件給湯瑪士的祕書時探了探她的口風，她說農曆年前好像有開過一次會，但也沒交代祕書準備什麼。

我直接跑去問布蘭達，她也說農曆年前合夥人們有開會，但好像在人選問題上卡住了，可能之後會再開會討論吧，但也有可能今年就不升合夥人了。

「會擔心嗎？」布蘭達問。

「還好啦，」我聳肩說：「有領到錢就好，partner 就是個頭銜而已。」

當然，我們都知道這是違心之言，除非接案狀況太差，要不然合夥人領的錢還是多出受雇律師一截，而且還能參與事務所的管理；當然有些人習慣當閒雲野鶴，錢賺夠就好，專心做案子，不想攪和政治，那就不會積極爭取升職，但我覺得既然有升上去的機會，就應該拚看看。

前年做非訟的一個合夥人離職，艾瑞克便問過我有沒有升上去的意思；這年我接進來臺磁這件大案，按說「業績」是夠了，但布蘭達卻說升職人選難產，難道說真的是……

這問題一直盤旋在我腦子裡，乃至於我吃飯超過午休結束時間才回辦公室，一進門祕書就喊說艾瑞克找我。我心頭一喜，進了艾瑞克的辦公室，卻見蔣恩、布蘭達都在。

「跑到哪裡去了？一直在找你。」蔣恩說：「臺磁說 J.J. 美國總公司的ＣＥＯ下個星期到臺灣，要找臺磁談。」

十四、「妳讀過張愛玲的紅玫瑰與白玫瑰嗎？」

「妳讀過張愛玲的《紅玫瑰與白玫瑰》嗎？」

「沒有，在講什麼？」

「就是在講佟振保……算了，主要是說，每個男人都會有兩個女人：情婦與妻子，情婦是紅玫瑰，熱情如火，風花雪月，胡扯瞎搞；妻子是白玫瑰，清白純潔，食衣住行，維護社會體面。男人得到一個就會想著另外一個，總是不會快樂。結論就是：同時擁有美滿婚姻和美滿婚外情的男人才是個快樂的男人。」

「學長，我覺得結論是你自己加的。」

「或許吧，但這是真的，妳沒聽過很多故事嗎？已婚男人整天在外面搞七捻三，偏房、小三、飯局妹，一個換過一個，但就是不離婚，元配說要離，男人還會哭著求她留下來。」

「應該因為是黑道大哥的女兒吧。」

「不是，因為男人需要元配，和一個女人在一起太久的男人就會變得無能，只有元配才能幫他處理財產、討論怎麼照顧年邁父母、討論過節要送什麼禮物，外面那些女人可能很聰明很漂亮，可以討論尼采、可以彈琴吟詩，但不能討論真正重要的事情。」

「聽起來就是要個老媽子，男人只是擔心自己沒有老媽子就活不下去。」

「簡單來說，情婦給的，妻子給不了，所以男人會外遇；但反過來說，妻子給的，情婦也給不了。站在男人的角度，沒了紅玫瑰會很痛苦，但紅玫瑰想扶正，男人也不會同意。」

路雨晴說：「所以我是那朵白玫瑰嗎？」

「妳是妳前男友的白玫瑰吧。」我說。

關於「臺磁─J.J.」高峰會，J.J. 建議的地點是位在臺灣中部山區的康堤紐斯大飯店。臺磁方面的第一反應是：選那麼偏遠的地點必然有詐，老董事長還說這是「鳥鼠仔入牛角」，甕中捉鱉的意思。

J.J. 的人隨後解釋，他們老闆主要是去視察康堤湖邊三百公頃的「光電園區」預定地，J.J. 已經有九成的機率標到這個案子，預計完工後發電容量一百七十個百萬瓦(MW)，超越彰濱工業區電廠成為臺灣最大的太陽能發電計畫。J.J. 還順便發了個詢價單過來，問一百個百萬瓦以上的太陽能模組怎麼賣，老董事長馬上指示應邀赴會，還說這是「明知山有虎，偏向虎山行」；我覺得「有錢能使鬼推磨」比較貼切。

臺磁包了兩輛遊覽車，二十幾位同仁浩浩蕩蕩地來到飯店。這是間相當高檔的山區度假飯店，飯店建築主體位在懸崖上，一覽群山環繞的康堤湖；飯店還有廣大的休閒園區，提供各式各樣的遊憩設施。在陰雨綿綿的都市叢林中待久了，見到青山綠水令人心神暢快，大家拿出手機照相照個不停，當然，這也是J.J.的談判策略，心情好一切都好談，即便是最艱困的條件也一樣。

雖然很瑣碎，但我覺得值得一提。這場「高峰會」的排場是我見過最假俳[61]的，J.J.租了飯店最大間的宴會廳，擺上兩排長長的會議桌，二十幾名主管成排站在面湖的落地窗前，J.J.美國總公司的CEO唐納森則單獨站在會場中央，他是個一百九十公分、眉髮都是金色、胸肌鼓漲、手臂比我大腿還粗的白人，他的雙手合握於襠前，雙腳張開與肩同寬，臉上微笑帶點輕蔑的神情，活像個準備將來人痛揍一頓的摔角選手。

不過臺磁這邊氣勢也不輸，老董事長一身上白下黑的唐裝，頸戴菩薩手掛佛珠，腳踩外八大步地走進會議室，臉上表情似笑非笑，眼皮半闔，彷彿功力深不可測，令人忍不住想喊一句：「董事長，切他中路。」他身後一眾臺磁的幹部也是個個精神抖擻，面目猙獰。

在我們進場時，喇叭播放著貝多芬第九號交響曲第四樂章，彷彿暗示將為這場長

---

61 假俳，ké-pai，裝模做樣，有時俗寫成「假掰」。

達半年的戰鬥畫下句點。

其實早在公開收購結束之後，J.J. 便透露出想談的意思，畢竟 J.J. 雖然買到足夠的股份，但臺磁澄清假新聞後股價回升，J.J. 最終收購成本較原先預計的高出四成，據說已相當程度影響 J.J. 的財務周轉。臺磁私募又將 J.J. 持股稀釋到三成以下，等於喪失原先收購的目的。簡單來說，這是場互換「七傷拳」的大戰，換到現在雙方均是內傷沉重，不得不握手言和。

會議進行兩天，所討論的策略合作架構相當複雜，原則上，J.J. 放棄併購臺磁，雙方轉為策略夥伴，簽定數個商業與技術合作協定，J.J. 鎖臺磁的產能，臺磁鎖 J.J. 的通路，雙方並同意合資成立數間小公司來促進策略聯盟的進行。

J.J. 拋出最大的誠意便是邀請臺磁到美國設廠。唐納森親自解釋說，美國新政府大行貿易保護主義，自外國進口太陽能產品成本越來越高，不如直接在美國設廠生產，如此不但可以享受「Buy America」的優惠，還能就近支持 J.J. 在拉丁美洲的擴張。

唐納森秀出一張工廠照片，說這是威斯康辛州某老牌太陽能電池廠，已經被 J.J. 百分之百買下來，J.J. 同意讓臺磁技術出資占三成股份，並將經營權交給臺磁團隊，條件是一年後產量增加三成，但成本要減少三成。

我看得出來這個提案使臺磁的人心動不已，這等於不花一毛錢就多了間美國廠，還能打開臺磁產品在拉丁美洲的市場，簡直是天上掉下來的禮物。至於增產降成本的目標……這有什麼問題，這是臺灣人最在行的，拿皮鞭抽打工程師就可以了。

談判過程中卡最久的還是臺磁本身經營權的結構，唐納森先是開口要九席董事中的四席，遭到老董事長嚴詞拒絕，唐納森於是退一步要三席董事加一席監事，老董事長仍拒絕。唐納森表示 J.J. 現在身為臺磁第一大股東，這樣的安排應不算過分，老董事長則嗆聲說要不就真開場股東會選選看，看 J.J. 是不是真能拿那麼多席。

意外的是，出來排解僵局的竟然是盧森堡基金的白胖總經理。盧森堡基金在高峰會前便表示想透過視訊參加會議，臺磁與 J.J. 也都同意。在前面的討論中，白胖總經理總是一箍槌槌[62]地坐在螢幕彼端，除了自我介紹外不發一語，這時兩位主角相持不下，白胖總經理突然跳進來打圓場。他表示依照之前的私募協議，基金這邊應該分到「二董一監」的席次，為維持平衡，基金可以放棄那席監事，J.J. 與基金各取兩席董事位置，吳家占四席，剩下一席留給少數股東。

不過白胖總經理還開出一個相當耐人尋味的附帶條件：他希望看到他的老朋友彼德——也就是吳正非——進入董事會。

會議為此中斷數次，在臺磁這邊無數次沙盤推演、在其他領域多要到一些好處後，雙方終於達成協議。雙方隨即藉酒店場地舉行線上記者會，在鏡頭前簽名畫押

62　一箍槌槌，tsi̍t khoo thuî-thuî，肥胖、傻頭傻腦的樣子。

並開香檳；這是艾瑞克給臺磁的建議，之前吃過美國人出爾反爾的虧，這次添加些「儀式感」，將交易敲得紮實些。

待一切告一段落，老闆們便勾肩搭背地去餐廳開慶功宴（聽說菜色有A5和牛牛排、黑鮪魚腹肉三明治與一人一隻波士頓龍蝦，搭配82年拉菲，全部J.J.買單），我和蔣恩則留在會議室整理文件。吳正非本來要拉蔣恩一起去慶功宴的，但總算蔣恩敬業（而且有義氣），留下來陪我做手工。

J.J.那邊留下來工作的是法務部的傑瑞與他們聘請的外部律師，路雨晴則不見人影。兩天會議過程中，路雨晴一直坐在唐納森的後面，為第一排的老闆們遞文件，偶爾交頭接耳一番。傑瑞之前說路雨晴實際上接了菜頭學長法務長的工作，她去慶功宴而不是跟我們這些賤民做手工藝也是相當合理的。

所有資料整理、核對完畢後已是晚上九點，傑瑞熱情地邀請大家去喝一杯，不過醉醺醺的吳正非很快就過來把蔣恩拉走了，我覺得只有我一個人沒趣，也就婉拒了傑瑞的邀請。

我回房間洗澡換衣服，想吃東西又不想去酒吧或餐廳與其他人碰著，room service菜單上的食物也不甚吸引人，我於是打電話詢問櫃檯附近有沒有走得到的餐廳，便利商店也可以。櫃檯小姐細聲細氣地說這邊地處山區，這個時間幾乎找不到有開的店家，唯一的可能是從飯店側門出去，沿懸崖頂端步道走約十分鐘有間小吃店，通常會開比較晚，但也不保證現在一定還開著。

我道聲謝，正要掛電話時心念一動，又問櫃檯J.J.公司的路雨晴小姐房號幾號。電話那頭傳來敲打鍵盤的聲音，那小姐困惑地說，訂房資料上沒有路雨晴的名字。

可能是與同事合住一間吧，我想，做法務長的工作卻要跟人家分雙人房，美商還是講究年資的嘛。還是有可能，與她同住的不是女性，而是……想到這裡我拿起手機便想傳訊息給她，但想想還是算了，都說了不要再見面，又何必呢？

我起程前往那神祕的小吃店。這是個晴朗的初春夜晚，山區氣溫偏低，但並不難受，山風湖風中帶著城市裡連想像都是奢侈的清新氣息，令人精神振奮。遠離飯店不過數分鐘，四周便已陷入黑暗，黑夜高山湖泊的綺麗也越顯震撼，星空如穹，自環湖的山稜線延伸至天頂，中心是一輪皓月，正對著她水中的倒影，夜風吹起，風鳴樹響漣漪萬起，我只感覺自己無比渺小，不知道整天在文辭句讀上爭執所為何來。

這時候我的手機響了，是蘇心靜打來的。我接起手機但拒絕視訊，她問為什麼，我說不想要手機的光線破壞湖上的夜。

「哦，黑暗、寂靜的湖邊嗎？」小靜說：「你該不會旁邊也有個剛認識還喝得爛醉的女生吧？你還把人家的手機丟到湖裡。」

我說如果是個高高的、黑黑的女生就好了。她說我沒禮貌，什麼叫「黑黑的」，是「健康」。

我們邊走邊聊，她說她剛看到臺磁的新聞，想說找找看有沒有她未婚夫英俊的身影，可惜只看到吳正非。她說吳正非好像越來越帥了，我告訴她吳正非與蔣恩在交往的八卦，她驚呼連連，怪我竟沒早點告訴她。

我告訴她我後來有送燕窩去給她爸爸，蘇爸爸看起來恢復得很好，我還陪他去公園走了一圈。她稱讚我很乖，還說就因為那盒燕窩，她媽已經在社區把我宣傳成人類史上最佳準女婿。

我們又討論了上次她回來去看的那間飯店，她說後來她又和那個經理談了幾次，就決定訂下去了，時間是十二月，桌數就簡單抓她們家親友幾桌。「你那邊的話……就看你什麼時候能搞定。」

「還有那間房子。」她接著說：「屋主同意租了，而且同意從六月開始租，還要改裝潢。我媽說在我回去之前，租金她出。」

「妳媽到底多愛出錢？」

「你不要這樣子啦。」她柔聲說：「我們就先住住看嘛，反正租的，不喜歡再換。」

這時我看到了那間小吃店，位在懸崖下方、兩山之間，緊臨湖水，大概為了適應地形吧，房子的格局很怪，從上往下看呈「W」型，而且鄰近一帶就它一棟房子，周遭人煙全無。

我這才打開手機視訊、分享我的視角，小靜說：「你確定那間是餐廳？你確定老闆不會把你做成叉燒包？」

「所以要開鏡頭讓妳幫我作證啊，等一下要是鏡頭關了，妳就……好好再找一個男人吧。」

店門口的招牌寫著「名產、飲料」，沒有店名，透過玻璃門，店裡頭空無一人，昏暗的燈光中隱約夾雜著電視螢幕閃爍的光線。我推門進去，一男一女同時回過頭來。

「請問還可以吃飯嗎？」我問。

「隨便坐。」那女士面無表情地說。她是位瘦小的中年女性，一身素白，五官算是漂亮，但神情語氣淡漠，動作輕飄飄地，彷彿紅塵俗事皆與她無關。我總覺得她有些面熟，但又想不到任何我會見過這位絕塵女鬼……不是，絕塵仙姑的可能性。

「吃什麼？」她遞來菜單，依舊沒有表情。我點了白飯、山豬肉、過貓，又問有沒有湖魚、以前總統愛吃的那種，她說只剩一尾，我說我要，她就把菜單收走，坐回去看電視。這時一旁的男士起身，緩緩走向後方的廚房，他的身材高大，肩膀厚實，穿著吊𧙕仔[63]好像沒將山區低溫當一回事一般。

「那個老闆左手是義肢。」小靜低聲說：「我知道了，他們是……楊過和小龍女！」

我笑出聲來，老闆與老闆娘同時回頭瞪向我，我趕緊收住笑，點頭示意。

63　吊𧙕仔，tiàu-kah-á，無袖背心、男性內衣。

「我真覺得你會被宰了吃掉。」小靜說。

「那至少先讓我飽餐一頓吧。」我說：「我聞到麻油的味道了，麻油過貓超下飯。」

「麻油也可能是為你準備的。」

「最好是。」

「我爸不喜歡用麻油炒肉。」路雨晴說。我轉過身，只見她穿著帽T運動褲站在那兒，頭髮還沾著水氣。「歡迎來我家啊，學長……嗨，學姊，好久不見。」

「我爸之前在湖管處工作。」路雨晴指著湖對岸一處光點說：「前幾年飯店這邊發生命案……你知道嗎？他們董事長被槍殺那件，我爸的下屬捲進去，最後被判刑，跟他沒有關係，他還是覺得自己有責任，就申請退休了……你說他的左手嗎？那沒有關係，那是更久以前處理湖上船隻事故發生的意外，那時候我才……國小還是幼稚園吧？我記得我抱著我爸的斷手哭了好久，想說爸爸再也不能抱我了。」

我和路雨晴坐在小吃店後方門廊上的「貴賓席」，聽著湖濤有節奏地刷洗著前方的鵝卵石灘，濤聲平緩，我的呼吸也跟著慢了下來。

剛剛小靜與路雨晴聊了好久，兩個女孩嘰嘰喳喳聊著紐約生活、臺北工作種種，讚美食物，消遣男人，像真正的姊妹淘一般。我們也跟路爸爸路媽媽打招呼，但他們只是淺淺微笑回應，沒多說什麼。

「然後我爸就開了這間店……呵，我跟他們說，在這地方開店根本不會有客人吧，而且我爸媽那種閉思的[64]個性，你也看到……我很擔心店會倒。」

「所以妳說妳要去工作。」

「對啊……結果我考試考不上，他們這間店反而開了好幾年，生意還不錯哩，網路上有人說這裡是『絕情谷』祕境，老闆夫婦是『神雕俠侶』。」

「所以妳是那隻大雕。」

「你才是大雕咧。」她笑著說。我本來想開黃腔，但看她沒意識到自己說的話，我便止住了。

「所以你和小靜學姊……和好了？」路雨晴遠眺湖面，端起小米酒喝了一口，看似不經意地說。

我同樣喝了口小米酒，香甜，沒啥酒味。

「也沒什麼和不和好……兩個人在一起就這樣，高高低低的，只是有時候話不好說開而已。」

路雨晴沒馬上回答。我偷偷觀察她的表情，是感傷或不甘心嗎？她輕輕噘了噘嘴脣。

「前幾天我前男友傳訊息給我。」路雨晴說。

64 閉思，pi-sù，內向害羞。有時俗寫成「閉俗」。

「幹麼？找妳復合？」
「他說中國東莞一間公司出錢挖角他，問我應不應該過去。」
「他要妳跟他過去？」
「沒有。」路雨晴說：「他就問他自己的事。」
「妳給他什麼建議？」
「我說如果能學到東西、工作有前景的話，那就去啊，我們這年紀，錢應該是次要的。他就說那他不去了，那間公司是熱錢堆起來的，錢很多，但前景沒有。」
我笑著說：「就這樣？不是要找妳復合？他不是有女朋友？」
「有啊，他還問我應不應該帶他現在這個女朋友過去，我說拿這種問題問前女友也未免太過分了吧。」
我喝了口酒，說：「妳還喜歡他？」
路雨晴想了一下，說：「之前還有點捨不得吧。這次聊下來，我覺得好像……好像比較好了，好像真的可以當朋友，只是我不知道……跳槽這種事幹麼問我，幹麼不問他現在的女朋友。」
「妳沒問他？」
「有啊，他說他女朋友就是……比較會玩那種，只知道包包和香水。我有在工作，對這方面比較了解一點。」路雨晴說：「我和他在一起那麼久，他根本就沒有送過包包給我。」

我說：「妳讀過張愛玲的《紅玫瑰與白玫瑰》嗎？」

我們聊了一會兒關於男人如何將女人分門別類的話題，其實我是想說，她或許是她前男友的白玫瑰，但她是我的紅玫瑰，不過總歸這麼大膽的告白我沒說出口，話題到了一個段落便無以為繼，我們只是安靜地吃飯喝酒。菜餚均盛在有酒精蠟燭的磁盤上保溫，因此即便戶外氣溫低，仍不會吃到冷菜，我想路爸爸路媽媽經營餐館仍有其細膩之處，不是只靠特立獨行當招牌。

「妳從小就住在這裡嗎？」我換個話題問。

「對啊，我的房間就是那間，想看嗎？」

「那妳怎麼上學？這走出去到公路還有一段距離吧？」

「搭船啊。」路雨晴指著湖畔一艘船筏說：「以前有交通船，一天三、四班，我爸早上就和我們三個小孩搭船到對岸碼頭，他上班，我們搭校車去上課。後來交通船的船東過世了，我爸就把船買下來，你想搭船可以找他。」

「天氣不好怎麼辦？」

「沒差吧，浪大一點而已……枯水期才可怕，船不開的話，要提早一個小時起床搭公車。」路雨晴說：「對你們都市人來說，這種生活很稀奇。」

「我不算都市人吧，我家那邊也都是田啊，還有很多蟲，只是不像妳家那麼特別。」

「我超怕蟲的！」

「我以為山裡面小孩不會怕蟲。」

「我弟我妹都不怕，但就我超怕，看到蟬都尖叫，他們都覺得很煩。」路雨晴說：「就是不喜歡嘛，我覺得昆蟲和異形差不多，都會喀吱喀吱響，還黏黏的。」

「那妳小時候都在幹麼？看電視？」

「游泳啊，在湖裡面游泳。」路雨晴指著懸崖上方說：「我會從上面跳下來，就像跳向一整片天空一樣，超過癮的，離開這裡，什麼游泳池的跳水臺都沒意思了。」

路雨晴說得興高彩烈，喝了杯酒繼續說：「不是有什麼泳渡康堤紐斯湖的活動嗎？一堆人擠破頭要報名，我國中就在泳渡的……交通船開到湖中央，制服脫了就跳下去，一路游回家，我爸還開我罰單，然後自己繳罰款，哈。」

我想像少女路雨晴脫去尼龍材質的制服、穿著棉質小可愛、在湖中自在游泳戲水的畫面。我想在場男同學應該都會一起跳下去，藉戲水之名趁機揩油，然後說這就是青春。

「學長，要游泳嗎？」路雨晴說著站起身，向湖邊走去。

「現在？」

「對啊，要不然明天嗎？」她回眸一笑，跟著脫去帽T與運動褲，姣好的身段令人不敢逼視，她縱身躍入湖中，向我招手說：「來嘛，學長，快點來。」

我快速地脫去衣物，穿著四角褲奔進湖中，湖水冰凍，我全身一陣痙攣，忽然間一道溫軟的軀體滑入我的懷中，路雨晴的大腿纏上我的腰，雙手勾住我的脖子，微笑著說：「學長，喜歡嗎？」

「喜歡。」我說。

「喜歡什麼啊，學長？」我回過頭，只見路雨晴一臉狐疑地看著我，我趕忙說沒事，喝酒吃菜掩飾窘態。意淫又不犯罪，人家爸媽都在，除了意淫還能怎麼樣？

我們又聊了一陣，時間不早，我幫忙簡單收拾一下便告辭回飯店，走到前廳只見路爸爸路媽媽還是坐在那邊看電視，餐桌旁卻多了個客人，正大口地扒著白飯，是個高大的外國人，是J.J.的CEO唐納森。

我和路雨晴驚叫出聲，路雨晴上前問唐納森怎麼會在這裡。唐納森倒是一派冷靜，手上筷子不停，只說他來吃飯，還問路雨晴這是不是她家。路雨晴驚訝遠在美國的大老闆竟連臺灣一個小員工的住家地址都一清二楚，唐納森說沒這回事，他只是剛剛跟老闆聊了一下。

「你會說中文嗎？」路雨晴問。

「謝謝，就這樣……這樣算會說吧？」

「那你怎麼跟我父母說話的？」

「我們說克林貢語……開玩笑的，當然是說英文。」

「我不知道我父母會說英文。」

「孩子通常都不知道父母會什麼。」唐納森動了動手上的筷子說：「我兒子帶我去中國餐廳，他就是不肯相信我會用筷子，吩咐餐廳只給我刀叉，我只好把壽司切成一小塊一小塊地吃。」

「有壽司應該是日本餐廳吧。」

「但我也吃了左宗棠雞。」唐納森笑著說：「美國大部分的日本餐廳都是中國人開的，就像你們這邊的美式餐廳會供應墨西哥菜一樣。」

在整段對話過程中，路爸爸路媽媽只回頭看了我們一眼，其餘時間均悶不吭聲地盯著電視。

唐納森穿著輕便的T恤與棉褲，和白天看似上場前的摔角選手相比，現在的他看起來就是個下了班的摔角選手。他說飯店餐廳裡頭那些食物他都吃膩了，公務應酬也不可能真正地吃飯，所以他出差總愛三更半夜跑出來吃點當地的食物，像這個魚，要是他沒來這兒，還不知道世界上有那麼好吃但刺又那麼多的魚。

我看著桌上那尾吃了一半的湖魚，心想路媽媽剛剛不是才說只剩一尾嗎？果然這間餐廳能生存絕非偶然。

「這是妳男朋友？」唐納森問。

「不是，他是臺磁的律師。」

「你好，史密斯先生。」我自我介紹：「我叫艾倫，很榮幸這次有機會與您合作。」

「你們這次做得很好，非常出色的工作，但是我有一個問題，」唐納森說：「為什麼你不喜歡我們家芮妮？她是如此可愛的淑女！」

路雨晴說：「史密斯先生，請不要開那麼無聊的玩笑，艾倫有女朋友的，而且在美國。」

唐納森說：「就是這個精神。」

唐納森又與我們聊了一些他來臺灣與世界其他國家的趣事。不得不承認，雖然唐納森看起來像個摔角選手，但至少是個健談的摔角選手，而且沒有架子，什麼都能聊。路雨晴將剛剛跟我說的「高山湖童年記趣」再說一遍，唐納森聽得相當開心，回報以他在路易西安納州長大、從煉油廠工人的小孩變成再生能源經理人的故事。

我多數時間都在旁邊默默聽著。不知道為什麼，我發覺自己很難自在地與唐納森聊天。

「你覺得我是個壞人是嗎？艾倫。」唐納森突然對我說：「邪惡的美國帝國主義，要吃掉你們臺灣的公司？」

非常敏銳的察覺力。我說：「我是這個案子臺磁的主要律師，我做這個案子快八個月了，所以可能我還沒從那個角色跳出來。」

「這只是生意。」唐納森笑著說：「當初我們會做那樣的決定，也是看重臺磁的潛力，如果是別間公司，可能還不會出像我們這麼高的價錢。」

「但他們會用假新聞來壓低目標的股價嗎？」

話出口我才驚覺我有些醉了，我看見唐納森收起笑容，嚴肅地說：「我不喜歡被無端地指控，年輕人。我知道臺磁很多人都懷疑是我們 J.J. 做的，但我可以保證：沒有，我們做了內部調查，確定 J.J. 裡面沒有人做出這種事。我們是生意人，不是騙子。」

唐納森恢復了笑容，又說：「但是，做得好，就是這個精神，你是個很好的律師。這次案件，我發現臺灣的年輕人都很優秀，例如麥可，我真的很喜歡這個小夥子，可惜他離職了。」

「他現在很好。」我說。

「你認識他嗎？他現在在做什麼？」

我稍稍提了一下菜頭學長的近況，當然只限於能說的部分，唐納森很欣慰地點點頭說：「我希望他一切都好，他曾是我很得力的幫手，非常出色……當然，像你與芮妮都是優秀的年輕人。對了，還有臺磁的彼德・吳，他會是個了不起的人物，他是一個很幹練的經理人（savvy manager）並且低調（humble），我很喜歡他，他的法文說得比我還好。」

路雨晴笑說：「史密斯先生，你會說法文嗎？」

「當然會，」唐納森說：「你們知道路易西安那州原本是法國的殖民地、被拿破崙賣給美國的嗎？我的父母親年輕的時候，學校還只用法文上課呢，只是現在年輕人說法文的越來越少了，說西班牙文的變多了，還有說中文的。」

唐納森與路雨晴又聊了一陣子有關路易西安那州的歷史，但我已經無心參與，我滿腦子都在想著吳正非的事情，感覺我搞錯了什麼很重要的事。

唐納森離開後，路雨晴也叫我快點回去休息，我堅持幫忙收拾桌面，還幫忙拖地、關燈、關店面。路爸爸路媽媽面無表情地說聲謝謝，就手牽手回房間去了，搞得路雨晴有點尷尬，一直跟我道謝。

「我想請妳幫個忙。」我說。

「什麼忙？」

「一個很困難的忙，只有妳做得到。」

十五、「不要只想著要教給孩子什麼，也要從孩子身上學習。」

「『學而幼稚園』的『學而』，取自《論語》：『學而時習之，不亦悅乎？』，這句話不只是說給孩子聽的，也是說給大人聽的。我常常跟我們同仁說，從事幼教工作，不要只想著要教給孩子什麼，也要從孩子身上學習，你才有機會變成更豐富、更好的大人，然後教給孩子更多，我們『學而』的辦學宗旨就在於『教學相長』的良性互動。」

「可是可以從這麼小的小孩身上學到什麼呢？屁屁偵探嗎？」

「那是有形的部分，還有很多無形的東西。例如無條件、真正的愛，孩子對你的愛是最純潔無瑕的，沒有任何條件，沒有任何保留，他們愛你就是愛你，你只要回應他們，他們就非常快樂。我常常就想，在我們長大的過程中，到底是從什麼時候開始，我們喪失了這種愛人的能力？我們愛人必須有各種條件、負擔，要用物質、用法律、用信仰去限制我們的愛，甚至我們愛了卻感到痛苦……什麼地方出錯了，讓我們變成一個冷漠的大人呢？我一直在向孩子學，大概就是在學這個。」

「老師妳真的很喜歡小孩。」

「我自己有三個小孩，也都大了。」趙老師微笑說：「現在年輕人不想生，我都理解，帶小孩真的辛苦，但我還是鼓勵年輕人試試看，並不是說要傳宗接代、養兒防老啦，或是什麼不生小孩人生有遺憾，我勸大家生小孩的原因是因為，跟著孩子成長真的挺有趣的，好像自己又活了一次一樣。」

趙老師看著我和路雨晴說：「像兩位這樣就很好，年輕一點生孩子，更有體力帶小孩，你們的寶貝一定非常漂亮，我很期待他來我們『學而』就讀。」

臺磁與 J.J. 世紀大和解的新聞炒了一個多星期，多數媒體都稱這是臺磁的大勝利，一間英文媒體更稱讚臺磁「有如一頭刺蝟般頑強地抵抗獅群的進攻，直到獅子不得不分享獵物」。但也有媒體認為臺磁被引誘至美國生產，可能會落入美國新重商主義的陷阱。

八卦媒體也從政黨初選的新聞中挪出若干版面給臺磁吳家，老董事長婚外情的新聞被冷飯熱炒一番，吳正非與吳明過兩兄弟的矛盾也被拿來當話題，有位記者寫道：雖然弟弟吳明過稍早被扶正為總經理，但此次對 J.J. 的抗戰中，「大阿哥」吳正非立下汗馬功勞，臺磁的奪嫡之戰，好戲恐怕還在後頭。為了這篇報導，吳氏兄弟還開了場記者會，現場兩人互開玩笑吐槽，最後還來個擁抱，證明兄弟齊心，其利斷金。

這些報導倒還沒涉入吳氏兄弟的私人生活，蔣恩並沒有曝光，也沒看到其他花邊新聞。

我的工作節奏也稍稍緩了下來，於是我請了幾天假，研究幼稚園的事。

我壓根沒想過我會和這間幼稚園再有瓜葛。根據網路資料，「學而幼稚園」是臺北市排名前十的幼稚園，具備蒙特梭利方法、雙語師資、極低師生比、寬廣活動空間，以及整齊的家長素質等諸多優勢，因此即使學費不菲，家長們還是擠破頭想將小孩送進去。網路普遍說法是入學前一年就要開始排隊，有人說兩年，還有人說小孩剛生出來就去報名的。

我沒想到連幼稚園都有排名，以後可能連托嬰中心都有「TOP10」了。

我請路雨晴偽裝成一個一歲小孩的媽媽，打電話給幼稚園預約參觀，之所以請她打是因為我覺得由女性出面比較不會引起懷疑。

參觀當天，我們先約在離幼稚園兩個街區的速食店碰面。路雨晴穿了素色的長裙與寬鬆的條紋襯衫，腳上平底鞋，頭髮是簡單馬尾，她在我面前轉了一圈，說：「怎麼樣，這樣像有一歲小孩的職業婦女嗎？」

我微笑說：「像，而且老公應該會想生第二胎。」

走往幼稚園的路上，路雨晴問我為什麼要搞這一齣，我說是為了吳正非。我告訴她我和吳正非認識的經過，從大學到現在的印象中，吳正非就是個好相處的帥哥，但他球打得很爛、法律不強，靠家族關係當上法務長，當的也只能算平庸。

然而那天湖畔夜談，唐納森卻給了吳正非「savvy」的評價。據我對英文淺薄的了解，「savvy」指的不僅是精明幹練，同時帶有狡詐、老謀深算的意思，這和我所認識的吳正非形象搭配不起來。

而且唐納森說吳正非法語流利，但依據蔣恩的描述，吳正非並不會講法文。

「吳正非是什麼樣的人又關你什麼事呢？」

「因為他跟蔣恩在交往啊。」我說：「蔣恩家裡的人可是千叮嚀萬囑咐要我鬥看咧[65]。」

「可是……那也沒有關係啊，難道你發現吳正非不是草包，是隻老狐狸，你就會叫學姊跟他分手嗎？」

「他在工作上是草包或老狐狸我才不管，我在乎的是工作以外的事。」我說：「所以我們才要來幼稚園。」

接待我們的是趙老師，她是位四十來歲、身材嬌小、態度和藹的女士，第一眼就給人「把小孩交給她很放心」的感覺。趙老師先帶我們到會議室，詳細解釋幼稚園的歷史、辦學理念、教學方法、編班制度等等。聽到我們的小孩才一歲，趙老師笑說

65 鬥，tàu，幫忙。鬥看咧，tàu khuànn -leh，幫忙看著。

網路訊息有時候太誇張，沒必要那麼早來排隊，一年前報名就可以了。

接著趙老師帶我們去參觀校園，幼稚園裡頭比從外面看起來大上許多，兩棟教室大樓間夾著一大片的草地，小孩們跑跑跳跳相當熱鬧。我遠遠就看到艾登在溜滑梯上，我趕緊戴上口罩，藉口說最近咳嗽，怕傳染給小孩。

「我們跟吳正非先生是朋友，是吳先生跟我們推薦你們幼稚園的。」路雨晴說：「不知道吳先生的小孩唸哪一班，我們想跟他打個招呼。」

「吳正非先生？對不起，我沒聽過……」趙老師說：「他小孩叫什麼名字呢？幾歲？」

「名字啊？我們平常就叫他寶寶；幾歲嘛……呃，老公你知道寶寶幾歲嗎？我記得是四歲對不對，比我們家小琳大。」

「五歲吧，還是三歲，我忘了，小孩子看起來都差不多。」我說。不得不說，路雨晴的人妻演得似模似樣，投向我的眼神親暱又不失自然，害我差點伸手去摟她的腰。

趙老師微笑說：「那我就真的不知道了，學校一百多個孩子，我也不會記得每個家長名字的。」

我與路雨晴對看一眼，心中失望。認不得小孩，那只好一直埋伏在幼稚園外等吳正非現身了。又或者，其實是我的猜想錯了，吳正非根本沒有小孩，我本想請趙老師去查園方留存的家長資料，但想想這樣實在太可疑了。

趙老師緩緩轉向大門方向，同時補充校車接送、課後才藝班等資訊，她說報名表在給我們的書面資料袋中，有問題可以再與她聯絡，這意味參訪結束，我與路雨晴向趙老師道謝，往大門走去。我低頭摘口罩，一位手提大包小包棉被的保育員直撞進我的懷裡，她連聲道歉，一抬頭，我們四目相接。

「咦，你是……？」

我一眼就認出，這位保育員便是「劫孩見父」計畫當天，與徐媽媽從幼稚園門口一路聊天過來的那位，也就是她召喚出那隻「魔鬼終結者」的。現在她瞇著雙眼對我上下打量，我不禁全身肌肉緊繃，提防「魔鬼終結者」突然從哪裡跳出來，我得朝對的方向跑。

「我記起來了！」保育員說：「你是吳先生的朋友對不對？那天我有看到你和他打招呼。」

我鬆了口氣，笑出聲來。我介紹我的「妻子」，並說明正是吳先生介紹我來參觀幼稚園的。

「吳先生真的很客氣啦，那天還親自送點心過來。」保育員說著放低音量對趙老師說：「就是我把小孩家長搞錯成壞人的那天啦……還叫阿諾去追人家，記性不好。」

我想這位保育員的記性是真的很不好，可以把同一件事記成兩件。

「你們也是要來唸『學而』嗎？歡迎歡迎，我們環境真的很好啦，小孩子都很開心，邊玩邊學，餐廳阿姨準備餐點很用心喔，早餐、中餐、點心，小孩都不會挑食啦，從這邊畢業胖一圈……」

「小光。」趙老師打斷滔滔不絕的保育員說：「吳先生的小孩在你們班上嗎？楊先生楊太太想打個招呼。」

「君君嗎？就在那邊啊，和同學在溜滑梯。」

我們順著保育員的手指看過去，一個四、五歲的小女孩正與艾登一前一後從溜滑梯上溜下來。保育員大喊「君君」，兩個小孩看過來，我揮了揮手，艾登很高興，用力地向我揮手，那女孩則是滿臉疑惑。

下午四點半，路雨晴銷假回去上班，我獨自窩在駕駛座，從對街監看著幼稚園大門，我看見菜頭學長來接艾登，艾登興高采烈地說著什麼，希望不是在說我。我沒去打擾他們。

然後我看見了小女孩君君挽著一位年輕女性的手走出校門，我第一個念頭是：應該是保母或幫傭吧！那女人素著一張臉，五官雖然不會說難看，但氣色極差，整個人散發出一種卑怯、不自信的氣質，我很難相信這是吳正非的女人，不管是正宮或情婦都不可能。然而當女人將女孩抱起時，我又不得不相信她們便是母女，畢竟那相似的眉目是捏造不來的。

所以這對母女與吳正非到底是什麼關係呢？

女人帶著女孩上了計程車，我發動引擎，尾隨在後。約莫十分鐘後，計程車停在民生社區的一棟大廈前，女人與女孩下車進門。那是一棟所謂的「電梯華廈」，八到十層樓高，一樓店面開了間美語補習班，建築目測約二十到三十年歷史，外牆倒是保養得不錯。我戴上帽子與口罩在門邊信箱前逡巡數回，沒有發現明顯線索，我的膽子還沒大到敢光天化日之下去翻看信件，只好回到車上等待。

好在不用等很久，五點半左右，那個女人獨自走出華廈大門，身上大包小包的，卻不見女孩人影。按理說這麼小的孩子是不可能單獨在家的，因此家中還有其他大人嗎？是吳正非嗎？

我還在思索，那女人已攔了輛計程車離開，我繼續跟蹤，經過這幾次經驗，我現在跟車駕輕就熟，差不多可以去徵信社兼差。計程車在下班的車潮中一進一停，轉上復興北路，過大直橋後來到一間透天別墅前，是吳正非的家，上回我們來吃火鍋的地方。那女人提著東西搖晃地爬上臺階，在口袋與包包間掏探著鑰匙，我看見其中一個塑膠袋裝的是臺北某名店的草莓蛋糕，另一個紙袋的袋口則露出法國粉紅酒的瓶頸。

我突然明白這是怎麼一回事。我知道等一下這個女人會離開，吳正非與蔣恩會來，因為今天是蔣恩的生日。

大約六點十五分，吳正非的車開進別墅車庫，車上只有他一人。不久後我聽見屋內傳來吳正非的叫罵聲以及物品摔落地面的聲音，然後吳正非推門出來，一臉不悅的樣子，倚在門廊扶手邊抽菸。

媽的，我連他有在抽菸都不知道。

我下車上前，吳正非嚇了一大跳，他丟掉菸蒂，恢復一臉老好人的笑容說：「艾倫，你怎麼來了？」

「那個女人是誰？」我問。

「什麼女人？沒有女人啊。」

「房子裡的女人。」我說：「她平常會幫你送換洗衣物過來，她還會幫你養蟲。她現在應該在布置蔣恩的生日派對，你會跟蔣恩說，那是你準備的驚喜。」

吳正非看著我一會兒，突然大笑說：「我還以為你在講什麼……那是我請的阿姨啦……家政婦，幫忙打掃家裡的。她每個星期來兩次，掃得很不錯喔，你也可以請她幫忙……」

「那君君呢？」

吳正非的臉色變了，如電影裡演技精湛的演員，一個鏡頭便從和藹可親的好人變成陰沉邪惡的壞人。

「你對我女兒做了什麼？」

「什麼都沒做，」我說：「但我知道她是你和裡面那位『家政婦』的小孩。」

「你如果敢動我女兒一根頭髮，我會宰了你！」

「我說我什麼都沒做了，媽的。」我說：「我看起來是會對五歲小女孩做什麼事的人嗎？」

吳正非深吸口氣，雙手撐在欄杆上，壓著嗓子說：「你想要什麼？」

「我要你離開蔣恩。」

「你可以不要這樣子……」

「離開蔣恩，或是我把這一切告訴她。」

吳正非嘆了口氣，他站直身子，將菸盒遞向我，我搖了搖頭，他叼了支菸在唇上，打火機點了幾次才點燃。他長吸一口，緩緩吐出，煙霧在夜風中飄散。

「我對蔣恩是認真的。」他說：「我說真的，她聰明、漂亮、能幹，而且我們都愛蟲，你知道這世界上要找到一個跟你有相同嗜好，又聰明、漂亮、能幹的女人有多難嗎？我從來沒有這樣愛過一個女人，從來沒有，她也愛我。」

「所以你應該離開她，在她還沒有受到更大的傷害之前。」我說：「掰個理由，說個性不合什麼的跟她分手，她會難過一陣子，但之後就會好了，你如果讓她發現你……我……」

我突然一股怒氣上湧，話接不下去。吳正非又抽了幾口菸，說：「艾倫，算我求你，你可不可以……」

「不行！」

「……可不可以不要管這件事，我……我會想辦法……」

「我說不行！」

「拜託你，艾倫，真的，拜託你。」吳正非面露痛苦表情地說：「我是真的愛著蔣恩……我跟曉琳是個錯誤，那時候我太年輕，我也是受害者，我一直在想要怎麼更正這個錯誤……艾倫，你也是男人，男人都會犯錯，對吧？難道不應該給我一個機會嗎？再給我一點時間……再給我一點時間……我會把事情處理好，我不會讓蔣恩受到傷害！」

「可以啊。」我說：「你去跟蔣恩說，看她給不給你機會。」

「你這樣是要我死。」

我差點要接梁朝偉的經典臺詞「對唔住，我係差人」。

「你知道我跟蔣恩的關係。」我說：「她是我妹妹，她家裡要我幫忙看著，你騙她，然後要我袖手旁觀？」

「我只是想要多一點時間而已，我保證……一切都會解決的。」

「Bonjour, monsieur！Quelle belle journée[66]。」

我搶過他手中的菸盒與打火機，點了支菸，尼古丁使我精神一振。

66 中譯：早安，先生，多美好的一天。

「Putain，tu fais chier ou quoi？[67]」

「我聽不懂，這是法文的髒話嗎？」我呼了口煙，說：「你明明法文很流利，故意裝不會，要不然解決假新聞只是一個星期的事情而已。」

吳正非瞪著我，沒有說話。

我繼續說：「其實早該有人想到的，你們公司產品賣到到瑞士的數量很少，外面的人根本不知道你們有瑞士市場，更不可能知道你們的產品裝在瓦萊邦；那款塗料又是新產品，市場還不熟。能把瑞士瓦萊邦、塗料這些細節編成一個新聞的人，只可能是臺磁裡面的人。」

我想起當初在跟臺磁開會時，艾瑞克自言自語說什麼「拿破崙」，現在我知道他說的其實是「內部人」。艾瑞克一開始就懷疑是臺磁自己人搞的鬼，只是他沒深究而已。

「現在是在演什麼推理劇嗎？『名偵探楊艾倫』？媽的，這跟蔣恩有什麼關係？」

「這個假新聞很棒，百分之八十是真的資訊，所以很難查證。盧森堡的私募基金也是你事前找好的，你本來計畫是趁臺磁股價大跌，基金大舉進場收購，支持你進董事會，只是你沒料到J.J.半途殺出來。繞了這一大圈，結果看起來還不錯，你進了董事會，基金還有二席，抓好一個時機把董事長搶過來，臺磁就是你的了。」

67 台譯：膣屄，恁是在講啥潲？中譯：屎蛋，你他媽的在說什麼？

吳正非將菸蒂丟掉，啐了一口，說：「幹，你說這些到底要幹什麼？」

「如果他們現在知道了，你的計畫就前功盡棄了吧？」我說。

吳正非看著我，眼中流露出凶狠的神色。

「我的條件很簡單，」我說：「你跟蔣恩分手，我會幫你保密……如果你需要幫忙，我可以幫你。」

我以為這個要脅可以讓吳正非立即就範，但他並沒有。他雙手抱頭，來回踱步一陣，然後苦笑著說：「楊艾倫，你知道整件事最好笑的是什麼嗎？就是我爸和我弟都不知道我會說法文，他們也沒有懷疑過我處理事情的方式，因為我就是個私生子，私生子當個繡花枕頭最好。」

「你們吳家媽的怎麼搞我不care，我只要你離開蔣恩。」

「我辦不到。」

「你覺得我不敢把你的事抖出來嗎？」

「不是。」吳正非看著我說：「因為我愛她。」

我一時答不上話。

「阿非，是誰啊？」

我轉過頭去，只見那女人推門走出來，手上提著裝滿養殖土的飼育箱，她的臉色在燈光下看起來更為蒼白，眼神愈發不自信。

吳正非大步上前，一巴掌將那女人打倒在地，養殖土與雞母蟲灑了一地。吳正非跟著一腳踹在女人身上，我衝上前將他推開，吼道：「媽的，你幹麼打人啊？」

吳正非指著那女人吼道：「都是妳！都是妳！我的人生就是被妳毀了！楊艾倫，你知道這女人多可怕嗎？趁我喝醉的時候勾引我上床，騙我說要把小孩拿掉結果偷偷生下來！我一輩子活得小心翼翼，就放縱一次，就一次！結果變成這樣，你說我不能再去愛我愛的人嗎？我就要一輩子跟這個賤女人這樣子？」

吳正非衝上來又要打人，我將他攔住，那個女人躲在我身後，邊哭邊道歉說：「對不起，阿非，我不是故意的……我會改……我會改……」

吳正非吼道：「把幼蟲撿起來！幹，死了一隻我就打死妳！」

那女人顫聲說：「我……我不敢碰……」

吳正非吼道：「給我撿起來！要不然我就要妳把牠們都吃下去……不撿是嗎？幹！」說著吳正非撿起一隻拇指大小的雞母蟲，硬往那女人嘴巴塞去。我試著架開他，他右手一揮將我推開，我重心不穩從階梯上摔下來，跌坐在一雙裹著黑色絲襪的小腿邊。

是蔣恩。媽的，我不知道她站在那邊多久了。

吳正非回過頭來，努力恢復笑容說：「蔣恩，妳來了，生日快樂！我和艾倫正在討論要怎麼給妳一個驚喜……怎麼樣？這有趣嗎？這是我們打掃阿姨……晚餐準備好了，來，進來吧，我幫妳拿東西……」

蔣恩沒有說話，她雙腳併攏站在原地，身體微微發顫，我有種既視感，第一時間便跑到她的身後。

「沒事吧，蔣恩，妳不要……」

「哥哥，接住我。」她帶著哭腔說，然後暈倒在我懷裡。

我記得蔣恩上回叫我「哥哥」是十五年前的事，那年我們高二。

其實蔣恩叫我哥是再正常不過的，她媽和我媽是手帕交，我大半的童年是在蔣家的四合院裡度過。蔣恩的媽媽利用四合院臨街一處廂房開了間服飾店，我媽美其名去幫忙，其實就是閒聊，我則與蔣恩、蔣恩她姊與其他蔣家的小孩到處玩。「艾仔」[68]這個小名是蔣恩的阿祖開始叫的，她一直以為我是他哪個孫子的小孩，蔣家逢年過節給小孩準備的禮物紅包，也總有我的一份。

蔣恩從小就被人家說「野」，她不大常與姊姊們在院埕裡扮家家酒，老是跟我們男生去樹林裡抓蟲、去水圳撈大肚魚，或是去偷摘人家的龍眼。她年紀小、個頭也小，常常一不小心就摔得頭破血流，然後我媽就會將我痛打一頓，說我沒顧好妹妹。

不過蔣恩不只野，她更是絕頂聰明。她花大把的時間在抓蟲與養蟲，成績卻永遠

68　「艾仔」台語發音為ngāi-á。

名列前茅。她家裡的人把這一切解釋為「蔣恩很會考試」，還一直告誡她「母娘[69]保庇妳巧[70]，沒保庇懶屍[71]」，要她多花點時間在書本上，但蔣恩依舊我行我素，每天下課拉著我去抓蟲，七晚八晚回家，被她爸媽臭罵罰站，下次考試還是第一名。

國小五年級時總算有老師發現蔣恩的特殊之處，他們帶蔣恩去做測驗，鑑定她是智商一百三十的資優生，於是蔣恩跳過六年級直接上國一，國二唸完直接考上第一志願的高中，於是她從「妹妹」變成了我的「同學」，反倒蔣恩她姊考上高職，斷了與我九年同班的緣分。從那時候起蔣恩便不再叫我「哥哥」，改叫「楊艾倫」了。

我這樣寫好像蔣恩是個怪胎，其實除了不讀書一直考第一名和沉迷甲蟲以外，蔣恩就是個平凡的少女，鉛筆袋裡裝滿可愛但不實用的文具、放假與同學逛街看電影拍大頭貼、最喜歡的棒球員是鄭兆行、最喜歡的歌手是王力宏、理想男友典型是《玩偶遊戲》裡的羽山秋人。不過由於跳級的關係，蔣恩必須與年紀較大的孩子相處，這樣的差異在高中以後特別明顯，當她的同學已經展現「小姐」的身段時，蔣恩還是個乾瘪的黃毛丫頭，有些人會拿這種差異來開玩笑，甚至某程度地言語霸凌她，但蔣恩總是一笑置之，我問她為什麼不嗆回去，她只淡淡地回答說：「因為我很強

69 母娘，bó-niû，瑤池金母的台語暱稱。
70 巧，khiáu，聰明的樣子。
71 懶屍，lán-si，懶洋洋。倦怠、無精打采的樣子。

啊！」

正因蔣恩是這樣的女孩，我始終搞不懂她與白雅林是怎麼鬧翻的。白雅林身高一百七十公分，儀隊旗官、校女排自由球員，蔣恩在班上「第一名」的競爭者。她們原先感情很好，每堂下課總見一高一矮兩個女生一起上福利社或去廁所，比賽時，蔣恩也總在場邊為白雅林加油，有人說白雅林把蔣恩當妹妹，也有人說她們在交往。

但不知從何時開始，這對姊妹淘關係決裂，她們不再一起活動，在班上不講話，甚至路上相遇會互相別過臉去。我問蔣恩原因，她說她不知道，是白雅林先不理她的；有人去問白雅林，得到相同的答案。

高三後，蔣、白兩人關係越來越差，白雅林到處說蔣恩是怪胎，說蔣恩房間裡都是蛆；蔣恩剛開始還耐心地跟人家解釋，後來煩了，她索性在班會上亮出一隻手掌大小的雞母蟲（應該是南洋大兜的幼蟲），大聲說雞母蟲不是蛆。聽說當時她們班尖叫聲隔著三條街都聽得到。蔣恩還將雞母蟲拿到白雅林面前，質問她這跟蛆有一樣嗎？白雅林當場昏倒，蔣恩被記了個警告。

這件事之後蔣恩正式被女生們列為怪胎，她們把她的位置搬到教室的最角落，收她的作業時戴橡膠手套，過分一點的還會故意捏住鼻子。蔣恩努力裝作不以為意，下課時間便獨自窩在生物教室裡幫蟲換土——她和生物老師談好，以科展名義將家裡的蟲搬來學校養，有時候我會去陪她，有時候我們班那個喜歡她的王英展也會在那邊，她總是有說有笑，絕口不提班上朋友的事。

但顯然白雅林並不打算放過蔣恩。

我記得那天晴空萬里，蔣恩心情很好，在公車上滔滔不絕地說著她飼養長臂金龜的經驗：幼蟲期太長，一整年像養一盆土；蛹期凶險無比，八隻結蛹只羽化出四隻；蟄伏了好幾個月，希望至少有兩隻能健康醒來。她姊在一旁翻白眼說她已經聽金龜子聽了一個晚上，可不可以不要再說了；蔣恩扮了個鬼臉，提醒姊姊：家商到囉，請準備下車。

我與蔣恩並肩走進校門，她說了聲「掰」便蹦蹦跳跳地往生物教室方向走去。我走進教室，只見阿肥與小智在用二十一點賭早餐，我加入賭局，第一把就把我的中冰奶給輸掉了，我正要用漢堡蛋翻本，外面突然傳來一聲尖叫，是蔣恩的聲音，我跑向聲音的方向，只見蔣恩站在學校鳥園的大鐵籠前，瘋狂地拉著鐵門。

「妳在幹麼?蔣恩。」

蔣恩繼續拉著門，同時用顫抖的聲音說：「我……我的蟲……救救我的蟲……」

我看向籠中，只見一個個飼育箱翻倒在地，籠中的土雞們發出興奮的號號聲，拍動翅膀，爭搶啄食著滿地的幼蟲與成蟲。

我將蔣恩推開，試著去拉籠門，但門栓被掛鎖鎖住，分紋不動。

「過來!過來!」

一隻長臂金龜——大概蟄伏剛醒吧——正盡力突破雞群的包圍，向我們爬過來，蔣恩雙手伸進籠中，將雞群驅散，然後盡可能地伸長手臂，想救下這隻得來不易的甲蟲，眼看她的指尖要碰到金龜修長的前臂，突然一道華麗的身影從樹上降下，一頭藍孔雀落在蔣恩面前，牠白色斑紋環繞的眼睛帶著萬鳥之王的驕傲與不屑，牠低頭，第一下啄穿金龜的身體，第二下吃掉半隻金龜。

我看到蔣恩僵在原地，身體左右搖晃。

「妳還好吧，蔣恩？」我跑到她身邊說。

她帶著哭腔低聲說：「哥哥，接住我。」

我開車載蔣恩回家，七手八腳地將她扛上床，為她脫去外套，解開襯衫最頂端的兩枚釦子。我伸手繞到她的背後，隔著衣服解開內衣背釦；我遲疑了一下，最後仍伸手進她的裙底，將褲襪剝下來。蔣恩沒有醒來，只是深深地呼了口氣。

我自己洗了把臉，然後從浴室抽屜底部翻出卸妝組合，用卸妝油卸除蔣恩的眼影與唇膏，再以卸妝乳清除粉底，最後我擰了條熱毛巾，將蔣恩臉上的殘妝、淚水與汗水一併擦乾淨。

素顏的蔣恩看起來格外憔悴，她的雙眼周圍紅腫，原本的瓜子臉也更削瘦了。我原本想打電話給她姊，但想想，蔣思知道了也無濟於事，而且對一個懷胎超過三十週的孕婦來說，這事無疑是太刺激了些。

我倒了杯威士忌，坐在床沿慢慢喝著，回想過去那些事情。

蔣恩歷來不乏追求者，高中時，我的班上就有兩個人在追她，王英展還在朝會上當著全校跟蔣恩告白，結果蔣恩只是笑，沒答應、連一點害羞的反應都沒有。大學的時候，前仆後繼的追求者更多，從大五屆的學長到小五屆的學弟都有，印象中達陣的只有兩個，交往期間都不到兩個月，蔣恩給的理由是「很煩」。出社會後情況類似，曾有位醫生在情人節送了九百九十九朵玫瑰花到辦公室給「蔣律師」，連艾瑞克都嘖嘖稱奇，蔣恩也只是笑一笑，請祕書將花分插成幾個花瓶，擺在辦公室裡。

我知道馮二馬曾經追過蔣恩，但淺嘗即止，馮二馬的結論是：「跟蔣恩不熟很難聊，跟她熟了，她又只把你當哥兒們，一點曖昧空間都沒有。」

這大概是二馬「FP困局」的理論基礎吧，我常用這段話安慰那些失敗的追求者們。

大概就是三十年都這麼難追，這回和吳正非在一起，蔣恩是真的陷進去了吧，偏偏碰上這個人渣，就像美洲原住民碰上天花病毒，毫無抗體，致死率九成……什麼智商一百三十，談起戀愛還是個傻瓜。

蔣恩稍稍移動身體，口中囈語不停，我靠近聽，她在說：「不要打她……不要打她……」我輕撫著她的頭髮，在她耳邊輕聲說：「恩恩不要怕，哥哥在，沒事了……

沒事了……」

蔣恩睜開眼睛，眼神迷茫，我問她好一點沒，她搖搖頭，蜷縮進我的懷裡。

「我幫妳倒杯水。」

「不要走。」

「妳先休息，我倒杯水。」

「不要走……抱我……親我……」

蔣恩抬起頭，輕輕吻著我脣，那吻是苦的，帶著眼淚的味道。我的大腦還在思考應不應該這麼做，身體卻已經有了反應，我翻身將她壓在下面，吸吮她的頸側，她發出悠長的呻吟，如一頭受傷的鹿。

上回我聽到這樣的聲音，同樣是在那天，蟲被鳥屠殺的那天。

我將蔣恩扛進保健室，裡頭空無一人，我將她平放在床上，解開她制服頂端的兩枚釦子，她深吸口氣，發白的雙脣稍稍恢復血色。我在醫材藥材間找了半天也不知道該找什麼，最後拿了幾枚酒精棉，在蔣恩的人中與太陽穴胡亂塗了幾下，蔣恩打了個噴嚏，緩緩睜開眼睛。我才剛說話，她突然翻身下床，拿了辦公桌上的剪刀就往外衝，我從後頭將她抱住，她尖叫道：「放開我！我要去殺了那個賤人！放開我！」

我將她壓在地板上，奪下剪刀，她持續掙扎，最後氣力放盡，軟倒在我懷中，抽抽噎噎地只是哭。我抱緊她，撫摸著她的頭髮，安慰她一切沒事，她突然吻了我的唇，先是輕啄一下，緊接著是一陣激烈的熱吻，那吻是苦的，與我想像的初吻完全不同，但我仍然勃起了。我將她抱上床，笨拙地自她的臉頰吻到頸邊，然後我聽見了那從她稚嫩身體深處發出、悠長而婉轉的呻吟。

學校原本打算將「甲蟲失竊」一事含糊帶過，直到了解那些蟲在市場上價值十幾萬元後，才趕忙報警處理，但警方也沒有查出任何結果。蔣恩似乎並不受這些事情的影響，依舊正常上學、養蟲，她與白雅林沒有再發生衝突，安穩地度過高中最後一年。畢業後，蔣恩以全國前二十名的成績考上法律系，白雅林則考到南部的學校。

事後想想，蔣恩那時候還未滿十六歲，我其實是犯了準性侵害罪，最多可以被關七年。我曾帶著歉意與惶恐暗示她我們是不是應該在一起或做些什麼「負責」的事，她只是裝傻，自顧自地聊她的甲蟲。於是我再沒有提起這件事，甚且努力抹消眼神僅存些微的默契，只是我偶爾還是會想，對蔣恩來說，在那燠熱的早晨、瀰漫著藥水味、狹小又不甚隱密的保健室病床上所發生理應是神聖而值得紀念的第一次經驗，到底有什麼樣的意義。

我更沒想過會再發生同樣的事。

第二天我醒來，蔣恩已經不見了，我心中一陣緊張，連忙撥手機給她，手機響了很久，我以為不會有回應，想不到她竟接了起來，語氣平淡地問我什麼事。我鬆了口氣，問她在哪裡。

「在家，我今天不會進辦公室。」她淡淡地說：「我不會去自殺，也不會說出去的，你好好過你自己的吧。」

我感覺心裡有很多話想說，但又不知該說什麼。最後我聽到蔣恩說：「謝謝你。」然後她掛了電話。

蔣恩請了一個星期的假，然後遞了辭呈。這事造成全所轟動，艾瑞克、湯瑪士、艾瑪、布蘭達共同把我叫去問話，我告訴他們蔣恩與吳正非分手的事，說蔣恩傷得很深，覺得沒有辦法再工作下去；湯瑪士問我他們分手的原因，我只說是個性不合。

艾瑞克顯得相當激動，破例說了一長串的話，大意是他可以去跟吳正非談，或許有機會讓兩人復合；艾瑪說感情的事別人是插不上手的，只能等蔣恩自己想通，看看有沒有機會再回來。

會後，布蘭達又把我叫去她的辦公室，追問蔣恩離職的真正原因，我心裡盤算一陣，告訴她蔣恩他們分手其實是因為吳正非劈腿。布蘭達臉上表情半信半疑，她又追加了一些問題，我只推說我不清楚細節。

談話告一段落，我轉身離開時，布蘭達喚住我。

「喂，恭喜啊。」她臉上表情似笑非笑，「你今年應該可以升合夥人了。」

十六、「沒有一個人喜歡另一半身邊有蔣恩這種異性的。」

「所以那個布蘭達覺得是你把蔣恩弄走的？」

「我沒有辦法控制別人怎麼想，我也不想理他們怎麼想，事情發生就發生了，我也不能怎麼樣。」

「蔣恩後來呢？就留在臺中嗎？」

「她去聖地牙哥。」

「來美國？為什麼要去聖地牙哥？」

「不是加州的那個聖地牙哥，是南美洲智利首都的那個聖地牙哥，她說要去學西班牙文。」

「哇，真的是天涯海角，臺灣在地球上的另一端呢……為什麼跑那麼遠？學西班牙文應該去西班牙啊。」

「比較便宜吧……不要一直問我，我也不知道，我都聽她家裡說的。」

蘇心靜喝了一口咖啡，說：「我坦白說好了，蔣恩走了，我很高興。」

我沒有說話。

「沒有一個人喜歡另一半身邊有蔣恩這種異性的，青梅竹馬也好、乾妹妹也好、哥兒們也好……純友誼……我們都知道是假的，只是很難說出來而已。」

「那妳跟那個日本人呢？魚住兄？假的純友誼？」

「我跟三井可沒有你和蔣恩那麼靠近。」

「妳穿比基尼他幫你拍照的時候，沒有很靠近。」

「你想吵架嗎？」

「沒有。」我說：「我只是想說，不要隨便以己度人，妳和異性沒有純友誼，不代表別人沒有。」

蘇心靜笑了笑，又喝了口咖啡。

「蔣恩走了，你更好處理你的事了。」蘇心靜微笑著說，那是種勝利者的笑容，令人厭惡。「聽你罵吳正非罵成這樣……以己度人……你還不會呢！」

蔣恩的離開餘波盪漾，我接了她所有的工作，一時間忙得昏天暗地。我和吳正非仍會在各式各樣的工作場合碰到，但我們心照不宣，對蔣恩或另一個女人的事隻字不提，艾瑞克與布蘭達自然也不會白目到去問他與蔣恩分手的事。

我仍然會時不時收到有關蔣恩的詢問，我準備了兩個版本的故事。對公司同事、蔣恩家人或其他陌生人，我告訴他們蔣恩與吳正非分手是因為個性不合，不合的原因「據我所知」是兩人背景的差異，畢竟一邊小家碧玉一邊豪門公子，剛在一起沒什麼問題，深入交往才發現價值觀有差，走不下去，蔣恩感情放太深，受傷很重，所以暫時離開休養一陣子。

大家對這個版本的故事都很滿意，多數人會無奈地笑一笑、嘆息或聳肩，一如他們聽了其他無數個都會愛情故事一般。我媽倒是比較激動，責備我沒幫蔣恩看對象，說蔣恩沒魂有體的樣子看了都心疼；蔣恩的媽媽則為我緩頰，說一切都是命，只怪蔣恩不會斟酌，談個戀愛把自己搞成這樣。

對於馮二馬、張阿本這些親近的朋友，我添加了吳正非劈腿的段落，而且是抓姦在床，所以對蔣恩衝擊才那麼大，但劈腿的對象是誰我不知道。馮二馬說吳正非以前在學校就很花，蔣恩這種純情女一定吃虧；醫檢師安娜則說男人有錢有閒就會做怪，沒錢沒閒也會做怪，女人真命苦！

唯一知道真實版本故事的只有路雨晴。

「我去打聽了一下。」路雨晴一邊吸著飲料一邊說。

「等一下、等一下，妳去哪裡打聽？」

「業界啊！好歹我們現在是關係企業。」路雨晴說：「你不會認為，吳正非在外面養一個小孩這種事，全世界沒人知道吧？」

我沒說話，確實不可能。

「那女的之前是臺磁的員工。」

「媽的。」

「本來是業助，被吳正非看上就調去當他的祕書，懷孕以後還在臺磁待了一陣子，大概是肚子大了瞞不下去才離開的。」

我感覺胸口一股火。「她為什麼不去告吳正非？這算是『利用權勢性交』啊，刑法二二八，關五年。」

「你是有經驗的律師吧，學長？」路雨晴冷笑說：「你真的覺得一個祕書敢去告公司的小老闆嗎？小老闆可是可以去請像你這樣的律師去對付她的耶……如果『利用權勢性交罪』那麼好用，就不會有什麼『me too』運動了。」

我答不上話，在這議題上我背負了「男性」與「律師」的雙重原罪。

路雨晴又吸了一口飲料，說：「我覺得，她能堅持把孩子生下來已經很勇敢了，聽說是她抱小孩去找吳家的長輩哭訴，那個長輩才去勸吳正非的爸爸說：之前拿掉那麼多個，損陰德，吳正非他爸才介入，吳正非自己也滿喜歡女兒的，所以就把那個民生社區的房子給她們住，還請了保母。」

我搖頭說：「我聽不懂，那個女的為吳正非拿了很多次小孩嗎？」

「是很多女人為吳正非拿了很多小孩。」路雨晴說：「她是第一個敢生下來的。」

我罵了一句很長的髒話。「吳正非的家裡知道這件事嗎？他爸知道怎麼沒管一管？媽的，要我是他爸，我一定把他的錢都收起來，順便打死。」

「因為他爸跟他弟更亂啊。」路雨晴說：「聽說有個房仲專門幫他們找房子放女人呢！」

我感覺頭皮發麻，我突然理解為什麼臺磁公司上下對於吳正非與蔣恩交往這件事的反應那麼冷淡，對他們來說，蔣恩也只是吳家父子眾多玩具之一而已；我甚至可以想像有人會說：「女律師」也沒有比較厲害嘛，還不是見錢腿開，玩玩就可以丟掉。

「我應該早一點提醒蔣恩的，媽的。」我雙手抓頭說：「我明明可以提醒她的。」

「怎麼提醒？你現在聽我講你才知道的不是嗎？」

「因為洗衣機。」

「什麼洗衣機？」

「吳正非把洗衣房拿來當蟲室，洗衣機都沒在用。」我說：「就算是男人，一個人住，可以不開伙煮飯，但不能不洗衣服；襯衫長褲可以送洗，但內衣褲總是要自己動手吧？那個住宅區附近又沒有自助洗衣店，這表示一定有人定期幫他將衣服帶到別的地方去洗。」

「可以請幫傭吧。」

「幫傭把你的衣服帶回家洗？」我喝了一口啤酒說：「而且，吳正非怎麼可能有那麼多時間養甲蟲？他不是養一、兩隻蟲而已，是整個房間的蟲！他出差一去就是十天，一定得有人照顧這些蟲。」

路雨晴點點頭。

我嘆口氣說：「我有沒有告訴妳，那個女的其實很怕蟲，雞母蟲都不敢摸？媽的，吳正非還逼她幫他養蟲，有夠變態。」

「那個女人還要幫蔣恩學姊準備生日晚餐呢！」路雨晴說：「就像逼死刑犯去埋葬前一個死刑犯的屍體一樣。」

我感到一陣悚慄，如果繼續陷下去，蔣恩是否會成為下一個「那個女的」呢？挨完吳正非的拳腳，還要堆著笑，為另一個女人準備生日晚餐。

「我真應該讓你們把臺磁買下來的，媽的。」我對路雨晴說：「把那些姓吳的變態全都趕出去……這種公司怎麼能經營得下去？」

「說得好像你是正義使者一樣。」

我們坐在三芝海邊的咖啡廳，她點了一杯卡布奇諾，我則是喝啤酒——我本來猶豫要不要點酒，她說她可以開車。沙灘上遊客很多，有扶老攜幼全家出遊的，也有精心裝扮的比基尼女郎。夕陽在海面上拉出一道長長的光影，海風涼爽。

我這個星期日早了點回到臺北，原本想找路雨晴吃晚餐，沒想到她竟然說想去海邊，說書唸到頭暈，想去透透氣。

「妳最近書讀得怎麼樣？」我問。

「馬馬虎虎。」路雨晴伸懶腰說：「大概考不上吧，都要考試了，我下個月還要去美國。」

「去美國？」

「威斯康辛啊。」

「哦？妳什麼時候要去？要一起飛嗎？」

「你也要去？」

「總得有個臺灣律師在那邊吧。」

去威斯康辛當然是為了J.J.與臺磁將合作經營的新太陽能廠。我們已經幫臺磁在芝加哥找了間法律事務所，不過臺磁還是希望有個臺灣律師幫忙溝通，臺磁的技術團隊上週已啟程赴美，管理團隊則預計在臺灣股東會結束後出發。

我用手肘頂了頂路雨晴的上臂，半撒嬌地說：「一起飛嘛，要不然飛那麼久很無聊。」

路雨晴笑說：「不行啦，我還要先去明尼蘇達的總部受訓一個星期……這樣我根本不可能唸書啊，還是不要去考好了。」

「總部受訓？妳要升官了？」

「明年啦，明年升Director。」

「中文是什麼？處長？」

「中文好像會翻成協理。」

「哇，路協理！協理很大耶，再上去就副總、總經理了。」

「美國人給的頭銜都很大啦，Director 上去是 VP 沒錯，但還有分什麼 Assistant VP、Senior VP 的，還有 Senior Assistant VP 耶，President 又分很多級，最後才是 CEO……所以……還早。」

「但表示他們很欣賞妳吧，進去一年就升官？」我說：「那妳真的不用考國考了，待在 J.J. 搞不好賺得比當律師還多。」

「可是，唉……還是不甘心吧。」路雨晴嘟起嘴說。

我付了兩杯飲料的錢，然後我們去沙灘上散步。這時太陽已經沉到海平面以下，海風轉強，氣溫瞬間下降，沙灘上的遊客一下散了不少。原本躺在礁石旁的兩名比基尼女郎也跪坐起身，將毛巾、防晒油等收進背包中。

「喂、喂，不要再看了。」路雨晴貼在我耳邊低聲說：「你嘴巴都快裂到耳朵了。」

我不禁笑了出來，路雨晴問我為什麼笑，我說最初我和蔣恩去 J.J. 開會的時候，蔣恩也是這樣跟我說的。

「為什麼？你在看誰？」

「妳啊，還有誰。」

路雨晴臉上一紅，說：「所以你就是個色鬼。」

「我算是色得很有原則的。」我說著，將外套脫下來披在她身上。「有沒有突然變暖男。」

「假暖男真色鬼。」

「也不錯啊，很強的感覺。」

沙灘走到底是一個廣場，一支樂團在廣場中央表演，觀眾零落稀疏，樂團的主唱是個瘦高的短髮女孩，用莫名低沉的嗓音唱著啷噹六便士的《Kiss Me》，我記得這是我國中或國小時候的歌了，好像是一部好萊塢電影的配樂，後來在電視上有看過，但我不記得片名。

我不知道路雨晴之前有沒有聽過這首歌（應該有吧，這首也經典吧），但她顯然很喜歡，她停下腳步，專心看表演，身體跟著節奏擺動，模樣迷人；當主唱唱到副歌結尾「so~Kiss Me」時，她看向我笑了笑，這是暗示嗎？我還在猶豫，她已經轉過頭去，閉上眼搖頭晃腦。

演唱結束，路雨晴上前將一百元鈔票投進吉他盒，然後與主唱嘰嘰喳喳不知說什麼，主唱點點頭，樂手們也比出OK的手勢。

「妳跟他們說什麼？」

「我點了首歌。」

「什麼歌？」

「你喜歡的歌。」

我正要再問，吉他手已經刷起前奏，主唱唱道：

I'm pretty tired, the monkey said to me,
I see nothing from your eyes,
'cause we know something here is changing and time won't go back.
I'll keep that in mind, the donkey said,
I see something from you eyes,
'cause we know nothing here is changed but you don't go back.
I'm so worried that why I need some blues,
Oh babe, here is a story about why I need some blues.
Trying to satisfy you, yeah babe that's my blues.
Little monkey rowed a boat and saw the water flow,
It tried some delicious meals as you need it before,
Trying to satisfy you, yeah babe that's my blues.

（我好累，猴子跟我說，

我在你的眼中看不到什麼，因為我們知道這已改變，時光不會倒流。

我會放在心裡的，驢子跟我說，
我在你眼中看到什麼，因為我們知道這什麼也沒變，但你不會再回去了。
我如此憂心，因此我需要一點blues；
喔，寶貝，這是一個為何我需要一點blues的故事。
試著讓你開心，是的，這就是我的blues。
小猴子划著船看水流，
他試了些美味的食物一如你曾需要的一般，
試著讓你開心，是的，這就是我的blues。）

「落日飛車？」我說。

「對啊，《The Little Monkey Rides on the Little Donkey》，喂，明明是你說落日飛車所有歌裡面你最喜歡這首的耶！」

其實我根本就沒把落日飛車的歌聽完，當時為了跟她有話題，我只是挑了一首比較冷門、名字看起來又怪的歌而已。看著路雨晴慍怒的表情，我忍不住笑著伸手摸摸她的頭，她把我的手揮開。

「我第一次遇到我前男友，他就是唱這首歌。」路雨晴說。

「他們的樂團叫『X and Blues』，我也不知道是什麼意思，他是主唱兼節奏吉他手，那一次他們在師大路的一間pub表演，我同學和鼓手認識，就拉我去看。現場沒幾個人，都是親友團吧。他們本來表演的都是一些比較芭樂的流行歌，我沒有興趣，到最後一首，我前男友才唱了這首《The Little Monkey Rides on the Little Donkey》，他說這是『友團』的歌。

他唱這首個時候，一直看著我，我就覺得……」

「被電到了嗎？」

「對啊，覺得好帥。」路雨晴笑了笑，表情害羞。「表演完他就跑來找我要加通訊軟體。」

「這種樂團主唱不是都滿花的？」

「他跟我在一起是滿乖的啦，因為他也不是什麼真的音樂人。」路雨晴說：「他那個團就表演那一次……他玩電動比彈吉他厲害多了。」

「他也說《The Little Monkey Rides on the Little Donkey》是有點哀傷的胡說八道。」路雨晴又說。她看向我，我只是笑了笑。

樂團表演結束，天色也全黑了。我問她要不要去漁港吃海產，她說人太多又貴，如果我車上可以吃東西的話，我們可以去石門十八王公買肉粽在車上吃。我說開車的人是她，我悉聽尊便。

「我前男友最後還是決定去中國大陸了。」路雨晴握著方向盤說。

「為什麼？妳不是說他說那間公司沒前景嗎？」

「好像是他現在這個女朋友叫他去的。」路雨晴說：「說趁年輕要多出去看看，走出舒適圈。」

「他女朋友不是只會玩的那種？」

「不是我說的，我又不認識他女朋友。」路雨晴聳了聳肩。

「照片上看起來呢？」

「你怎麼知道我有看過她的照片？」

「妳男朋友會放在網路上吧。」我一邊啃著肉粽一邊說：「而且妳一定會去偷翻人家的社群網頁……妳看起來就是會做這種事的人。」

「你很煩！」

「怎麼樣，正嗎？」

「你自己看嘛。」

她唸了名字，我在手機上開始查找。是個在網路上滿活躍的女孩，在社群網站公開許多旅行、美食、小物的照片，不過看起來就是單純分享生活，還不到「網紅」的程度，而且顯然有顧及最基本的隱私，至少一眼掃過去看不出她的職業或住處，也沒有辦法直接連到路雨晴前男友的頁面。

「我覺得妳正多了。」我說。

「是不是？男人眼睛都瞎了。」

「我沒瞎啊，我說妳正。」

路雨晴伸手過來拍拍我的臉說：「是啦是啦，你最好了。」

如果不是手上拿個粽子，我會將她的手抓在手中。

車子上了國道，天色已全暗，路雨晴開車很穩，並不是特別快，但也不溫吞。我問她開車是跟她前男友練的嗎？她嗤笑一聲說她前男友不會開車，她的車是家裡教的，住在高山湖邊，不會開車怎麼活？

「所以妳現在聊妳前男友心裡已經不會有什麼波瀾了？」

「不會吧，不會。」路雨晴停了一下又說：「波瀾嗎？有時候想起來還是會覺得有一點……酸酸的吧，就覺得……應該早一點談戀愛，才不會弱成這樣子。」

「這樣子吧。」我調整坐姿說：「妳跟我一起飛去威斯康辛，然後我幫妳去教訓妳前男友。」

「你很煩耶，我就說我要先去明尼蘇達了。」

「妳可以安排去完威斯康辛再去明尼蘇達嘛，妳那個訓練什麼的，時間可以改吧？」

「那你為什麼不跟我約在威斯康辛見完面後，一起飛回來呢？」

我一陣語塞。為什麼我喜歡的女人都那麼聰明呢？

我們之間安靜了一陣子，路雨晴踩下油門，一口氣超過前面三輛大車。

「而且傑瑞已經訂好機票了。」
「傑瑞?哪個傑瑞?妳們公司的那個傑瑞?」
「對啊，我們要一起去受訓。」
「妳怎麼沒跟我講?」
「我為什麼要跟你講?」
「喂，你們該不會要節省預算，旅館只訂一個房間吧?」
「白痴。」路雨晴笑說:「旅館是美國公司安排的啦，只有一個房間也沒辦法。」
「傑瑞該不會在追妳吧?」
「沒有，他只是跟我告白而已。」
「媽的，妳答應了?」
「沒有，我說我要想一下。」
「我覺得他太吵了，不適合妳。」
「你比較吵吧?」路雨晴說:「從剛剛講話沒停過耶。」

車子回到新店的大樓時，我叫她直接開進地下停車場，她流暢地開過狹窄的坡道，一次倒車便停入車位。我稱讚她是我見過開車技術最好的女人，她說我這樣是性別歧視。

我們一同走進電梯，我按了我的樓層，她按一樓，我雙按將一樓取消，她笑了笑，又按下一樓。

電梯緩緩向上，我突然期待機械故障，將時間鎖在這小小的空間內。但並沒有這回事，電梯安穩地抵達一樓，「叮」的一聲開門，路雨晴向前走兩步，似乎想到什麼，又回過身來，電梯門因為感應到她的身體而開開闔闔，她看著我，那眼神與笑容中明顯有什麼，我上前一步，她退開，電梯門緩緩闔上，在我能看見她身影的最後一瞬間，我聽見她說：「拜拜，我親愛的小猴子。」

十七、

我一直很抗拒思考我與路雨晴的關係。

人類總本能地抗拒困難的問題，特別是那種打從一開始就註定無解的問題。這就是為什麼這個社會需要法官這種職業，某些問題總是得有個黑白分明的解答，要有個倒楣鬼來做這個決定。

不過再厲害的法官都無法解決愛情的問題。就像廖培西說的，婚姻訴訟打得再好，法官只能判給你錢，不能判給你愛情。

人類愛情之所以難解，在於那是兩個人從完全陌生到建立起人類社會中最親密信賴緊密關係的過程，你很難說明為什麼是他或她，又為什麼是你而不是我或他，就算是埃爾溫・薛丁格也不行，於是他寫了波動方程式，並且將貓關進盒子裡（坦白說我文組的完全不懂那是什麼）。

路雨晴是個可愛的女孩，青春無敵，但她更迷人地方在於那千變萬化的形象，剛認識時以為她是個漂亮的優等生，不久後發現她憂鬱而自溺的那面，然後我們知道她是個高山湖中全裸游水的精靈，但也可能是城市中颯爽而機靈的女俠。每見一次面便掀開一張臉譜，像蒐集寶可夢，令人欲罷不能。

但更觸碰到我的點的是：她是個戴著好女人面具的壞女孩。

雖然她從來不提，但她很清楚她的美貌，也毫不吝嗇使用這項優勢。

菜頭學長幫她準備考試是一番好意，但我不認為路雨晴也是如此，那時她並不知道菜頭學長是同性戀，卻在知道他已婚的情況下，天天往人家家裡跑。

又例如她和小靜那麼好，卻始終沒向小靜提過我和她的事。

我不知道她的動機，也懶得猜，我只是很吃「壞女孩」這套。看她壞、會玩，卻又裝著一副乖寶寶的樣子，便想將她抓起來，撕下她的偽裝，打她的屁股。

如果我認真追，應該追得到吧？

都進到我的臂展之內了，她在等我伸手而已吧？

媽的，真是狗改不了吃屎。

我又想到張愛玲的《紅玫瑰與白玫瑰》，故事結尾，睡朋友老婆、家暴、嫖妓的佟振保「改過自新，又變了個好人」。

以前讀不懂這結尾，後來懂了，其實故事一開始作者就寫了，佟振保是個「出洋得了學位」、「真才實學」、半工半讀打天下的男人，並在一家「老牌子的外商染織公司做到很高的位置」；他孝順母親、提攜兄弟、辦公用心、對朋友盡義氣。他就是個好人。

或許某些人會認為，這社會上人肉鹹鹹，壞人比好人吃香。在我看來，那多半是還沒出社會或是爬得不夠高的「魯蛇」之見。事實上，我們的社會始終運作在四維八德的倫理綱常上，即使某些觀念會隨時代改變，但像忠實、同理心、責任感、勤奮工作這些特質無論古今都是放諸四海皆準的美德，除非你是不世出的天才，真有本事「橫眉冷對千夫指」，否則你必須是個定義下的「好人」，才有機會循著社會階層的梯，一步一步往上爬。

結婚不是美德，但它是美德的表徵。

女人抗議結婚的壓力，殊不知是否結婚對男人而言同樣是一種壓力。某種程度上，婚姻與家庭被視為一個男人的社會成就，有老婆、有小孩，代表你有能力「養家」，是成熟、穩重、成功的象徵，更容易在事業上獲得升遷。相反地，過了一個年紀還沒結婚的男人，要不被看作光棍、王老五、魯蛇，要不就是被認為花花公子、太愛玩，無論哪一種，都不能委以重任。

我看過一個名詞叫「男性婚姻溢酬」(male marital wage premium)——不是兩性專家的瞎扯，是正經的社會統計學研究。簡單來說，無論在東西方社會，以統計方法分析男性收入與婚姻的關聯性，會發現已婚男性較未婚者收入高而且成長快。

我想最好的例子是在政治界，世界各國的元首中，男性未婚者幾乎沒有，我知道的只有希特勒、歐蘭德和普丁（普丁離過婚，也不算）；「第一夫人」甚至是一國的門面，是外交場合不可或缺的角色。

我很難想像如果有一屆總統選舉出現一位五十多歲的單身男性候選人，輿論會怎麼評論。

我對社會現象沒有評論，其他人的選擇也與我無關，我只是觀察現實，對我的人生做決定。

出差前一週，我參加了我第一次的合夥人會議，會中討論是不是要再聘個人頂蔣恩的缺，這是湯瑪士的提議，他說我現在也要擔一些業務開發的責任，工作上有個幫手比較好。

艾瑞克突然提到 J.J. 臺灣那個「年輕的女法務」，說感覺能力不錯，或許可以私下打探她的意願。艾瑪說她對那個女生也有印象，然後說我認識她，問我的意見。

當下我彷彿要對往後二十年的人生下判斷。

我緩緩地說，根據在這個案子中的觀察，路雨晴的能力相當不錯，個性也滿好的，J.J. 臺灣那個法務長走了之後她擔下大部分的工作，以這個年紀來說難能可貴。但要考慮的是，她沒有律師牌，因此訴訟案不能做，而且她還在準備考試，配合度上面可能會有點問題。

在場所有合夥人都點頭，艾瑞克請大家多留意適合人選，負責人事的合夥人則說會請祕書在人力網站上刊廣告。

出差前五天，我跟蘇爸爸與蘇媽媽去「內湖山莊」交屋，對方出面的是一對與我年紀相仿的夫妻，是屋主的兒子與媳婦，也就是原本要住這間房子的人。丈夫是個其貌不揚的胖子，在蘇州某臺資電子廠當工程師；太太則是個高䠷的大美人，總覺得有些面善，但在這場合我也不好意思一直盯著人家看。

「我之前就跟我爸媽說裝潢太誇張，我們是要回家，又不是上主題餐廳，可是真的怎麼說都說不聽，伯伯阿姨能說服他們真是太好了。」工程師丈夫笑著說。

「是我們要謝謝朱先生。」蘇媽媽說：「我們也是覺得家裡乾乾淨淨就好，你們年輕人不是都追求什麼簡約風嗎？改成現在這樣清爽多了，簡單實用，是不是啊，艾倫？」

我還沒應聲，高䠷的美人太太突然大聲說：「你真的是楊艾倫？我還怕我認錯人，我是白雅林，你記得我嗎？」

「妳是蔣恩班上的……」

「對！」白雅林開心地向丈夫說：「我們是高中同學，世界有夠小。」

和高中時相比，白雅林顯得豐腴許多，不過她夠高，骨架子撐得起肉，反而增添些成熟女性的魅力。當下我第一個念頭就是社會現實，如果你爸媽可以幫你在臺北買一間六千萬的房子，就算你長得像隻癩蝦蟆，也能吃到像白雅林這樣的天鵝。

白雅林嘰嘰喳喳說了一陣，然後突然對我說：「恭喜啊，楊艾倫，跟蔣恩那麼多年，終於要修成正果了！」

此話一出，蘇爸爸蘇媽媽臉色都是一變。我趕緊解釋說我沒有和蔣恩在一起，我的未婚妻在美國，快要回來了，這兩位是我未婚妻的父母。

白雅林連連致歉，說她以為這是我爸媽。我也跟蘇爸爸蘇媽媽解釋說，蔣恩是我和雅林的高中同學，我們以前很要好。

白雅林夫婦與我們共同檢查屋況，確認無誤後，交給我們磁扣與鑰匙便告辭離開。我找個藉口送他們下樓，趁她先生去取車的時候，白雅林又向我道歉，她說她之前回家就有聽說蔣家的婚訊，直覺以為是我和蔣恩。

「為什麼？我和蔣恩又沒有怎麼樣？」我說。

「蔣恩那時候很喜歡你耶。」白雅林說：「我早就看出來了，一直叫她跟你告白，她死不承認，最後還賭氣不跟我說話……那時候真的很幼稚。」

我從沒有想過蔣恩與白雅林鬧翻與我有關，我用半開玩笑的口吻說：「就算這樣妳也不用把人家的蟲都給殺掉吧？蔣恩哭了好久。」

「那件事喔？」白雅林手指點著下巴，說：「那不是我做的，我怕蟲怕得要死，怎麼可能去碰蔣恩的蟲……是你們班的王英展做的。」

「王英展？」

「對啊，他愛蔣恩愛得要死，但蔣恩只愛你，所以……嗯，你也知道，高中男生更幼稚。」

「妳怎麼知道？」

「我大學跟王英展在一起啊，我們是班對。」白雅林說：「噓，別讓我老公知道……那時候我知道你和蔣恩考上同系，我以為你們會在一起呢，結果沒有嗎？你對她都沒有任何感覺嗎？唉，太可惜了，你們根本就是李大仁和程又青……對了，蔣恩最近好嗎？」

出差前三天，我將濟南路的公寓清空。我的東西沒多少，全塞進我的車裡綽綽有餘，小靜的東西就滿坑滿谷，衣服、鞋子、書本、碗盤、小家具整整裝了二十箱。那個發熱抱枕讓我猶豫了一陣，最後我將它丟進我的後車廂。我將鑰匙與磁扣交給搬家公司，請他們直接將物品搬進「內湖山莊」，離開的時候將鑰匙與磁扣託給管理室就好了，就說蘇小姐之後會來拿，我也會打電話給管理室交代一聲。

那天下午與房東順利辦完退租，我感到無事一身輕，便踅到轉角的便當店，叫了份排骨飯在店裡吃。這是間再尋常不過的便當店，主菜選擇有排骨、雞腿、爌肉、香腸、魚排，搭配四樣配菜一百元，在臺北市算是很佛心的價格，不過更好的是這間店開得很晚，排骨現炸，而且不禁外食，之前我和小靜加班到比較晚時，便會來這邊吃不知是晚餐或是宵夜的一頓。我們通常先回家卸去上班的行頭，穿著短褲拖鞋去便利商店買好啤酒與甜食，再到便當店點兩客飯，有時候會多切一塊排骨。一般那個時間店裡只有我們兩人，可以毫不忌諱地大聲說話，吐槽電視上荒謬的新聞。夜裡的便當店的燈光熾白，空調強勁，空氣中滿溢著湯水油炸的氣味，有種豐饒之感，我常有種幻覺，好像這間小店是我與小靜的伊甸園，我們可以像這樣長長久久坐著、吃著。

想到未來此景不再，不禁有些感傷。

出差當天，我提早兩個小時抵達機場，撥了通電話做最後確認，對方仔細說明後續應執行的步驟，哪份文件應該在哪個時間點寄出，仔仔細細毫無遺漏。工作那麼多年，我大概可以從對話判斷對方是否可靠，就這幾天聯絡下來的感覺，我會放心把我的人生大事託付在這間公司手上。

我是第一次搭商務艙，凡事透著新鮮，我一開始還傻傻地排隊等check-in，排到一半才發現有專屬的櫃檯。我在貴賓室裡吃了碗牛肉麵，沖了個澡，神清氣爽地登機。我檢查過夜包，試了試電動控制的座椅，還打算把酒單上的酒全點一輪，不過我隨即想到下機後得在時差狀態下面臨緊湊的工作，最後我只吃了一頓飯，喝了兩杯香檳，便請空服員鋪床，強迫自己睡滿十個小時。

臺磁的威斯康辛廠位在密西根湖畔，離芝加哥車程約一個小時，臺磁在芝加哥洛普區租了間辦公室，我下榻的飯店便在隔壁。我抵達芝加哥後每天的行程就是早上七點起床，吃完早餐後步行至隔壁大樓，搭電梯上十六樓辦公室，一路工作到晚上十點，回旅館沖個澡後倒頭大睡，隔天重複一樣的行程；芝加哥的建築、美食與公牛隊皆與我無關。

吳正非晚了我一個星期抵達，他一到便請團隊所有成員去某高級餐廳吃晚餐，席間他問我工作進度，我說股權、公司章程已經搞定，目前正與美國律師進行工作規則的修改，最麻煩的還是勞動契約部分，工會的態度很硬，如果接下來要裁員，恐怕會釀更大衝突。

吳正非笑著拍著我的肩膀說：「安啦，你一定可以搞定的，美國人就是懶，臺灣人沒有在怕的。」

第二個星期快結束的時候從 J.J. 的明尼蘇達總部來了兩個人，都是白人，他們和吳正非開了整天的會，直到晚餐之後我才有機會偷偷問他們明尼蘇達那邊的消息，其中叫凱莉的女士說：「哦，你一定是艾倫吧，芮妮託我帶一樣東西給你。」

「東西?那芮妮人呢?」

「她和傑瑞回臺灣了。」凱莉說：「我們一起去機場的。」

我打開凱莉交給我的盒子，裡頭是一雙鑲了亮片的高跟鞋，是小靜的鞋子。我想我明白路雨晴為何要大老遠將這雙鞋從臺灣帶到明尼蘇達、再請人家帶來芝加哥給我的原因。

結束三個星期的工作後，我與臺磁的人道別，獨自飛往紐約。

我將行李寄放在機場，只提了小靜的鞋，搭地鐵進入曼哈頓。前年我曾來過紐約出差，不過那時候是冬天，我只記得街邊的雪很髒，風很大很冰，太陽穴隨時在發痛。夏天的紐約是另一種面貌，大樓的玻璃帷幕閃爍著陽光，五花八門的店家在陽光下顯得更為繽紛，第五大道上滿是穿著輕鬆的遊客，各式人種都有，美女比例極高，穿著火辣的更不少。

我來到第五大道上精品品牌的國際旗艦店，站在巨大石磚砌成的外牆與精彩奪目的櫥窗前，有股想咬一口可頌的衝動。我告訴門衛我是來拿預定的婚戒，他告知所在樓層，打趣地說：「看來惹上麻煩的男士又多了一位了。」

我搭乘電梯上樓，向櫃檯出示訂貨證明，櫃檯小姐取來經典的包裝，她將戒指、戒盒、絨布袋一一攤在桌上，仔細說明各式證書與售後服務的內容。我幾乎沒什麼在聽，我的注意力全被鑽石的七彩光芒吸引，這是我有生以來見過最美麗的事物，想到這麼美麗的事物即將屬於我，心中不禁一陣雀躍。

我在街邊一間漢堡店簡單用了午餐，搭上地鐵出發往曼哈頓下城。我挾著裝戒指的包包，原本篤定的心情卻開始忐忑起來。真的有必要這樣做嗎？是不是不應該冒這個險、在臺灣按部就班等小靜回來就好呢？如果她的反應不如預期該怎麼辦？

我做了幾次深呼吸，告訴自己非這麼做不可，戲要做足，否則蘇心靜不會放過我的，下半輩子恐怕不得安寧。

我想想又拿出手機，傳了訊息出去，算算時差，原本不期待有回覆的，想不到對方立刻來訊，說事情已經辦妥，也做了後續追蹤，確認一切無誤。我鬆了口氣，國際連鎖品牌貴是有道理的。

車子到站，站外街上來來往往盡是穿著學士服的畢業生，我問了法學院學生隊伍的位置，調整呼吸，穿過人群走去。

以往看好萊塢電影總以為美國大學的畢業典禮很瘋，至少該來個重節奏的音樂配上總統人形氣球，不過眼前這場畢業典禮與臺灣大學的畢業典禮相比也沒有什麼差異，反而更慎重些。現場的氣氛歡樂，但學生的袍服都很整齊，親友也多有正裝者，可能時間還早吧。

我遠遠便看見那個日本人「魚住哥」鶴立於眾人中，本人比照片更像人猿，活脫脫就是從漫畫中走出來的。順著魚住的視線我找到小靜，她正與幾個同學合照，不知是我錯覺或是什麼，她臉上的笑容有些僵硬。

我將戒指從包包中取出來，大聲呼叫她的名字，她看到我，臉上滿是詫異。我刻意用一種緩慢而莊重的步伐走向她，周圍的人大概也看到我手上的東西，紛紛鼓躁起來，有幾個人上來和我擊掌，女生們則按著小靜的肩，興奮地嘰嘰喳喳不知說什麼。

我走到她面前，感覺心跳得好快。

「嗨。」

「你怎麼在這裡？」小靜說，聲音有些顫抖。

「我……我就是想看看妳。」我莫名其妙地回答。

這時候幾乎所有的人都圍了上來，大聲加油叫好，有人說「show her the ring」，有人則大叫「just say you want to marry her」。

我深吸口氣，上前一步單膝下跪，她卻突然伸手按住戒盒，我抬頭看她，她的臉上是哀傷、憤怒、難堪混合的複雜表情，我想說些什麼，她卻突然拉起我的手，撥開人群快步往外走，留下身後一片譁然。

她拉著我走過兩個街區，我叫她她都不理會，最後我們來到她的宿舍，她將我推進房間，反身鎖上門。

「怎麼了？」我說。她不發一語站在原地好一陣子，然後從抽屜中拿出一個牛皮紙袋，丟到我的面前，我解開袋口棉繩，頭面是一疊洗出來的照片，還有帖子與座位圖的影本。

「認得嗎？」她冷冷地說。

「是我……竟然還有我爸……」

「還有那個女人……你們笑得很開心。」

「誰拿給妳的？」

「不是給我，是寄給我爸媽的。」蘇心靜說，聲音哽咽。「我媽昨天打電話給我問我知不知道……我……我突然覺得很想死……我媽都要發瘋了，她說她不知道辛苦三十年到底是養一個賤貨還是傻貨，她要我馬上回去，要不然斷絕親子關係。」

我默默地翻著那些照片，想像蘇媽媽看到照片後發瘋的模樣。

「你沒什麼解釋嗎？楊艾倫，就這樣？這就是你說你會辦好的事？」蘇心靜說，她已經很難保持聲音穩定。「我要怎麼辦？我要怎麼跟我父母解釋我當初做那個決定，我會跟你在一起，我們還要結婚？你說啊！我要怎麼辦？」

「是誰寄的？」

「問你啊，你知道吧。」

「為什麼我會知道？」

「你跟她打得火熱不是嗎？」蘇心靜嘴角抽動了一下，像笑又不是。「你不是和路雨晴愛得你死我活嗎？」

我完全沒預期到這個問題。「我和路雨晴？我跟她沒有怎麼樣，我們只是……」

「只是好鄰居而已嗎？可以深夜做伴的鄰居？」

我倒抽一口涼氣。「她跟妳說的？」

「沒有，她什麼都沒有說，可是看起來我猜對了。」

眼淚從蘇心靜的眼角滑落，她抽了張面紙走到窗邊，背對我看向窗外。

「我上個星期看到她在明尼蘇達，就傳訊息問她要不要來紐約，她一直都沒回。前幾天她突然傳了一大段話給我，那時候我看不懂，我以為她只是心情不好……她說……算了我不想唸，你自己看。」

她將手機遞給我。上頭 RainySunny 的來訊是這樣的：

「學姊，妳好嗎？

妳不在的這一年發生了很多事，我好希望可以跟妳去喝酒。

妳會不會覺得，待在都市的人群中，比一個人住在山上還要寂寞？

我覺得這是因為，在城市裡面，妳身邊的人都有一些什麼，妳就覺得妳也應該要擁有一樣的東西，當妳沒辦法得到那些東西的時候，妳就會覺得寂寞。

有時候這種寂寞會讓妳做出一些不應該做的事。

我好想跟妳去喝酒。

我會把東西還給妳的，祝妳和學長幸福快樂。」

這串訊息發送時間是美東時間半夜三點，接下去是一連串蘇心靜詢問「怎麼了」、「還好嗎」的訊息，但都未讀未回。

「我本來看不懂。」蘇心靜說：「一直到我看到這些東西才懂，什麼叫『不應該做的事』、什麼叫『把東西還給妳』，我真的是蠢到極點，我還……我還關心她沒人照顧……」

我平靜地說：「我跟路雨晴真的沒有什麼。她說要還東西給妳就是這雙鞋而已，她還特別帶來美國、託人拿給我，因為她知道我會來紐約找妳。我們真的沒什麼，只是工作上往來，偶爾吃個飯聊聊天。」

「那你為什麼都沒告訴我？」

我本來想闡述「不說並不等於心裡有鬼」這邏輯，但想想還是沒說出口。

「她也沒跟我提，你看，我們還很常聊天呢！」蘇心靜在我面前快速滑動手機畫面。「然後我也是昨天才想到，對，她住新店，就在你那個家的對面，難怪之前打電話給你你都在那裡……我的天啊，我真的是蠢爆了，怎麼會那麼後知後覺？」

「沒跟妳坦白是我不對，我只是……不想讓妳擔心而已，路雨晴為什麼不跟妳說，我不知道，可能她也是這樣想吧。但我們真的沒什麼，要不然她幹麼要我拿鞋子來給妳？她知道我要來跟妳求婚。」

「她就是知道你要來啊！」蘇心靜說：「她叫你拿鞋子給我，然後再寄這些東西給我媽，就是讓我像今天這樣，當著幾百人的面前難堪，等一下所有人都會問我拒絕求婚的原因，然後我要跟他們說：因為我未婚夫本來就是個渣，我就是蠢、所以跟他在一起這樣嗎？」

「我覺得妳想太多了，路雨晴不是這種人。」

「你開始幫她說話了？楊艾倫，我懂她在想什麼，因為這些我都想過，我只是不像她那麼不要臉而已！」

「妳想一下，小靜，冷靜地想一下。」我冷靜地說：「如果我和路雨晴有什麼，她不會寄這些東西給妳爸媽，她會寄她自己的，而且是寄給妳。」

「那是誰？是她嗎？」蘇心靜頹然坐倒，眼淚不停。「是報應嗎？楊艾倫，真的是報應對吧？我不應該這樣對劉浩然的，我真的是……我做錯了嗎？但我真的愛你啊，楊艾倫，我真的相信我們可以有好的結果，可是……我不知道……我現在沒有辦法面對我爸媽，我……」

「我們可以一起努力。」我說。

「努力？你憑什麼說這種話？一年了。」她抬頭看著我，「我們就這樣了，楊艾倫。」

我搭乘地鐵回到機場，領取行李並順利完成報到。移民官對我芝加哥進、紐約出的行程頗有意見，反覆追問，我只好拿出戒指，移民官吹了聲口哨，將護照擲還給我，說我的女人一定很開心。

我上飛機後開始喝酒，蘇心靜哭泣的模樣不斷在我腦海中浮現。我想起與蘇心靜在澎湖分手的那天，我也是這樣一個人搭乘飛機，看著漸行漸遠的群島，回味這場美好的豔遇，但下一秒我便感到有什麼東西從身體裡硬生生地被抽走，那感覺不是痛，而是無比的空虛。我抵達臺中後買了瓶酒，躲進一間汽車旅館喝得爛醉。

之後一個多月，我的父親過世，某夜守靈時百般無聊，我滑著手機瀏覽之前的照片，其中一張在那片沙灘上拍的，黑色的海面上點綴著夜釣漁船，拍得很模糊，沒解釋根本看不出那是什麼。我將這張照片上傳到社群網站，沒過多久便接到蘇心靜的訊息。

為什麼會走到這個結局？幹，是我自己選的。

一位空服員為我送上熱茶，我告訴她我點的是酒不是茶，空服員為難地說不方便再提供酒精飲料給我，因為我的哭聲已經影響到其他乘客。我看向窗戶，黑色的玻璃上映出的臉雙眼紅腫，涕泗縱橫，無比狼狽。我告訴空服員我和交往三年的女朋友分手了，她表示遺憾，她說這杯茶可以安定神經，希望我會好過一點。

喝了茶之後我便睡了，我做了一個夢，夢到我和小靜的婚禮，那是一個宋慧喬式的婚禮，有著花朵包圍的背板；我們的父母與親友全都來了，我媽和她媽一見如故，相談契闊，我爸則準備了一篇全臺語的致詞，幽默的語言逗得全場笑聲不斷。蔣恩與賴小瑜在前臺收禮金，廖培西與馮二馬則是招待，張阿本是伴郎，路雨晴則是伴娘，路雨晴的伴娘服是削肩短裙的俏麗款式，當她與阿本相偕出場時，醫檢師安娜明顯露出不悅的神色。

徐千帆也來了，還帶來她媽媽包的大紅包，她與艾登坐在我們大學同學的那一桌，菜頭學長與吳正非則坐在另一桌，阿瑪德、吳正非的女兒、女兒的媽媽也在同一桌，大家中英夾雜，相談甚歡。我本來請艾瑞克當主婚人上臺說話，艾瑞克在臺下頻頻搖手，湯瑪士和布蘭達一起把他拖上臺，他只說了「百年好合，早生貴子」八個字便落荒而逃。

我站在場地中央，看著小靜挽著她爸爸的手，一步一步地走向我。她的婚紗是方領吊帶裙款式，緞面簡約，拖襬俐落，那是我所見過最簡單而純淨的美，像原本便是你生命丟失的那一塊，一旦嵌合回來後渾然一體，無縫無隙。我們牽手上臺，說話、鞠躬，然後在眾人的起鬨下擁吻。我們聽到臺下的掌聲與歡笑，不自覺吻得更深一點。

我感覺空服員正搖晃我的身體，提醒我下飛機，但我仍努力滯留在夢中，陪小靜送完最後一組客人；我們相偕回到房間，我將她抱起來拋到床上，在她格格的笑聲中與她道別。

我很想記得小靜第二套與第三套禮服的款式，但始終記不起來。

回到家時已過午夜，我先刷卡將賈斯提斯的帳給結了，這才進房，身體往床上一躺，舊式的彈簧床墊發出「咿呀」的一聲。

「艾仔，回來了。」她說，聲音中帶著睡意。

「嗯。」

「餓嗎？幫你煮碗麵？」

「不用啦，我在飛機上吃很多了……兒子乖嗎？」

「很重，很難睡，但總比之前吐好多了……真的不用吃嗎？還有粽子。」

「我為明天準備了這個。」我將戒指放在她那即將臨盆的孕肚上，鑽石在燈光下閃閃發光。「喜歡嗎？」

她笑逐顏開，如一朵綻放的百合。「都老夫老妻了，幹麼還要花錢買這種東西？」

「這是欠妳的。」我說：「三年前辦得太草率了，明天登記要有點儀式感。而且這一年妳也吃太多苦了，剛開始吐成那樣，胃食道逆流，水腫……辛苦妳了。」

「有你在身邊就很幸福了，可惜我妹不在，她那麼想看小孩。」

「她很好的。」

「她還會罵你買這麼貴的戒指是頭殼燒壞了。」

「我長大了吧。」我側過身親吻她的肚子。「畢竟，一年真長啊。」

（完）

跋／薛莉

「妳想當小說裡的哪個女人？」

「我都不想，誰要跟渣男有關係！」

「怎麼可以這麼渣！！」

看完這本小說只覺得非常不舒服，像咬破酸梅核一樣！不，看完這本小說只想把酸梅塞進作者嘴裡逼他咬破。

這是李柏青第二本渣男宇宙的作品，從《親愛的你》的學生渣到《婚前一年》的白領渣，一渣還有一渣渣，只有更渣沒有最渣，簡直渣到無極限。

但也必須佩服。身為推理作家，從《親愛的你》的命案，到《婚前一年》的謎團，李柏青堅持推理筆法，讀者從主角／偵探的視角，一層一層的到達謎底的終點，撇除掩卷後的不適症狀，讀者多少能對故事中的男女產生同理投射而感嘆或憤慨。讀完一章又一章，一個女人又一個女人，作者把其身為律師的職場專業描述得極為細緻，除了得以一窺律師的職場風貌外，我們也能從菁英沙豬（我是說主角不是作者，但也難說是作者的潛意識……）的視角看待每一個角色，每個女人都如此不堪，只能說不愧是菁英沙豬，簡直性別歧視到爆！身為女性，我會為了每一個女人角色嘆息，對主角氣憤，憤慨到對李柏青有出拳的衝動（我讀完好幾章都狂揍作者），李柏青如果有簽書會，是否應開放一人一書一拳？

我也很佩服，在上班與有小孩的家庭生活之間，李柏青還是可以把他腦袋中的渣男宇宙想像實體化，看起來是還不夠操!?

「或許小說裡的女人每一個都是妳！」

「真的！我們總是會跟渣男扯上關係！」

請各位別對號入座，如有雷同，對，就是寫你（妳）。感謝大家用新臺幣下架這本一個中年已婚男子無限意淫的作品。他說版稅都會給我，撫慰我身為菁英沙豬妻子的心，特此證明。

（本文作者為本書作者的合法配偶）

逆思流
婚前一年

作者／李柏青
執行長／陳君平
協理／洪琇菁
執行編輯／呂尚燁
企劃宣傳／陳品萱
榮譽發行人／黃鎮隆
國際版權／黃令歡、梁名儀
美術編輯／方品舒

發行／英屬蓋曼群島商家庭傳媒股份有限公司城邦分公司　尖端出版
台北市中山區民生東路二段一四一號十樓
電話：（〇二）二五〇〇—七六〇〇（代表號）
傳真：（〇二）二五〇〇—一九七九

中彰投以北經銷（含宜花東）／楨彥有限公司
電話：（〇二）八九一九—三三六九
傳真：（〇二）八九一四—五五二四

雲嘉經銷／威信圖書有限公司　嘉義公司
電話：（〇五）二三三—三八五二
傳真：（〇五）二三三—三八六三

南部經銷／威信圖書有限公司　高雄公司
電話：（〇七）三七三—〇〇七九
傳真：（〇七）三七三—〇〇八七

香港總經銷／城邦（香港）出版集團有限公司
香港灣仔駱克道193號東超商業中心1樓
電話：（八五二）二五〇八—六二三一
傳真：（八五二）二五七八—九三三七
E-mail：hkcite@biznetvigator.com

馬新經銷／城邦（馬新）出版集團　Cite(M)Sdn.Bhd.
E-mail：Cite@cite.com.my

法律顧問／王子文律師　元禾法律事務所
台北市羅斯福路三段三十七號十五樓

二〇二二年六月一版一刷
二〇二三年五月一版二刷

■中文版■

郵購注意事項：
1. 填妥劃撥單資料：帳號：50003021戶名：英屬蓋曼群島商家庭傳媒(股)公司城邦分公司。2. 通信欄內註明訂購書名與冊數。3. 劃撥金額低於500元，請加附掛號郵資50元。如劃撥日起 10～14日，仍未收到書時，請洽劃撥組。劃撥專線TEL：(03) 312-4212 ・ FAX：(03) 322-4621。E-mail：marketing@spp.com.tw

國家圖書館出版品預行編目資料

婚前一年 ／
李柏青著 ；　--初版.
--臺北市：尖端出版，2022.06
面 ；公分.--(逆思流)

ISBN　978-626-316-907-4(平裝)

863.57　　111006000